18 TRANSLATION
TECHNIQUES FOR BEGINNERS:
ENGLISH TO CHINESE

英譯中

基礎練習

18種翻譯技巧實戰演練

李姿儀・吳碩禹・張綺容／合著

台師大翻譯所 廖柏森 教授／審訂

眾文圖書股份有限公司

為初學者量身打造的翻譯入門技巧

　　能夠為《英譯中基礎練習：18種翻譯技巧實戰演練》寫序，真是一大榮幸。我和本書的三位作者一樣，都是從事翻譯實務與教學，其中李姿儀老師擅長科技及財經翻譯，吳碩禹老師善於翻譯新聞及文學，張綺容老師則以文史地及影視翻譯見長。三位老師除了譯有專精，在翻譯研究上也各有所長，讚佩之餘，也欣喜長江後浪推前浪，樂見三位老師各自貢獻所長，為有志於譯途者撰寫《英譯中基礎練習》。

　　「翻譯研究」(Translation Studies) 近年已蔚為風潮成為獨立學科，各大學紛紛開設翻譯課程或設立學系研究所，教授翻譯理論與技巧，培養專業人才，加強就業能力，因應市場需求。數十年來研究所碩博士論文紛紛出爐，分析比較各種新舊版本譯文優劣，使得「翻譯研究」躍然成為一門嚴謹的學科，也更激勵往後譯者精益求精，大大提昇翻譯水準，翻譯書籍市場不再良莠不齊，實在是當代讀者一大福音。

　　「翻譯」是件知易行難的事，並非懂得兩國語言就可從事翻譯，還需博學多聞，了解異國文化情境，多方查證勤能補拙。「翻譯」見仁見智，沒有絕對標準，理論與實務往往有落差，不懂理論也可從事翻譯工作，研究理論不見得有實際翻譯成果。各行各業術有專攻，學外文的不見得十八般武藝樣樣精通，學習翻譯也需循序漸進，無法一蹴而就。累積與傳承經驗非常重要，而三位教師譯者累積多年翻譯經驗，付諸文字傳承給學生，諄諄教誨代代薪傳。

　　李姿儀、吳碩禹、張綺容合著的《英譯中基礎練習》為初學者量身打造，介紹18種入門技巧，按部就班深入淺出，適合課堂使用及自學翻譯的社會人士。書裡援引例句來自不同領域和文類，提供不同譯文供學生辨別差異，選用語句多貼近年輕人流行文化和切身關懷，譬如《哈利波特》詞語翻

譯的字根解釋、甜甜圈的由來與演變等。為了避免「西式中文」，本書提供很多窮門，譬如減譯、增譯、被動語態轉換等技巧，譬如尊重中文的邏輯結構和表達習慣，譬如轉換文化背景和習俗制度。

本書特色之一是解釋眾多文化詞語的譬喻典故，讓學生舉一反三，中文和英文都是譬喻豐富的語言，成語俗諺和引經據典都有其文化淵源。語言與文化息息相關互為表裡，每一種語言都有其生態環境，翻譯文化詞語需要適時轉換，書中一語道出中英語文的生成背景：

由於中英語言生成的生態環境有別，衍生出的物質文化自然相異，而語言承載文化，文化的內涵其實決定了語言的樣貌。例如英國作為島國，有著悠久的航海文化，其表達法如 know the ropes（熟知內情）、bail out（紓困），都與航海有關。中文生於以農立國的大陸，舉凡「揠苗助長」、「不為五斗米折腰」，皆可看出自然生態影響物質文化，而物質文化影響語言內涵，因此譯者翻譯物質文化詞時要能適時轉換。

「異化」或「歸化」譯法（直譯或意譯）沒有孰優孰劣，考量取捨也展現譯筆功力，譬如書中提及 poke the bear 字面是「戳熊」，引申指「挑戰強權」，而熊在中文語境不和強權掛勾，因此歸化譯為「捋虎鬚」。roll one's eyes「滾動眼珠」的文化意涵則透露出懷疑或不耐的「翻白眼」。然而英文有些俗諺詞語的直譯已經納入中文，譬如「條條大路通羅馬」(All roads lead to Rome.)、「滾石不生苔」(A rolling stone gathers no moss.)，也不妨保留原文的譬喻修辭和異域文化，豐富中文語彙的視野。

翻譯技巧百百種，翻譯功力靠累積，集腋成裘，聚沙成塔，《英譯中基礎練習》傳承了三位作者的經驗，鋪展了另一條通往羅馬的道路。

國立東吳大學英文學系教授

王安琪

透過實作了解翻譯
絕非只是單純的語言轉換

　　近年來為培育專業翻譯人才，世界各地皆紛紛設立翻譯系所，翻譯學 (translatology) 已成為一門顯學，成為一門獨立的學科，翻譯教材更不斷推陳出新。雖然以句型練習為主的教材仍是主流，但有別於早期翻譯練習只是為了加強學生對文法和句型的認知，教學模式偏重訓練學生閱讀與文字轉換的能力，現今翻譯教材的編寫者大都具備翻譯學研究背景，對於台灣翻譯教材的優缺點了然於心，在編寫翻譯教程時均有意識的以「培育翻譯人才」為首要目標，對於教材中翻譯素材的選擇、翻譯轉換技巧的培養、翻譯教學方法的模式及翻譯的評量標準都會以翻譯學理論作為立基，編寫翻譯教程時融入特定的教學法和學習方式。

　　有鑑於翻譯課程在台灣逐漸受到重視，外語能力與翻譯能力的訓練不再被混為一談，翻譯教程的編寫也隨著翻譯理論的成熟而與時俱進，本書《英譯中基礎練習：18 種翻譯技巧實戰演練》之編寫亦是如此。本書可被視為一本綜合性的筆譯教材，主要包含基本翻譯策略的介紹和翻譯技巧轉換的訓練，加上各章節皆搭配不同文類的翻譯實作練習，深入淺出的內容讓學習者無形中熟悉如何運用不同的翻譯技巧於不同文類的翻譯。此外，為能帶領讀者跳脫文字層面的翻譯，本書最大的特色在於作者提供修改前、後的譯文讓學習者比較，除了讓學習者體悟到翻譯絕非僅止於文字符號表層語意的轉換，更重要的是如何透過採用合適的翻譯策略解決所面臨的翻譯問題，從實作了解在翻譯過程中需考量的因素不少，不同的考量會使譯者採取不同的策略，造就不同翻譯版本的出現。甚至譯者有時會發揮「創譯」的能力，翻譯的創造性更能讓譯者在面臨不可譯 (untranslatability) 的情況下找到最恰當的對等關係。

本書可作為一般大學筆譯課所使用的筆譯教材，對於想精進翻譯能力之人士，也可使用本書作為自學教材。本人在大學從事翻譯教學多年，執教之初，坊間的教材多來自大陸和香港，台灣出版的教材不多，礙於語用方式的差異，又希望學生在筆譯課程能接觸到不同文類的翻譯文本，我當時到處去蒐集語料，自編教材，然而能使用在課堂上的合適語料可遇而不可求，備課時間無形增加。本書的出現對於教學者而言相當方便，老師們可根據自己的教學目標將此書當作課堂上的主要教材，或依教學需求採用幾個單元當作是補充教材；對於學習者或自學者而言，本書系統化的編排與練習題，可讓學習者反覆練習熟悉翻譯技巧，加上學習者能同時接觸不同文類的文本，體認到不同文類有不同翻譯考量的重點，在翻譯的過程中學習如何處理所碰到的翻譯問題，透過實作了解翻譯絕非只是單純的語言轉換，還有諸多因素需要考量。

翻譯研究已經蔚為一股風潮，愈來愈多學者關注翻譯教學的目標與翻譯教材的編纂方式是否相輔相成。本書作者李姿儀、吳碩禹與張綺容老師是翻譯學界裡三位年輕學者，貢獻己力於教材編寫的行列之中實屬難得，此書的出版可看到翻譯教學已逐漸走出外語教學的陰影，致力於翻譯能力和譯者能力的培養，為培育專業翻譯人才打好根基。翻譯教材的編纂著實不易，本書的出現也為台灣翻譯教材的出版畫下嶄新的一頁。

國立高雄第一科技大學應用英語系教授

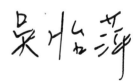

符合學習者不同階段的
學習目標和需求

在台灣唸文組的大學生大概都曾被人問過：「你讀這個有什麼用？」的確，在日趨數位化的世界裡，文組畢業生一般都被視為就業前景險峻，求職上處於弱勢。對文組學生而言，過去比較好的職涯發展好像偏向英語教育，不過在今日工作職場追求更分工的趨勢下，文組學生在職涯發展上有更多的選擇，翻譯便是其中之一，也可以算是近年來文組學生在求職上最常見的出路之一。

台灣學生的翻譯學習經驗，絕大多數是從準備考試開始，學習管道可能是國中和高中的英文課及各種語文補習班，但學校裡有些英文老師並不教學生如何「翻譯」，而是讓學生自己做模擬考題練習。補習班則常見提供「祕笈」，用文法和句型等套公式的方式，讓學生可以「速成」拿高分。其中，最常見的翻譯教學方式為「文法翻譯教學法」(Grammar Translation Method)，這是透過學習英文文法和句型，以字對字的方式來學習中英翻譯。如果觀察市面上一些翻譯 DIY 書籍，多數也是採用類似的方法，或是加上一些作者本身的書籍翻譯經驗和軼事，提供讀者一些相對片段而非系統性的語言知識。

但令人好奇的是，翻譯真的那麼簡單嗎？台灣的英語補習班從國小開始就在教「翻譯」了，好像只要會英文就會翻譯？雖然說翻譯是學習外語的主要方法之一，但實際從事翻譯的人明白，翻譯最難的並不是語言層面，而是更上層的文化、背景和專業知識層面，這部分的系統性知識無法速成。

多數台灣學生的翻譯學習經驗建立在答題和應付考試上，學生在做翻譯練習時常見「尋求標準答案」的心態，忽視翻譯時需處理的不只是字詞上的「多義性」，還有異文化的陌生、專業背景知識的欠缺等脈絡性問題。多數台

灣學生的翻譯學習方式偏向零碎性、記憶性，在翻譯較長篇章或不同領域的題材時，馬上面臨左支右絀的窘境，除了語言能力可能不足之外，還有光靠網路搜尋無法解決的背景和專業知識欠缺的問題。

因此，如果翻譯教學和教材能針對此點補強，除了在微觀層面加強學生雙語互換的語言能力之外，同時在宏觀層面培養學生對於跨文化、跨領域的知識建構和學習能力，如此方能訓練學生日後成為稱職的譯者。

本書由三位教學經驗豐富的大學翻譯教師合著，以大學英語系及應外系學生為目標讀者，介紹 18 種實用的翻譯技巧。每單元皆以實例開頭，以深入淺出的方式，引介基本的翻譯概念，如音譯、直譯、意譯、形譯等大原則，並搭配大量真實語料練習題、譯例說明、譯文賞析，幫助學生熟悉活用各種翻譯技巧。透過這樣有趣又多元的方式學習翻譯，相信可以提高讀者學習翻譯的動機，幫助其重建對「翻譯」的正確認識，滿足其對於翻譯不同階段的學習目標和需求，為翻譯的進階學習鋪路。

國立台灣科技大學應用外語系副教授

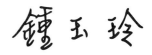

鍾玉玲

傳承作者的專業經驗，
引領讀者賞析翻譯領域之多采多姿

很榮幸能夠為《英譯中基礎練習》寫推薦序。本書是由中原大學應用外國語文學系（以下簡稱本系）三位具翻譯學博士學位的教授——李姿儀、吳碩禹以及張綺容——所合著完成。三位教授除了在研究上有所突破外，任教期間更累積了豐富的翻譯教學經驗。於本系開設過的課程除了翻譯基礎課程外，尚涵蓋專業筆譯、財經翻譯、小說翻譯、偵探小說翻譯與改編、中英對比翻譯、翻譯理論、觀光筆譯等為數眾多的翻譯專精課程。本書的問世，可說是三位教授將教學研究與出版實務完美結合，更是協助翻譯研究推展普及的一大助力。

有鑑於目前市場欠缺適合翻譯初學者的翻譯教材，本書的出版旨在讓英文程度中上，對翻譯實務與技巧有強烈學習動機的讀者——無法滿足於以句型為主的入門翻譯教材，且尚未具備足夠背景知識可汲取高深翻譯理論內容——能有一個引領進門，橋接日後進階訓練的媒介。本書實例涵蓋範圍廣泛的不同文類，並提供不同譯文供讀者思辨較量。書中在不同階段也提供各式習題供讀者演練，不僅讓讀者在完成每一個章節便能熟悉一種翻譯技巧，在閱讀完一個單元後，更能交互活用不同技巧來自我檢核學習進度。本書同時也採用語言學之對比分析觀點，整理出中英文之間，包括虛主詞及被動式在內等多項顯著差異點，藉之提醒讀者留心以避免產生怪腔怪調的翻譯成品。依照本書架構按部就班演練，相信除了能精通 18 種常見翻譯技巧外，更能具備良好翻譯素養，往專業譯者目標邁進一大步。

近年國內各外語及英文學系，逐漸在語言學、英語教學與英美文學等傳統領域外，新增翻譯研究相關資源。包括本系在內的許多校系，在語言技巧方面皆強調聽、說、讀、寫、譯等五項能力的兼備，也就是除原先四項基本語言技能外，更要訓練學生具備外語翻譯的能力，主要目的還是要讓學生日

後職涯發展選項更為多元。《英譯中基礎練習》傳承三位教授的專業經驗，引領讀者賞析翻譯領域之多采多姿，相信定能使翻譯研究向下紮根，引領更多人才進入專業翻譯的領域。

中原大學應用外國語文學系副教授

王敬安

前言

　　隨著網路興起、全球化時代來臨，國際交流日益頻繁迅速，對翻譯的需求愈發殷切，正如翻譯學者喬治‧史坦納 (George Steiner) 所言：「如果世界沒有了翻譯，我們將生活在閉封鎖國的沉默中。」(Without translation, we would be living in provinces bordering on silence.) 因應全球翻譯市場蓬勃發展，各國高等教育機構紛紛將翻譯納入教學課程。在台灣，翻譯向來是英語教學的重要環節，開設翻譯學程或課程的英語系所不計其數，強調聽、說、讀、寫、譯並列為五大外語技能。此外，近年來翻譯研究 (Translation Studies) 逐漸脫離英語系所而成為獨立學門，截至 2017 年為止，全台共計兩個翻譯學系（長榮、文藻）、七所研究所提供翻譯碩士學位（台大、台師大、輔仁、長榮、彰師大、高雄第一科大、文藻）。在此趨勢之下，編寫適合大學程度、以培育專業翻譯人才的翻譯教材愈形重要。

　　在翻譯教材編纂上，台灣在 1950 年代初期幾乎全仰賴大陸，1960 年開始方可見本土教材編纂與國外譯論引進，1972 年起則開始與香港交流，1988 年輔仁大學創立全國第一所翻譯學研究所後，翻譯教材便進入多元化及專業化時期，有些教科書的定位為「專業翻譯教學」(Teaching Translation as a Professional Skill)，其教材的編纂以培育專業譯者為目標，讀者群英文程度佳、學習翻譯的動機強，內容多為貼近市場需求的真實語料 (authentic materials)；有些教科書的定位則為「語言翻譯教學」(Teaching Translation as a Language Skill)，教學目的在於增進英文理解能力，讀者群英文程度尚待加強、學習翻譯的動機較弱，內容以去脈絡化的句型練習為主。本書作者在各大學教授翻譯多年後發現有另一群讀者，他們的英文程度中上，意欲一窺翻譯的堂奧，以「語言翻譯教學」為定位的教科書對他們而言太簡單，而以「專業翻譯教學」為定位者又太難。本書就是為了服務這群讀者而撰寫的。

　　翻譯學者史匹娃克 (Spivak) 說：「翻譯為最親密的閱讀。」(Translation is the most intimate act of reading.) 而這「親密的閱讀」，卻正是初學翻譯者

Teachers after yrs of teaching

最大的困難。據本書三位作者於國內公私立大學執教經驗，初學翻譯的讀者常遇困難有二：一是讀不懂；二是心裡明白、說不出來。這兩個問題乃爲英文閱讀量不足與中文表達能力有限所致，導致所譯譯文往往「不夠親密」，僅爲隔靴搔癢，但又不知從何精進。本書針對這類初學者量身打造，逐一介紹各種入門翻譯技巧。全書分爲三個 Part 共 15 章，涵蓋 18 種翻譯技巧*，每章分爲技巧說明、技巧應用、綜合練習、譯文賞析、延伸練習五部分，引導讀 *follow prescribed order* 者按部就班，理解各技巧功能、辨析使用情境，進而實際應用。

照管理的苏属,歸入所屬班列

　　爲符合初學翻譯讀者需求，增進英文理解和中文表達能力，本書共有五大特色：

1. 所援引原文例句皆爲眞實語料，範圍包含新聞、財經、政治、藝文、文學、科普等不同文類，有助讀者大量接觸不同文類之英文語句。

2. 各章譯例講解部分皆提供兩種不同譯文，讓讀者藉由思辨譯文差異，觀察如何精確適切傳達原文意旨。

3. 各章備有「綜合練習 1 & 2」與「延伸練習」兩類習題，習題數量充足，引導讀者由基本翻譯技巧應用到進階演練，活用所學技巧。

4. 每章的「翻譯技巧賞析」皆收錄三篇譯文賞析，讀者透過賞析文章與翻譯技巧說明，不但可觀察譯者如何應用翻譯技巧，更可藉賞析觀摩佳譯。

5. 爲幫助讀者活用所學翻譯技巧，除各章練習之外，每五章另附一回 Review，讓讀者可活用不同翻譯技巧，檢核學習狀況。

　　本書不僅適合在翻譯課堂上使用，也適合自學翻譯的同學及社會人士，即便沒有老師的引導，只要按照本書的學習方式，就能循序漸進學會 18 種常見翻譯技巧。

---

* 全書共收錄音譯、直譯、意譯、形譯、正說反譯、反說正譯、增譯、減譯、詞類轉換、語態轉換、反面著筆、順譯、逆譯、合句、分句、歸化、異化及重組等 18 種翻譯技巧。

Contents

PART 1

18 TRANSLATION TECHNIQUES FOR BEGINNERS: ENGLISH TO CHINESE

詞語翻譯法

　　J.K. 羅琳 (J.K. Rowling) 所著的奇幻小說《哈利波特》(*Harry Potter*) 風靡全球，書中的魔法世界裡有許多神奇生物和作者自創的咒語，請用連連看的方式，看看左邊的英文咒語和神奇生物譯成了右邊哪一個中文譯文*。

Avada Kedavra ●　　　　　　　● 阿哇呾喀呾啦 音

Expelliarmus ●　　　　　　　● 木精 意

Bowtruckle ●　　　　　　　● 兩腳蛇 形

Occamy ●　　　　　　　● 除你武器 直

　　首先，Avada Kedavra 的中文譯文是「阿哇呾喀呾啦」，這是作者自創的索命咒，Avada 衍生自英文的 abracadabra（咒語），Kedavra 則衍生自英文的 cadaver（屍體），字面意思是「被此咒語擊中就會變成屍體」，中文譯成「阿哇呾喀呾啦」，用的是音譯法。再來，Expelliarmus 由 expel（驅逐）和 arms（武器）組成，是作者自創的繳械咒，中文依字面意思翻譯成「除你武器」，用的是直譯法。第三，Bowtruckle 由蘇格蘭方言 Bow 和古英文 truckle 組成，前者意為「居住」，後者意為「樹枝」，因其本質為守護樹木的精靈，所以中文譯為「木精」，用的是意譯法。最後，Occamy 是神奇生物，身軀像蛇，身上有羽毛、翅膀、兩條腿，中文依其外形譯為「兩腳蛇」，用的是形譯法。以上提到的「音譯」、「直譯」、「意譯」、「形譯」，便是現行詞語翻譯的四種方法。

＊ 此處譯文出自台灣和大陸《哈利波特》系列中譯本。「阿哇呾喀呾啦」、「木精」、「兩腳蛇」出自台灣譯本，「除你武器」則出自大陸譯本。

「**音譯**」是以來源語的發音譯入目標語的方法。一般來說，譯者碰到人名、地名、公司行號，大抵採用音譯，人名如 Harry Potter 譯成「哈利波特」，地名如 London 翻成「倫敦」，公司行號如 LinkedIn 譯為「領英」。

「**直譯**」則是將來源語最直接、最主要的字面意思譯入目標語。自從清末民初西風東漸以來，許多西方文物制度都是按照原文字面意思直譯成中文，有些詞用久了，還以為是中文裡固有的詞彙，例如「筆記本」(notebook)、「背包」(backpack)、「蜜月」(honeymoon) 等。

「**意譯**」則是將來源語的實質內在性質、意涵或引申義譯入目標語。翻譯外來典章文物時，如果中文本來就有共通或相似的字詞，譯者就不必音譯或直譯，只須轉換成中文原有的習慣用語即可，這稱為「習語意譯」，例如 rainbow 不宜按 rain 和 bow 的意思直譯為「雨弓」，應該依照中文裡原有的詞彙意譯成「虹」。如果中文一來沒有相應的說法，二來音譯或直譯的文字又冗贅難懂，譯者就必須自鑄新詞，這稱為「創改意譯」，例如 hash brown 音譯是「海希伯朗」，直譯是「剁碎棕色」，都看不出來是菜名，意譯成「薯餅」便清楚許多。

「**形譯**」是根據來源語指涉對象的外觀形狀來翻譯。由於是以外觀為翻譯依據，因此絕大多數是用來翻譯物體名稱，例如 lasagne（千層麵）、macaroni（通心麵）、penne（斜管麵）、pan（平底鍋）、T-back（丁字褲）。

以上是音譯、直譯、意譯、形譯的基本定義，至於實際翻譯時要特別注意的事項，請繼續看下面的說明。

音譯、直譯、意譯、形譯的應用

1 音譯輔以小心查證，以求譯文精準

| 原文 | According to the Japan Weather Association, mountainous areas of Yamanashi and Nagano prefectures, both of which are located west of the Kanto region, can expect a covering of snow. (*The Asahi Shimbun*) |

| 待修譯文 | 日本氣象協會指出，康頭地區以西的亞麻納西縣與納迦娜縣山區，預計將被白雪覆蓋。 |

| 參考譯文 | 日本氣象協會指出，關東地區西部的山梨縣與長野縣山區，預計將爲白雪覆蓋。 |

| 說明 | 待修譯文中的「康頭」、「亞麻納西」、「納迦娜」各音譯自原文 Kanto、Yamanashi、Nagano，但從 Japan Weather Association（日本氣象協會）這個訊息推測，Kanto、Yamanashi、Nagano 應該是日本地名。台灣譯界目前大多沿用原日文漢字來翻譯日本地名，例如參考譯文的「關東」、「山梨」、「長野」皆爲固定譯法，譯者不宜自行音譯。

　　碰到人名、地名、公司行號，現行譯法雖然大多採用音譯，但是該專有名詞如果已經有固定譯法，則不宜自行音譯。例如愛爾蘭作家 Patrick Lafcadio Hearn 入籍日本後改名「小泉八雲」，後以日本姓名行世，文學史家多將其英文原名譯爲「小泉八雲」。又如 Takeshi Kaneshiro 是外媒對台灣藝人「金城武」的稱呼，日系豪華車品牌 Lexus 台灣譯爲「凌志」，美國量販店 Costco 也已有「好市多」的固定譯法。因此，譯者在音譯之餘，還需要小心求證，以求譯文精準。

　　除了專有名詞之外，一般名詞也有不少音譯的例子，分爲以下四種情況：

1. bacon 譯爲「培根」，以英文發音譯成中文，選用的中文字跟英文原文意思並無關聯，也沒有其他並行的譯法，是爲「強制音譯」。

2. penicillin 目前有「盤尼西林」和「青黴素」兩種譯法，前者譯音、後者譯意，這種同一詞彙有兩種譯法並存的情況，是爲「音意並存」。

3. Polaroid 譯爲「拍立得」，中文唸起來近似英文原文發音，其選字還有「拍完就立刻得到相片」的意思，是爲「音意兼顧」。

4. neon 譯爲「霓虹燈」，則是在音譯之後加上「燈」字，以助理解，是爲「局部音譯」。

2 直譯小心一詞多義，確保讀者不誤會

| 原文 | Euroland's demise can be ascribed to failure of central banks' easy money policy. (*Forbes*) |

| 待修譯文 | 歐洲地疲弱不振，可歸咎於央行簡單的金錢政策失敗。 |

| 參考譯文 | 歐元區疲弱不振，可歸咎於央行寬鬆貨幣政策失敗。 |

| 說明 | 待修譯文的「歐洲地」雖然直譯自原文的 Euroland，但因選字不當，讀來不知所云。Euroland 一字是 Euro 和 land 兩個英文單字組成的複合字，其中 Euro 作爲字首和形容詞時確實有「歐洲」之意，例如 Euro-American relations（歐美關係），然而 Euro 還有「歐元」的意思，例如 Eurozone（歐元區），原文的 Euroland 正是 Eurozone 的另一表達法，因此宜譯爲「歐元區」。

另外，待修譯文的「簡單的金錢政策」也有直譯但選字不夠精準的問題。原文 easy money policy 是一種貨幣政策 (monetary policy)，指藉由降低利率來增加貨幣供給，正式一點的說法是 accommodative monetary policy（寬鬆貨幣政策），因此應該採用建議譯文的譯法。由於英文財經詞語多半有固定中文譯法，再加上英文寫作不喜重複，常可見同一指涉對象有數種表達法，例如 Euroland 和 Eurozone、easy money policy 和 accommodative monetary policy，翻譯時不可不慎。

當前譯者碰到財經及科技術語，也常以直譯法處理，例如 life insurance（壽險）、floating rate（浮動利率）、smartphone（智慧型手機）、silicon valley（矽谷）。依翻譯單位大小來看，直譯可分為單字直譯、複合字直譯、詞組直譯。單字直譯是從單字的組成著眼，將字根、字首、字尾一一譯出，例如 multimedia（多媒體）是由 mult-（多）和 media（媒體）組成，microwave（微波）是由 micro-（微）和 wave（波）組成。複合字是由兩個英文字組合成的單字，有時也可以直譯方式將各個成分字依序譯出，例如 playmate（玩伴）是由 play（玩）和 mate（伴）組成，wallflower（壁花）是由 wall（壁）和 flower（花）組成。翻譯單位若再放大些，許多由兩個以上的單字或複合字組成的詞組，譯成中文時也會採用直譯，例如 bilateral trade agreement（雙邊貿易協定）、gene editing（基因編輯）。

比起音譯，直譯因為翻譯出了單字的字面意思，通常更易於理解，不過要小心翻譯時不能望文生義，例如 chickenpox 的字面意思雖然是「雞痘」，但其實是好發於兒童的「水痘」；又如及物動詞 two-time 直譯成中文是「兩次」，追究起來卻是動詞「對人不忠，劈腿」的意思；再如 Cathay Pacific 固定譯為「國泰航空」，如果直譯成「契丹太平洋」就不知所云了。此外，前文提及財經及科技術語雖然大多以直譯法處理，但選字時仍需小心。

3 意譯加上仔細考證，力求譯文準確

原文	If President-elect Donald Trump runs for reelection in 2020, the Democrats had better be willing to fight fire with fire. (*The Washington Post*)
待修譯文	如果美國準總統唐納・川普 2020 年要競選連任，民主黨最好願意以火攻火。
參考譯文	如果美國準總統唐納・川普 2020 年要競選連任，民主黨最好願意也派名人出來競選。

| 說明　　原文 fight fire with fire 意指對手怎麼對你，你就怎麼還擊，用中文諺語來說，就是「以其人之道，還治其人之身」。待修譯文的「以火攻火」是一種滅火技術，在森林大火時滅火者另起新火來控制火勢，與原文意思不同。原文作者認為 2016 年美國總統大選由共和黨候選人川普勝出，反映出美國社會崇拜名人的現象，因此建議民主黨也派名人參選。此處參考譯文採用意譯「也派名人出來競選」，將 fight fire with fire 的具體內容翻譯出來。

　　較之音譯或直譯，意譯不求在語音或字面意義上與原文對等，而是著重於讓讀者容易理解、更貼近目標語文化的習慣，所以意譯的優點是能讓讀者一目了然，理解譯文時最不費力。意譯的單位小至單字、詞組，大至慣用語、句子，單字如 spaghetti 譯為「義大利麵」，詞組如 brain drain 譯為「人才外流」，慣用語如 lick one's boots 譯為「拍馬屁」，句子如 Where there's a will, there's a way. 譯為「有志者，事竟成。」都是跳脫原文發音和字面對應，將英文的深層意義翻譯出來，以求譯文通順達意、易於理解。

　　由於意譯後的文字讀起來彷彿直接以目標語書寫，不像閱讀音譯或直譯必須傷腦筋去探究詞語的真正意涵，正因如此，譯者必須透澈理解原文的內在意涵才能下筆意譯。例如美國職業籃球聯賽 (NBA) 達拉斯小牛隊使用的隊徽是一匹馬，現行譯名「小牛隊」似乎有「指馬為牛」之嫌。小牛隊英文原名 Mavericks，意指「標新立異之士」或「未打烙印的小牛」，現行譯法應是意譯後者，但這兩個意思其實都出自德克薩斯共和國 (1836-46) 的開國者塞繆爾・奧古斯都・馬華力 (Samuel Augustus Maverick, 1803-70)。他是美國西部牧場的畜牧者，俗稱牛仔，因不肯為牛隻烙印，違反當時牛隻所有權取決於牛身上烙印的成規，所以凡找到未烙印的小牛便稱作 Maverick 的牛，幾經流傳，Maverick 便特指未烙印的小牛，或用以形容像 Maverick 這樣標新立異之士。美國西部片影集 *Maverick* 的主角也是特立獨行的牛仔，Maverick 是他的姓氏。因此，Mavericks 或許意譯為「牛仔隊」更能表現該球隊的意涵。

4 形譯搭配圖片搜尋，講究譯文生動 liveliness

原文	Michael Phelps finished fifth in the 200 meters breaststroke in his final event at the U.S. championships in San Antonio on Monday. (*Reuters*)
待修譯文	麥可‧菲爾普斯週一在德州聖安東尼奧參加全美游泳錦標最後一場比賽，在兩百公尺胸泳名列第五。
參考譯文	「飛魚」菲爾普斯週一在德州聖安東尼奧參加全美游泳錦標最後一場比賽，在兩百公尺蛙式名列第五。

| 說明 　原文中的 breaststroke 是游泳比賽四式之一，其餘三式為 backstroke（仰式）、butterfly stroke（蝶式）、freestyle（自由式，捷泳）。待修譯文將 breaststroke 直譯為「胸泳」，但建議形譯為「蛙式」，該泳式是模仿青蛙游泳動作的泳姿，雖然也稱「胸泳」或「俯泳」，但仍以「蛙式」最為常見，因此參考譯文從眾採用形譯，讓讀者一看便知泳姿。

　　跟音譯、直譯、意譯相比，形譯的使用時機和優點在於：所譯的物體恰巧具有明顯的外形特徵，採用形譯會比其他譯法更加簡便有趣、具象傳神，令讀者印象深刻。使用形譯時建議搭配圖片搜尋，更可讓譯文躍然紙上，例如希臘神話中的 Cerberus（三頭犬）、Centaur（半人馬）、Griffin（獅鷲）、Mermaid（人魚）、Pegasus（天馬），又如精靈寶可夢 (Pokemon) 的 Bulbasaur（妙蛙種子）、Ivysaur（妙蛙草）、Venusaur（妙蛙花）、Oddish（走路草）、Gloom（臭臭花）、Vileplume（霸王花）、Diglett（地鼠）、Tentacool（瑪瑙水母），都讓讀者一看譯名就能聯想到所譯物體的外形。反之，如果只譯字面或語音，便較為費解。

　　形譯依照譯文採用的形體大致分為五類：「英文字母類」、「中文字形類」、「形狀紋線類」、「物體器官類」和「動植生物類」。首先，「英文字母類」的形譯是將翻譯對象的形體類比為英文字母形體，例如 V-neck T-shirt（V 領 T 恤）、sectional sofa（L 型沙發）、travel pillow（U 型枕）。再來，「中文字形類」的形譯則是將翻譯對象的形體類比為中文字型，例如 tic-tac-toe（井字遊戲）、pigeon-toed（內八字）、splay-footed（外八字）。第三，「形狀紋線類」指翻譯

時以幾何形狀或紋路線條為特徵來命名，例如 polka dot（圓點）、graph paper（方格紙）、diamond check（菱格紋）。第四，「物體器官類」指翻譯時以物體、用具或器官部位為特徵來命名，例如 crow's feet（魚尾紋）、tailcoat（燕尾服）、potato（馬鈴薯）。第五，「動植生物類」指翻譯時以動物或植物等的形態為特徵來命名，例如 bingo wings（蝴蝶袖）、V-line abs（人魚線）、flounce（荷葉邊）。

綜合練習

1 請運用音譯、直譯、意譯或形譯，翻譯以下單字及片語，並寫上使用的翻譯方法。

	原文	中譯	翻譯方法
1	muffin top	游泳圈	形譯
2	mascara	睫毛膏	值譯
3	horsepower	馬力	值譯
4	cupboard	櫃子	意譯
5	carnival	嘉年華	音譯
6	ponytail	馬尾	值譯
7	italics	斜體字	形譯
8	crib	嬰兒床	意譯
9	lottery	樂透	音譯
10	lollipop	棒棒糖	形譯
11	bitcoin	比特幣	值譯
12	houndstooth check	千鳥格	形譯
13	grease monkey	黑手	意譯
14	deoxyribonucleic acid		
15	go commando		

2 請翻譯以下句子，並於畫線處使用合適的詞語翻譯法。

1. He was a gym fanatic who bared his <u>six-pack abs</u> on the cover of *Men's Health* magazine. (*Chicago Tribune*)

   他是個健身狂，在「男人健康」雜誌封面上露出他的六塊肌。

2. With simple tools, creativity, and <u>elbow grease</u>, we made our content come alive. (*Harvard Business Review*)

   我們以簡單的工具、創意和努力給作品活力。

3. A couple of <u>crosswalks</u> in Bel Air* have brought some new brightness and color to the town's streets. (*The Baltimore Sun*)

   *貝萊爾鎮

   貝萊爾鎮的~~行人行道~~ 帶給 貝萊爾鎮的街上新的色彩。

   班馬線

4. Mr. White, a well-known argillite carver, was working on a new <u>totem</u> pole. (*The New York Times*)

5. <u>Cold-brew</u> coffee makers range in size, price and complexity. (*The Washington Post*)

6. The moment you open the bag, the <u>marshmallows'</u> banana smell hits you like a freight train. (*Los Angeles Times*)

綜合練習 參考答案

1

	原文	中譯	翻譯方法
1	muffin top	游泳圈	形譯
2	mascara	睫毛膏	意譯
3	horsepower	馬力	直譯
4	cupboard	儲藏櫃（間）	意譯
5	carnival	嘉年華	音譯
6	ponytail	馬尾	直譯
7	italics	斜體字	形譯
8	crib	嬰兒床	意譯
9	lottery	樂透	音譯
10	lollipop	棒棒糖	形譯
11	bitcoin	比特幣	音意兼顧
12	houndstooth check	千鳥格	形譯 + 意譯
13	grease monkey	黑手	意譯
14	deoxyribonucleic acid	去氧核醣核酸	直譯
15	go commando	不穿內褲	意譯

2

1. 他熱愛健身，還登上《男士健康》雜誌封面大秀六塊肌。
   說明 兩個畫線處皆使用直譯法。

2. 我們憑著簡單的工具發揮創意並費些力氣，讓內容變得生動活潑。
   說明 畫線處使用意譯法。

3. 兩條斑馬線讓貝萊爾鎮的街道鮮豔起來。
   說明 畫線處使用形譯法。

4. 懷特先生是著名的硬頁岩雕刻師，當時正在雕新的圖騰柱。
   說明 畫線處使用音譯法。

5. 冰釀咖啡機尺寸有大有小，價錢有高有低，功能有的簡單、有的複雜。
   說明 畫線處使用直譯法。

6. 一打開包裝，棉花糖那股香蕉味立刻撲鼻而來。
   說明 畫線處使用形譯法。

甜甜圈
的前世今生[*]

　　西方典章文物制度傳入華語文化圈，常常會經歷各種譯名，例如甜食 doughnut（或簡略拼法 donut），是 dough 加上 nut 組成的複合字，dough 指「生麵團」，nut 則描述這種甜食早年形狀類似「堅果，果仁」，小小的、圓圓的，或可稱為「麵團糰子」。根據耶魯大學英國文學博士柳無忌 (1907-2002) 回憶：1920 年代留學美國時，每天早餐就是「一杯咖啡和兩枚 DONUT（油炸小甜餅）」。而台灣 1950 年代報紙刊載的翻譯小說則多稱之為「多福餅」，例如：

> 　　邁殷斯說：「她最愛去的地方，是紐奧連市場一家咖啡室，常去那
> 裡喝咖啡，吃多福餅，還帶著一本書去讀。我想這種時候，她最喜歡讀
> 的是，雷瓦諾的新書，她喜好藝術。」

　　「多福餅」這個譯名一直沿用到 1960 年代，1962 年美國農業部為了向只愛吃米食的台灣人推廣小麥，特地舉辦經濟成果展覽會推廣各種麵食，美國小麥協會還特別協助從美國運來一台「油炸多福餅機」(Donut Frying Machine)，一方面讓台灣民眾見識到自動化機器的威力，另一方面也讓民眾有機會品嚐多福餅的滋味，這是 donut 首度以罕見舶來食品面目亮相，此後各種別號紛紛出籠，例如 1965 年 10 月《聯合報》的食譜專欄便另起新名：「幸福餅，別號『環餅』」。

　　1967 年，先前在經濟成果展覽會大放異彩的麵食推廣委員會，在南港成立「烘焙技術訓練班」，除了聘請老師訓練專業的烘焙人員，還於 1970 年出版國內第一本專業的烘焙刊物《烘焙班訊》，上頭刊載 donut 的食譜時稱其為「道納司」。後來「甜甜圈西餐廳」在台北市長春路開業，搭上 1979 年在華視首播一砲

---

[*] 本篇賞析內容部分段落參考劉志偉《美援年代的鳥事並不如煙》其中一章〈甜甜圈的前世今生〉，文中提及 1950 年代翻譯小說的段落便轉引自此。

而紅的卡通《小甜甜》熱潮，「甜甜圈」一詞的主流地位逐漸奠定。然而，1980年代中期，「甜甜圈」名號遭亂流突襲。1985 年 7 月 16 日《經濟日報》一則新聞寫著：「繼美國漢堡在台展開市場爭奪戰之後，美國唐先生圓圓圈也與當肯圈圈餅對上了。」文中「唐先生」指的是 Mister Donut，「當肯」則是 Dunkin' Donuts，「圓圓圈」跟「圈圈餅」則是兩大品牌對 donut 的譯名，一來以此區別彼此，同時也區隔坊間的甜甜圈。兩大品牌皆二度進出台灣市場，其中 Mister Donut 第二次登台時正式名稱改為「多拿滋」。一個小小的 donut 竟然有過這麼多譯名，難怪近代翻譯名家嚴復會說：「一名之立，旬月踟躕。」

賞析演練　　以下表格整理出 donut 的各種譯名，請判別這些譯名各使用了哪種詞語翻譯法。

原文	Doughnut (Donut)				
中譯	麵團糰子	油炸小甜餅	多福餅	幸福餅	環餅
翻譯方法	直譯	意譯			形譯
中譯	道納司	甜甜圈	圓圓圈	圈圈餅	多拿滋
翻譯方法	音譯	形譯	形	形	音

▶ 參考答案請見「學習手冊」

1. <u>Sierra Leone</u>, <u>Liberia</u> and <u>Guinea</u> are the three West African countries at the heart of the current <u>Ebola</u> outbreak. (*Reuters*)

2. <u>Social media</u> has become a fact of life for civil society worldwide. (*The Fourth Industrial Revolution*)

3. When it comes to <u>calories</u>, all sugars provide about the same amount of energy—about 16 <u>calories</u> per teaspoon. (*CBC News*)

4. Taiwan is ranked the best place to start a business in Asia, ranking No. 8 out of 130 countries in the world, based on the recently released <u>Global Entrepreneurship Index</u>. (*The China Post*)

5. The blonde wore baggy <u>harem pants</u> and a long blazer for the outing with her man in <u>Sydney's Double Bay</u>. (*Daily Mail*)

6. <u>Baby's Breath</u> can invade farm and grazing land and once established can be almost impossible to eradicate. (*CTV News*)

7. If <u>Black Friday</u> marks the official start of the holiday shopping season, <u>Cyber Monday</u> is when things get serious. (*USA Today*)

8. Almost all of the parents surveyed said they had been pestered by their children to buy <u>junk food</u> at the <u>checkouts</u>, and most found it difficult at that particular moment to say no. (*The Independent*)

9. The average <u>length of an engagement</u> is 14 months—which often means 14 months of drawing up complicated seating plans and puzzling over whether sugared almonds or miniature licquers make better wedding favours. (*Daily Star*)

▶ 參考答案請見「學習手冊」

Chapter 2 正說反譯法

「正說反譯法」指的是將原文中原本以正面表達的肯定字詞，以具否定意味的字詞來翻譯的技巧。以下例來說：

◆ Stay!
① 留下來！
② 別走！

譯文①依照原文的肯定語氣翻為「留下來」，稱為正說正譯，而譯文②將原本為肯定語氣的原文，以否定字詞「別」譯為「別走」，就是正說反譯。相較於正說正譯的「留下來」，採用正說反譯的「別走」語氣較為強烈。

翻譯時，適時運用反面說法來陳述同一件事情，除了能使譯文更顯靈活外，有時也可讓譯文的語意更加精確，例如：

◆ I had very little idea as to what was going on. (*TED*)
正說正譯：那時候發生的事我只知道一點點。
正說反譯：我根本不知道那時侯發生什麼事。

原文的 little 指的是「一點點的」、「很少的」之意。正說正譯的譯文將原文的 had very little idea 譯為「只知道一點點」，無法精確表達原文所欲強調當時幾乎沒有任何消息；反之，正說反譯的譯文「根本不知道」，則較能凸顯 little 帶有「少到幾乎無法計算」的涵義，也更能精確傳達原文語意。其實，台灣的英文學習者對正說反譯法應不陌生，像 little 或 few 這兩個字，字面意思為「很少的」，但我們更常將其解讀為「沒多少的」、「沒幾個的」，當中的思考邏輯就運用了正說反譯法。

正說反譯法的應用

1 英文名詞正說反譯

原文	Bob Dylan's Nobel silence is "impolite and arrogant." (*BBC*)
正說正譯	巴布・狄倫對得諾貝爾獎的沉默是「無禮、傲慢」的行為。
正說反譯	巴布・狄倫對得諾貝爾獎不置一詞是「無禮、傲慢」的行為。

| 說明 | 原文的 silence 為名詞,描述歌手巴布・狄倫在得到諾貝爾文學獎時,第一時間出人意外地不發表任何意見。正說正譯的譯文將 silence 譯為「沉默」,可正確傳達語意,不過我們也可進一步使用正說反譯法,將 silence 轉譯為動詞「不置一詞」,讓譯文有更多變化。

2 英文動詞正說反譯

原文	Traditions in the conservative Gulf Arab region bar women from mixing with unrelated men. (*Reuters*)
正說正譯	在保守的波斯灣阿拉伯地區傳統裡,禁止女性與非親非故的男性混雜而坐。
正說反譯	在保守的波斯灣阿拉伯地區傳統裡,不允許女性與非親非故的男性混雜而坐。

| 說明 | 原文的動詞 bar 為肯定語氣,在此可正譯為「禁止」,也可加入否定字「不」,反譯為「不允許」,兩種譯法都可以明確傳達語意。此外,原文為一句沒有逗號的句子,翻譯後適時加入逗號斷句,使語意更易消化理解(詳見第 12 章「分句法」)。

3 英文副詞正說反譯

原文	They took their time. They looked slowly at the Louvre. (*The New York Times*)
正說正譯	他們在羅浮宮不趕時間，慢慢地欣賞。
正說反譯	他們在羅浮宮不趕時間，<u>不疾不徐地</u>欣賞。

　　說明　　正譯的譯文將 slowly 譯為「慢慢地」已可傳達原文語意，但若比較兩譯文，可以發現「不疾不徐地欣賞」跟「慢慢地欣賞」所描繪的人物動態不太相同。「不疾不徐」著眼於參觀之從容，而「慢慢地」則指刻意放慢速度。此處兩譯文皆為合適的翻譯，但若有上下文時，應視情境選用符合的譯法。以此句來說，若要強調這些人刻意放慢參觀速度，以正譯為佳；若否，則反譯較好。

4 英文形容詞正說反譯

原文	The paint is still wet.
正說正譯	油漆還是濕的。
正說反譯	油漆未乾。

　　說明　　原文裡的形容詞 wet 若正譯，整句即為「油漆還是濕的」。但此句原文常作公共標語，提醒路人小心未乾的油漆，若僅譯為「油漆還是濕的」，較難凸顯警告意味。此時反譯為「油漆未乾」才符合此句使用情境。

　　在本例中，反譯形容詞加強了譯文語氣，不過有時反譯形容詞反而可以傳達委婉語氣，例如 She is fat. 若正譯為「她很胖」，聽來有些不禮貌，此時就可反譯為「她不瘦」委婉表達，避免冒犯他人。

5 英文介系詞正說反譯

| 原文 | The tree's lowest branches were almost 100 feet up, far beyond his reach. (*TED*) |

| 正說正譯 | 這棵樹離地面最近的樹枝幾乎超過 100 英尺,超出他能觸碰的範圍。 |

| 正說反譯 | 這棵樹離地面最近的樹枝幾乎超過 100 英尺,已不在他能觸碰的範圍內。 |

| 說明 | 介系詞 beyond 可正譯為「超出…範圍」,也可反譯為「不在…範圍內」,兩種譯法都能傳達原文語意。此外,還可跳脫原文句構,將 far beyond his reach 反譯為「他搆也搆不著」,使動態更鮮明。有時單看一句原文時,不論正譯反譯皆可,但若有上下文時,則須視情境選用適切譯文。

6 英文片語或慣用語正說反譯

| 原文 | My struggle to get pregnant nearly had me at my wit's end, but here's what it taught me about my body and self-worth. (*Yahoo! STYLE*) |

| 正說正譯 | 為了懷孕我幾乎試過各種法子了,不過從中我認識了自己的身體以及自我價值。 |

| 正說反譯 | 要如何懷孕我幾乎已經想不出方法了,不過從中我認識了自己的身體以及自我價值。 |

| 說明 | 慣用語 at my wit's end 意指「腦力用盡」,正說正譯的譯文「試過各種法子」,可正確傳達語意,不過我們也可以使用正說反譯譯為「想不出方法」,強調此人已經試過太多種方法,沒有任何其他方法可行了,如此一來,更能強調「束手無策」的涵義。

綜合練習

1 請翻譯以下句子，並依題目指示翻譯畫線處。

1. Stansted Airport security scanner <u>failure</u> leaves hundreds stranded. (*BBC*)
   名詞正說反譯

   _____

2. A New York gallery owner <u>is denied</u> entry to US. (*CNN*) 動詞正說反譯

   _____

3. My thighs aches <u>terribly</u> after the climb. (*The New York Times*) 副詞正說反譯

   _____

4. A <u>suspicious</u> vehicle was found near BBC's central London headquarters.
   (*Mirror*) 形容詞正說反譯

   _____

5. United Airlines flies a woman to San Francisco <u>instead of</u> France. (*Fox News*)
   片語介系詞正說反譯

   _____

6. Spring break can be <u>far from</u> fun. (*BBC*) 片語正說反譯

   _____

2 請翻譯以下句子，並以正說反譯法翻譯畫線處。

1. I noticed that the classroom is nearly <u>empty</u>. (*TED*)

_____

2. I've <u>gotten</u> my <u>head above water</u>. (*The New York Times*)

_____

3. North Korea detains the fourth American for "<u>hostile</u> acts." (*The Telegraph*)

_____

4. <u>Anxiety</u> spreads over US-China trade war. (*Financial Tribune*)

_____

5. We're given a good old-fashioned blackboard presentation in which they <u>enthusiastically</u> draw and explain production processes. (*Pierre Robert*)

_____

6. Pope Francis <u>lost</u> his temper yesterday in Mexico after a person pulled him so hard he fell onto a child in a wheelchair. (*Catholic Herald*)

_____

1

1. 倫敦史坦斯特機場安檢掃描器失靈，導致數百名乘客滯留。
   說明 名詞 failure 可正譯為「故障」，此處反譯為「失靈」。

2. 一名紐約畫廊主人無法入境美國。
   說明 被動語態動詞 is denied 可正譯為「被拒絕」，此處反譯為「無法」。

3. 爬山後我的大腿疼痛不已。
   說明 副詞 terribly 可正譯為「非常」，此處反譯為「不已」。

4. BBC 倫敦市中心總部附近發現的車輛，令人不得不起疑心。
   說明 形容詞 suspicious 可正譯為「可疑的」，此處反譯為「令人不得不起疑心」。

5. 聯合航空把一名女性載往舊金山，而非法國。
   說明 片語介系詞 instead of 反譯為「而非」。

6. 放春假可能一點也不好玩 。
   說明 片語 far from 反譯為「一點也不」。

2

1. 我發現教室幾乎空無一人。
   說明 形容詞 empty 可正譯為「空蕩蕩的」，此處反譯為「空無一人」。

2. 我不再舉債度日。
   說明 慣用語 get one's head above water 可正譯為「擺脫經濟困境」，此處反譯為「不再舉債度日」。

3. 北韓拘留第四名美國人，因其態度不友善。
   說明 形容詞 hostile 可正譯為「有敵意的」，此處反譯為「不友善」。

4. 中美貿易戰爭引起大眾不安。
   說明 名詞 anxiety 可正譯為「焦慮」，此處反譯為「不安」。

5. 他們以傳統的方式在黑板上畫圖，滔滔不絕地向我們解釋生產過程，效果還不錯。
   說明 副詞 enthusiastically 可正譯為「熱心地」，此處反譯為「滔滔不絕地」。

6. 教宗方濟各昨日於墨西哥被重重地拉了一把，讓他跌坐在一名坐輪椅的孩童身上，教宗因此控制不住脾氣。
   說明 動詞 lost 可正譯為「失去」，此處反譯為「控制不住」。

2

正說反譯法

Genetically Modified Foods: Are They Safe?

〈基因改造食物安全嗎？〉

出處與內容概述

　　以下英文段落出自 *Scientific American*，譯文出自《科學人》。文章探討基因改造食物的優缺點，由鼓吹基改食物以及反對基改食物兩派的論點討論人類是否應該食用基改食物。本段引文為文章的第一段，提到人類對於基改食物的正反兩派看法。作者 Kathryn Brown 為科學作家。譯者黃榮棋為美國伊利諾大學香檳校區生理學博士，現為長庚大學醫學院生理暨藥理學科副教授。

　　The world seems increasingly divided into those who favor genetically modified (GM) foods and those who fear them. Advocates assert that growing genetically altered crops can be kinder to the environment and that [1]eating foods from those plants is perfectly safe. And, they say, genetic engineering—which can induce plants to grow in poor soils or to produce more nutritious foods—will soon become an essential tool for helping to feed the world's burgeoning population. Skeptics contend that GM crops could pose unique risks to the environment and to health—[2]risks too troubling to accept placidly. Taking that view, many European countries are restricting the planting and importation of GM agricultural products. Much of the debate hinges on perceptions of safety. But what exactly does recent scientific research say about the hazards? The answers, too often lost in reports on the controversy, are served up in the pages that follow.

人們對基因改造食物的態度，似乎愈來愈壁壘分明，一邊的人支持，另一邊的人則是畏懼。支持者宣稱，種植基因改造作物對環境傷害較小，而食用這種農作物製成的食品也完全無害。他們還說，基因工程讓農作物在貧瘠的土地上也能生長，或可培育出更營養的食物。在不久的未來，全球人口快速膨脹，還得靠這方法解決糧食問題。持懷疑態度者則反駁，基因改造作物對生態環境和人體健康都有極大的風險，令人憂心，不該貿然接受。許多歐洲國家抱持這種態度，因而限制基因改造作物的種植與輸入。主要的爭議，集中在基因改造食物的安全性。然而，最近的科學研究又是如何看待基因改造食物的危險呢？答案，往往迷失在各種報導的爭議中；但是在接下來的篇幅裡，它們將呈現在你的眼前。

2
正說反譯法

文章 風格與用字特色

引文開頭即破題，指出對於基改食物各有支持及反對的觀點，先帶入支持者的看法，再提到反對派的立場，一步步引領讀者往下閱讀，結構相當清楚。此外，本文使用的單字相對簡單，有些句子雖然長度不短，但邏輯清楚易懂，是篇平易近人的文章。

翻譯 技巧說明

① eating foods from those plants is perfectly <u>safe</u>
　食用這種農作物製成的食品也完全<u>無</u>害
　說明 原文的 safe 用來描述基改食物是「安全的」，譯者此處使用正說反譯法，加入否定字「無」，表示食用來自此種作物的食品是「無害的」。

② risks <u>too</u> troubling <u>to</u> accept placidly
　風險…令人憂心，<u>不該</u>貿然接受
　說明 片語 too ... to... 沒有否定字詞，但一般我們會以否定字反譯為「太…，而不能…」，此處譯文便反譯為「令人（憂心），不該（貿然接受）」。

25

　　以下提供二篇譯作，供讀者自行賞析。請比較原文與譯文，指出特別吸引你的譯文，並找出哪幾處使用了正說反譯法。

Pitt stop: Uber launches its first self-driving cars
〈匹茲堡行車記〉

▌出處與內容概述 以下英文段落出自 *The Economist*，譯文出自《經濟學人商論》。文章敘述優步 (Uber) 自動駕駛汽車的利與弊，爲眞正體驗過此服務的記者所撰寫。本段引文提及優步自動駕駛汽車的種種功能，爲未來的汽車使用方式提供新的可能性。

　　Sitting in the back seat of the self-driving Uber as it navigates narrow streets in Pittsburgh's old industrial heart, the Strip District, is surreal. The global ride-sharing firm chose the area as the spot to develop and test driverless cars, and picked up its first customers on September 14th. Your correspondent got a ride the day before. The vehicle moves smoothly down busy Penn Avenue, stopping at four-way stop signs and traffic lights, slowing to allow other cars to parallel park. It navigates around double-parked delivery vans. It even stops to allow jaywalking pedestrians to cross.

　　坐在優步自動駕駛汽車的後座上，任其在匹茲堡工業中心橫排區狹窄的街道上行駛，感覺很不眞實。這家全球共乘服務公司在這片區域研發和測試無人駕駛汽車，並在 9 月 14 日接待了第一批顧客。本刊記者在此前一天便體驗了一次。所乘車輛沿交通繁忙的潘恩大道平穩地行駛，能依照四岔路口的停車標誌及交通號誌燈的指示停車，還會減速，以便讓其他車輛路邊停車。這輛車能繞過並排停靠的廂式貨車，甚至還會停下來避開穿越馬路的行人。

原文出處 http://www.economist.com/news/business/21707263-uber-launches-its-first-self-driving-cars-pitt-stop

Dissatisfied customer drop-kicks a custom-made cake across a grocery store

〈不滿意的客人把訂製蛋糕飛踢過雜貨店〉

出處與內容概述 以下英文段落及譯文出自《自由時報：中英對照讀新聞》。此篇新聞報導有位客人因為不滿意自己訂製的蛋糕，便將蛋糕踢飛，並不斷飆罵髒話，嚇壞了店員和在場客人。法官表示這樣的舉動會嚇到其他顧客。

Angry at the way her custom-made cake turned out, a Michigan woman drop-kicked the cake across a grocery store. Witnesses say that while sending the dessert airborne, the woman also dropped some less-than favorable language before storming out of the Kroger store. The incident took place back in June when Tricia Kortes wasn't satisfied with her son's birthday cake. "Here you are in the middle of a public place, basically drop-kicking a cake because you were upset and dropping the F-bomb. If I was shopping with a child, I'd be horrified," Judge Kim Small told Kortes in court. "And quite frankly, I think the child would be horrified as well." Kortes was previously ordered to complete anger management classes after she was arrested for assaulting a co-worker. Kortes is also facing assault charges for allegedly slapping an ice-cream store worker when the store didn't have her favorite flavor on hand.

密西根州一名婦女不滿意她訂製的蛋糕成品，怒將蛋糕飛踢過一家雜貨店。目擊者指出，該女子邊飛踢這個甜品，還邊說了些不怎麼好的話，然後怒氣沖沖地離開這家克洛格連鎖大賣場。此事發生在六月，崔希雅・寇提斯不滿意她兒子的生日蛋糕。「基本上，妳在大庭廣眾之下飛踢了一個蛋糕，因為妳很不爽還狂飆髒話。我要是正帶著孩子在購物，我會嚇壞了，」法官金姆・史莫在法庭上告訴寇提斯。「而老實說，我覺得孩子也會嚇壞了。」寇提斯過去曾因攻擊同事被捕，被下令必須上完憤怒控制課程。寇提斯還因冰淇淋店內沒有她最喜歡的口味，據稱掌摑了一名店員而被控攻擊。

▶ 賞析演練翻譯技巧請見「學習手冊」

以下句子提供讀者自我挑戰。翻譯時可以多考慮畫線處如何使用本章學到的翻譯技巧。

1. Social media giant is shamefully <u>far from</u> tackling illegal content. (*BBC*)

2. The entrepreneur's finances are as <u>jaw-dropping</u>, inventive and combustible as his space rockets. (*The Economist*)

3. Not that we don't appreciate the hospitality, but the accommodation <u>leaves something to be desired</u>. (*Carmilla*)

4. Modi's cash ban may have been <u>in vain</u> as India outlook dims. (*Bloomberg*)

5. The early indications are that when the brain waves of mothers and babies are <u>out of sync</u> in learning activities, the babies learn less well. (*BBC*)

6. A guide can take you to <u>less</u> traveled spots while keeping you safe, and educating you on all things Hawaii. (*National Geographic Travel*)

7. People with developmental disabilities <u>are</u> frequently <u>denied</u> the right to vote. (*Disability Justice*)

8. Founders dream of selling their firms to one of the giants <u>rather than</u> of building their own titans. (*The Economist*)

9. I am <u>at a loss</u> for words. (*China Post*)

▶ 參考答案請見「學習手冊」

反說正譯法

　　上一章介紹的正說反譯法，是將原文中以正面表達的肯定字詞，以「不」、「無」、「沒有」等帶有否定意味的字詞翻譯。本章的「反說正譯法」，則是指將原文中帶有否定意味的字詞，以中文的肯定句式正面表達。例如：

◆ Don't go!
　　① 不要走！
　　② 留下來！

　　譯文①將 Don't go 譯為「不要走」，保留原文的否定字詞，稱為反說反譯；譯文②則不以中文對應的否定字詞翻譯，將原文的否定語氣，改以肯定語氣表達，譯為「留下來」，便為反說正譯。

　　使用反說正譯法，第一步要先判斷原文是否為反面表達。最簡單的判斷方式，就是看原文中是否有 no, not, none 等否定字詞，或是句中字詞是否帶有否定意味的字首或字尾（如：non-, de-, dis-, in-, im-, un-, mis-, il-, ir-, under-, -less）。若句中出現否定字詞或帶有否定字首、字尾的字詞，那麼原文即是以反面表達。善用反說正譯法，有時可讓譯文的表達更精確，例如：

◆ Senate votes to undo Internet privacy rules. (*CNN*)
　　反說反譯：參議院投票不做網路隱私權條款。
　　反說正譯：參議院投票撤銷網路隱私權條款。

　　動詞 undo 帶有否定字首 un-，就字面上來看，un-do 即是「不一做」。若將原文 undo Internet privacy rules 以反說反譯法譯為「不做網路隱私權條款」，不僅令人費解，還會有誤譯之嫌，因為原文此處是指參議院「撤銷」條款，與「不做」在意義上是有落差的。因此此處使用反說正譯法更能精確傳達原文語意。

◆ I wouldn't carelessly drag that icon to the trash can. (*TED*)

反說反譯：我不會不小心地把（電腦桌面上的）圖示拉到垃圾桶。

反說正譯：我不會粗心大意地把（電腦桌面上的）圖示拉到垃圾桶。

原文的 carelessly 帶有否定意味的字尾 -less，依照原文反說反譯的「我不會不小心地把圖示拉到垃圾桶」可傳達原文語意，不過相較之下，反說正譯的「我不會粗心大意地把圖示拉到垃圾桶」更能表達說話者所欲傳達「不可能隨便馬虎」的意涵。

反說正譯法的應用

1 英文名詞反說正譯

原文	There may be mismatches between the skills available in the UK labor force and the needs and expectations of employers. (*BBC*)
反說反譯	英國勞動人力的技術可能不符合雇主的期待與需求。
反說正譯	英國勞動人力的技術與雇主的期待與需求有所落差。

說明　　　原文中的名詞 mismatches 帶有否定意味的字首 mis-，意指「不匹配」或「不搭」。依照原文反說反譯的「不符合雇主的期待與需求」雖可傳達原文意旨，但語氣較為直接。反觀反說正譯的譯文「與雇主的期待與需求有所落差」，除了能明確傳達語意，語氣也較為委婉。這兩個譯文都可詮釋原文意涵，但在語氣上，反說反譯的「不符合」較為直接，而反說正譯的「與…有所落差」較為委婉，譯者需依語境選擇適合的譯法。

2 英文動詞反說正譯

原文	Two localist HK lawmakers are disqualified from taking office. (*China Post*)
反說反譯	兩名香港本土派議員不符擔任公職的資格。
反說正譯	兩名香港本土派議員喪失擔任公職的資格。

　　說明　　原文中的 disqualified 是帶有否定意味字首 dis- 的動詞，比較 disqualified 的兩種譯法，反說反譯為「不符資格」、反說正譯為「喪失資格」，兩種譯法意思略有出入。「不符資格」可能指「從頭到尾都沒有符合擔任公職的資格」，而「喪失資格」則隱含著「本來有擔任公職的資格，但後來喪失了此資格」的意味。在沒有上下文情境線索時，反譯與正譯都合適，但若有上下文時，翻譯就必須考量上下文，再選用合適的譯文。英文中帶有否定意味字首的動詞，往往比較適合使用反說正譯法，像是 discourage 譯為「勸阻」就比「不鼓勵」來得精確，或是 disarm 譯為「棄械」就比「不武裝」更顯直接易懂。

3 英文副詞反說正譯

原文	Gay rights: Greatly expanded, impossibly fragile. (*CNN*)
反說反譯	同志人權：快速成長，但無法想像地脆弱。
反說正譯	同志人權：快速成長，但極其脆弱。

　　說明　　副詞 impossibly 帶有否定意味的字首 im-，意指「不可能發生地」、「無法想像地」，反說反譯的譯文用反面表達，將 impossibly fragile 譯為「無法想像地脆弱」，使得語意不易理解。反說正譯的譯文將 impossibly fragile 以正面表達，譯為「極其脆弱」，讓語意顯得清楚易懂。不過，帶有否定意味字首的副詞並非每次都需要改為正面表達，例如 This warranty does not cover products which are used improperly. 一句，用反說反譯法譯為「產品不當使用導致毀損，不在保固範圍內」，就比反說正譯的「產品誤用導致毀損，不在保固範圍內」更為精準。

4 英文形容詞反說正譯

原文	Are children becoming "digitally illiterate"? (*BBC*)
反說反譯	孩子們會變成「看不懂數位」嗎？
反說正譯	孩子們會變成「數位文盲」嗎？

說明　　形容詞 illiterate 帶有否定意味的字首 il-，意指「目不識丁的」、「沒受教育的」，但在此跟著原文反說反譯的譯文「看不懂數位」，卻顯得突兀而令人費解。反說正譯的譯文將 illiterate 譯為「文盲」，使得譯文「數位文盲」更合乎中文表達方式，語意清楚直接。其他經常出現反說正譯的形容詞還有 illegal（不合法的）可正譯為「犯法的」或「違法的」、illogical（邏輯不通的）可正譯為「邏輯有問題的」。

5 英文介系詞反說正譯

原文	Democracy without Citizens: Media and the Decay of American Politics (*Democracy without Citizens*)
反說反譯	沒有公民的民主政治：媒體與美國政治之衰敗
反說正譯	公民缺席的民主政治：媒體與美國政治之衰敗

說明　　原文為一書名，其中的介系詞 without 帶有否定意味，指「沒有」、「不」，例如 I can read without glasses.（我不戴眼鏡也可閱讀。）此例中，

Democracy without Citizens 的用法隱含一強烈對比，Democracy（民主政治）一字，本身帶有「公民作主」的意味，因此 Democracy without Citizens 是一個文字遊戲，意指民主政治中竟然缺了最重要的一環：「公民」。與反說反譯的「沒有公民的民主政治」相較，反說正譯的「公民缺席的民主政治」更能傳達原文意涵。

6 英文片語或慣用語反說正譯

3
反說正譯法

原文	About one and a half years ago, my body weight reached 100 kg and in no time I decided to sign up for the gym. (*BBC*)
反說反譯	大概一年半前，我胖到一百公斤，但沒多久我就決定要加入健身房。
反說正譯	大概一年半前，我胖到一百公斤，我馬上決定加入健身房。

| 說明 | 片語 in no time 雖然帶有否定字 no，但用正面表達譯為「馬上」，比反面表達的「沒多久」更能清楚直接表達「立刻」的意味，也讓整句譯文「我馬上決定加入健身房」顯得更為簡潔有力。

綜合練習

1 請翻譯以下句子，並依題目指示翻譯畫線處。

1. Total global <u>disbelief</u> as Trump is elected president. (*USA Today*) 名詞反說正譯

_____

2. If you try to <u>unbalance</u> me, I simply avoid your energy and turn it back on you. (*Pushing Hands*) 動詞反說正譯

_____

3. We believe that these intentional agents control the world, sometimes <u>invisibly</u> from the top down. (*Scientific American*) 副詞反說正譯

_____

4. A widely read microblog written by the U.S. Consulate in Shanghai and known for its sometimes tongue-in-cheek comments about China's social and political issues was recently <u>inaccessible</u>. (*Yahoo News*) 形容詞反說正譯

_____

5. The Defense Department has built ships that can hunt for enemy submarines, stalking those it finds over thousands of miles, <u>without</u> any help from humans. (*The New York Times*) 介系詞反說正譯

_____

6. The Wizard of Oz told Dorothy to "<u>pay no attention</u> to that man behind the curtain" in an effort to distract her. (*Medical Express*) 動詞片語反說正譯

_____

2 請翻譯以下句子，並以反說正譯法翻譯畫線處。

1. In the days after a series of terror attacks, Mr. Hollande, long seen by much of his electorate as weak and <u>indecisive</u>, has had a great boost politically. (*The New York Times*)

2. His desertion from the army brought <u>dishonor</u> on his family. （自由時報：中英對照讀新聞）

3. In spite of her deeply-rooted <u>dislike</u>, she could not be insensible to the compliment of such a man's affection. (*Pride and Prejudice*)

4. He could surprise me with a visit <u>for no reason or occasion</u>. (*TED*)

5. Advocates accuse the government of <u>improperly</u> deporting a young man who should have had protected status in the US. (*CNN Politics*)

6. It is a secret that <u>neither</u> the reporters who have been given special access <u>nor</u> the scientific institution that sets up the deal wants to be revealed. (*Scientific American*)

1

1. 全世界都難以相信川普會當選美國總統。

   說明 名詞 disbelief（不相信）反說正譯為「難以相信」。

2. 如果你想讓我失去平衡，我只需化解你的推力，然後反推回去給你。

   說明 動詞 unbalance（不平衡）反說正譯為「失去平衡」。

3. 我們認為有些行為者企圖掌控這世界，他們的手時隱時現，由上而下操控著世界。

   說明 副詞 invisibly（看不見地）在此處搭配前面的 sometimes，反說正譯為「時隱時現」。

4. 美國駐上海總領事館微網誌，以常對中國社會與政治的尖銳評論聞名，深受廣大讀者歡迎，但最近該網站卻全面停擺。

   說明 形容詞 inaccessible（不能進入的）反說正譯為「全面停擺」。

5. 國防部打造的船艦，可偵測敵方潛艇並暗中追蹤達數千哩，完全可自行獨立運作。

   說明 介系詞 without 指「沒有，不」，因此 without any help from humans 便是指「完全不靠人力」，此處反說正譯為「完全可自行獨立運作」。

6. 奧茲國的巫師為了要引開桃樂絲的注意力，要她「忽視門簾後的那個人」。

   說明 動詞片語 pay no attention（沒注意，不注意）反說正譯為「忽略」。

2

1. 選民長久以來視歐蘭德懦弱又優柔寡斷，但近來一連串恐怖攻擊為其政治形象加分不少。

   說明 形容詞 indecisive（無法下決定的）反說正譯為「優柔寡斷」。

2. 他逃兵使家庭蒙羞。

   說明 名詞 dishonor（不名譽）反說正譯為「蒙羞」。

3. 儘管她對他的厭惡之心根深蒂固，卻無法對這樣一個男人的一番盛情無動於衷。

   說明 名詞 dislike（不喜歡）反說正譯為「厭惡之心」。

4. 他總是出乎我意料之外地出現在我的面前。

   說明 片語 for no reason or occasion，通常反說反譯為「毫無理由的」，此處反說正譯為「出乎…意料之外」。

5. 支持者控訴美國政府誤將一名應受保護的年輕人驅逐出境。

   說明 副詞 improperly（不恰當地）反說正譯為「誤」。

6. 得到獨家消息的記者或訂定交易的科學機構皆須嚴守此祕密。

   說明 連接詞 neither ... nor 帶有否定意味，通常譯為「不管 A 或 B，皆不…」，以本句來說，也就是此祕密是二者「皆不得揭露」，因此可反說正譯為「皆須嚴守此祕密」。

Insights Into Shock

〈搶救休克〉

出處與內容概述

　　以下英文段落出自 *Scientific American*，譯文出自《科學人》。文章介紹休克的成因及分類，以及醫學上處理休克的方式。本段引文為文章首段，提及美國每年休克人數、休克肇因以及醫療上面臨的困境。作者 Donald W. Landry 與 Juan A. Oliver 是美國哥倫比亞大學內外科學院的同事。譯者黃榮棋為長庚大學醫學院生理暨藥理學科副教授。

　　Whatever the cause—a heart attack, a car accident, a serious bacterial infection—the glassy-eyed catatonia of a person in shock often portends death. Every year in the U.S. alone, about 500,000 people go into sudden shock, and half die from it. For millions more, it is the final stage of terminal illness. Doctors know a good deal about what causes the condition: very low blood pressure that results in dangerously reduced delivery of blood to tissues. And they know that it kills when the lack of oxygen irreparably damages the brain and other vital organs. They also have a few tools for reversing shock before it goes too far, at least in some people. [1]But all too often treatment is ineffective, especially when a runaway infection is the trigger.

心臟病、車禍、或者是嚴重的細菌感染，不論是因為上述哪個原因而造成休克，當患者出現眼神呆滯的緊張症時，通常就意味著死亡。光是在美國，每年就有大約 50 萬人會突然休克，其中又有一半的人會因此而死亡；對另外的數百萬人而言，休克則是疾病末期的終站。醫師相當清楚，當血壓低到無法運送足夠的血液，以供應組織所需時，病人就會發生休克。他們也知道，如果因為缺氧導致腦部與其他重要器官受到不可逆的傷害，就會死人。他們也有少許方法，起碼可以在某些人的休克尚能挽救之時加以治療；但是大多數的情況，想要治療休克都只是徒勞無功，尤其是因為失控的細菌感染所引起的休克。

文章風格與用字特色

文章談及休克的症狀與肇因，因此不乏專有名詞，而文中長句頗多，如第一句 Whatever... 以及第四句 Doctors...，但架構及邏輯清楚，因此不難閱讀。文中有許多形容器官或病症的字詞，如 glassy-eyed catatonia、terminal illness、reversing shock 或是 a runaway infection 等，讀者可觀察譯者如何妥善處理這些醫學相關名詞。

翻譯技巧說明

① But all too often treatment is <u>ineffective</u>...

但是大多數的情況，想要治療休克都只是徒勞無功……

說明 形容詞 ineffective 帶有否定意味的字首 in-，意指「沒有效果的，成效不彰的」，此處譯文反說反譯為「徒勞無功」。譯者使用中文的四字成語「徒勞無功」來形容治療休克的成效，讓語意通暢易懂。我們也可以使用反說正譯法，譯為「白費力氣」。

以下提供二篇譯作，供讀者自行賞析。請比較原文與譯文，指出特別吸引你的譯文，並找出哪幾處使用了反說正譯法。

Neither a bull nor a bear be
〈非牛市，亦非熊市〉

▌出處與內容概述　以下英文段落出自 *The Economist*，譯文出自《經濟學人商論》。文章探討中國經濟成長所引發的各方說法，指出有些觀點有時過於誇大，事實上中國的經濟已經處於增長趨緩的狀況，而擔心其經濟崩潰便顯得過度杞人憂天。本段引文出自文章首段，講述各派人士對於中國經濟的看法。

China's economy inspires extreme and, often, diametrically opposed views. There is the bear case: growth is severely unbalanced, waste unbearably high and collapse nigh. And the bullish: past performance is proof of the government's managerial skill, innovation is blossoming and China will soon surpass America as the global economic powerhouse. But between these extremes lies a wide expanse of "muddle-through" alternatives, which hold that China's future will be far less spectacular: neither especially bright nor very gloomy.

中國的經濟引發了各種極端的、且往往截然相反的觀點。有人認為是熊市：增長嚴重不平衡，浪費嚴重得難以忍受，經濟崩潰迫在眉睫。也有人認為是牛市：過去的表現證明了政府的管理能力，創新正如火如荼，中國作為全球經濟強國將很快超越美國。但是在這兩種極端觀點之間，還有林林總總的「折衷」看法，認為中國的未來遠沒有那麼可觀：既不會特別光明也不會特別暗淡。

原文出處 http://www.economist.com/news/books-and-arts/21697809-growth-slowing-fears-collapse-are
-overdone-neither-bull-nor-bear-be

How the sitcom "Speechless" understands families like mine
〈美情境喜劇「無言有愛」抓住我的心〉

│ 出處與內容概述 │ 以下英文段落及譯文出自《讀紐時學英文》。文章介紹前《六人行》編劇的一部新家庭傳統喜劇《無言有愛》，描寫家中有位殘疾男孩對家中其他成員的影響，此劇的點子來自於編劇本身的家庭經驗。主角是一位身障男孩，有別於傳統此類型喜劇，在網路上引發熱烈討論。本段引文為文章第三段，簡短描述家庭成員角色。

Minnie Driver portrays his mother, Maya, who like a lot of parents of children with disabilities sometimes turns into a wild-eyed, not-always-rational warrior for her son. JJ has two siblings (Mason Cook and Kyla Kenedy) whose own needs tend to get overlooked, a common thing in such households. John Ross Bowie plays the father, Jimmy, who struggles to keep Maya from sailing off the edge.

蜜妮·德萊佛飾演母親瑪雅，和很多有殘疾子女的父母一樣，為了兒子，有時她會變成怒目而視、不總是很理性的戰士。JJ 有兩個弟妹（由梅森·庫克、凱拉·甘迺迪分飾），兩人的需求往往遭到忽視，這也是這種家庭常見的事。約翰·羅斯·鮑伊飾演父親吉米，忙著幫瑪雅踩煞車。

▶ 賞析演練翻譯技巧請見「學習手冊」

以下句子提供讀者自我挑戰。翻譯時可以多考慮畫線處如何使用
本章學到的翻譯技巧。

1. Nest has <u>undoubtedly</u> disappointed Google. It sold just 1.3m smart thermostats in 2015, and only 2.5m in total over the past few years, according to Strategy Analytics, a research firm. (*The Economist*)

2. One study suggests that if black pupils were taught by the best quarter of teachers, the gap between their achievement and that of white pupils would <u>disappear</u>. *(The Economist)*

3. The organization said the execution would be clearly <u>unlawful</u> under international law and under Singapore law. (*The Lens*)

4. Riken, one the biggest and most prestigious scientific institutes in Japan, assembled a panel of experts to review a list of <u>irregularities</u> in two papers. (*The New York Times*)

5. Even as he continues to attack the "<u>dishonest</u> media," Mr. Trump and his allies are empowering this alt-reality media. (*The New York Times*)

6. But the typical unchurched American is just as often an underemployed working-class man, whose secularism is less an intellectual choice than a symptom of his <u>disconnection</u> from community in general. (*The New York Times*)

7. Despite rising health consciousness, though, Taiwan's fitness center market is still <u>underdeveloped</u>, with only a 2.5 percent penetration rate, compared to an average across Asia of 3.8 percent. (*The Lens*)

8. Following the case of a student who was expelled from a military university after he tested positive for HIV, a doctor warns that discrimination against people with AIDS has led to <u>underreporting</u> of the disease in Taiwan. (*The Lens*)

▶ 參考答案請見「學習手冊」

增譯法

關鍵詞 read, enunciate
連接 *停頓

　　「增譯法」顧名思義是要在譯文中增添原文裡沒有的字詞，讓譯文能夠更符合目標語的句法規範或修辭習慣，使譯文中的訊息更加順暢、貼切。例如：

◆ She pictured herself as an old woman, gray-haired, wrinkled, surrounded by friends and family, and she smiled. (*The Last Adventure of Constance Verity*)

① 她想像自己是個老太太，白髮、有皺紋，身旁有家人朋友相伴。然後她就笑了。

② 她想像自己是個老太太，一頭白髮、滿臉皺紋，身旁有家人朋友相伴。然後她就笑了。

　　比對原文的 gray-haired, wrinkled，可以看出譯文 ② 的「一頭白髮、滿臉皺紋」增譯了「一頭」、「滿臉」兩詞。譯文 ① 的「白髮、有皺紋」雖然已能傳達原文語意，但與譯文 ② 相比，增譯後的譯文不但更符合中文修辭習慣（四字形容詞對四字形容詞），所描繪的人物樣態也更具象。像這樣適時在譯文中增添原文沒有的字詞，使譯文更加通順貼切，就是增譯法。使用增譯法時，可依據中文或英文的句構或修辭習慣，適時補入動詞、形容詞、名詞等詞彙，有時甚至也會補入原文中省略未提的訊息，使譯文更加清楚。不過，增譯法雖然允許譯者適時增添字詞或資訊，卻不代表譯者可以隨意添加。以下例來說：

◆ In the U.S., debates on education have gone from simmer to boil. (*Scientific American*)

① 近年來，美國國內關於教育改革的爭辯是從小火煮到滾。

② 近年來，美國國內關於教育改革的爭辯如同煮飯一樣，從小火慢煮一路爭辯下去，都炒到要熟了。

③ 近年來，美國國內關於教育改革的爭辯沸沸揚揚，愈演愈烈。

針對原文 from simmer to boil，譯文①只譯爲「從小火煮到滾」，不管讀者對美國教育改革熟不熟悉，這樣的譯文很可能會讓讀者摸不著頭緒。而譯文②雖然試著解釋 from simmer to boil，但解釋過於冗長，反而失了原文簡單扼要的風格。再看譯文③，這裡譯者把 from simmer to boil 譯爲「沸沸揚揚，愈演愈烈」，可算是適當增譯，因爲增譯的訊息並非無中生有，而是側重於讀者理解，運用得當。至於怎樣算是適度增譯，能否兼顧原文意涵與讀者理解還是最重要的依準。

增譯法的應用

1 名詞前／後增譯動詞

原文	The events leading to George Entwistle's resignation. (*The Guardian*)
待修譯文	喬治・安特惠索的辭職之導火線。
參考譯文	喬治・安特惠索遞辭呈的導火線。

　　說明　　此句講述英國廣播公司總裁喬治・安特惠索被迫去職。待修譯文依照原文句構將 resignation 譯爲「辭職」，使得譯文「喬治・安特惠索的辭職」略爲西化。此例兩譯文呈現中英文慣用詞性的差異，英文以名詞見長，中文則多動詞描繪，故參考譯文在「辭呈」一詞前加入動詞，將 resignation 增譯爲「遞辭呈」，語意便較待修譯文更清楚。另一譯法則是將 resignation 轉譯爲動詞，譯爲「喬治・安特惠索請辭之導火線」（詳見第七章「詞類轉換法」）。這兩種譯法皆順應中文以動詞見長的特性，因此譯文讀來通順。翻譯時若遇上英文中帶動詞意味的名詞，便可視上下文在譯文中增譯動詞，例如 speech（演說）、announcement（聲明）等，就常依上下文需求增譯爲「發表演說」、「發布聲明」，使譯文語意更加完整。

2 抽象名詞後增譯名詞

原文	Two recent cases of brutality have shocked Afghanistan. (*BBC*)
待修譯文	近來兩起殘暴震驚阿富汗社會。
參考譯文	近來兩起殘暴攻擊震驚阿富汗社會。

　　說明　　相較於待修譯文以「殘暴」來譯 brutality，參考譯文的「殘暴攻擊」一詞更符合中文語用習慣，原因在於「殘暴」一詞在中文語境多作為形容詞或動詞用，如教育部國語辭典便將「殘暴」定義為「殘忍暴戾」（形容詞）及「迫害」（動詞）。英文中有許多類似 brutality 這類由形容詞或動詞衍生而來的抽象名詞，翻譯若遇上此類名詞，往往需要在譯文中適時增譯字詞，以補足語意。

3 動詞後增譯名詞

原文	She cries alone at night too often. He smokes and drinks and don't come home at all. (*Only Women Bleed*)
待修譯文	他又抽又喝，連家也不回，總是讓她一人在夜裡獨自垂淚。
參考譯文	他又抽菸又喝酒，連家也不回，總是讓她一人在夜裡獨自垂淚。

　　說明　　比較以上兩譯文，可以明顯看出待修譯文的「又抽又喝」語意不若參考譯文的「又抽菸又喝酒」來得清楚。英文的不及物動詞，無須受詞即可完整表達語意，但譯為中文時，卻可能因為缺乏受詞造成語意不清。遇到這種情況，翻譯時便必須適時於動詞後增譯名詞作為受詞，讓語意更清楚。

　　此外，若遇到句中有多個動詞共用同一受詞時，也需視上下文情境增譯受詞。例如 He cut and finished the cake right away. 一句中，cut 和 finished 共用同一受詞 cake，翻譯時若譯為「他切又馬上吃完了蛋糕」則語句不通順，若適度增譯受詞，改為「他切了蛋糕後，馬上把蛋糕吃完了」便可清楚傳達語意。

4 可數名詞增譯單複數

原文	For reasons I've forgotten now, we brought love to an end. *(For Reasons I've Forgotten)*
待修譯文	為了我早已記不起的理由，我們的愛走到了盡頭。
參考譯文	為了我早已記不起的種種理由，我們的愛走到了盡頭。

　　說明　　待修譯文中，「我早已記不起的理由」無法傳達原文中複數形名詞 reasons 的涵義。不同於英文，多數中文名詞本身並無單複數的差別，需要透過冠詞、數詞、單位詞、疊詞或形容詞來表達單複數概念。例如：一本書、一位紳士、兩打蛋、幾本雜誌、諸位記者、男男女女等。因此，倘若名詞的數量在原文中有不可忽略的重要性時，必須適時增譯可以表達單複數的詞彙。

5 依據感嘆句式適度增譯形容詞

原文	He has since died, but I am proud to have met such a man and be able to continue to let his story live on. *(BBC)*
待修譯文	儘管他已經過世，我仍慶幸自己能認識這樣一個人，並讓他的故事繼續傳頌下去。
參考譯文	儘管他已經過世，我仍慶幸自己能認識這樣偉大的人，並讓他的故事繼續傳頌下去。

　　說明　　參考譯文將 such a man 譯為「這樣偉大的人」，原文中雖沒有 great（偉大的）一字，但由上下文可以推知，此處說話者乃以 such a man 強調此人之偉大，因此適時增譯形容詞「偉大的」有助傳達原文語氣。在翻譯英文中用來加強語氣的〈such + a + 名詞〉以及〈what + a + 名詞〉的感嘆句式時，需要參照上下文情境，適時增譯形容詞。例如 What a movie! 一句旨在表達「好棒的一部電影」或是「真是部好電影」，此時若無適度增譯，僅譯為「真是一部電影」，則未能表現原文的讚嘆語氣。

6 依據句式補足原文省略部分

原文	A politician thinks of the next election; a statesman, of the next generation. (*James Freeman Clarke*)
待修譯文	政客想著下場選舉。政治家，下個世代。
參考譯文	政客心繫下場選舉，政治家則心繫下個世代。

說明 英文重簡潔，遇上句子結構重複時，往往會省略重複處，例如原文分號後的 a statesman, of the next generation 原本應為 a statesman thinks of the next generation，但因與前一個子句有相同的句構，便省略了重複出現的動詞 thinks，精簡為 a statesman, of the next generation。對比待修譯文與參考譯文，可以看出翻譯時若碰上這類省略句型，必須利用增譯法將原文省略處補回，譯文才不會變得破碎難懂。英文中常見省略重複字詞的句構與句型如下：

① 平行句構

◆ The true Republic: men would have their rights and nothing more; women, their rights and nothing less.

真正的共和政體下，男人可享應有的權利，但至多如此；女人也可享應有的權利，至少應如此。

② 問句的簡答句

◆ Is he leaving? Yes, he is.

他要走了嗎？對，他要走了。

③ 比較句型

◆ Diseases of the soul are more dangerous than those of the body.

靈魂之疾危害更甚身體之疾。

碰上這種原文省略重複字詞的情況時，別忘了適時增譯，將省略或代換部分補上，讓句意更加清楚易懂。

4

增譯法

1 請翻譯以下句子，並依題目指示翻譯畫線處。

1. Human Rights Watch says that more than 400 people were killed in <u>clashes</u> with the security forces in Oromia. (*BBC*) 增譯動詞

---

2. No <u>arrests</u> have been made so far in the case. (*BBC*) 增譯名詞

---

3. He believes that pessimistic <u>arguments</u> about China's economy are exaggerated. (*Forbes*) 增譯數量詞

---

4. "<u>What a day</u> for December!" said he, and cheerily held up a letter. (*Charles Auchester: A Memorial*) 增譯形容詞

---

5. We went to all the places I had always wanted to visit. <u>What a day!</u> 增譯形容詞

---

6. <u>What a day!</u> I couldn't even get a chance to sit down. 增譯形容詞

---

7. <u>Not only England</u>, but every Englishman is an island. (*Novalis*) 增譯句式省略部分

---

2 請翻譯以下句子，並以增譯法翻譯畫線處。

1. A <u>discourse analysis</u> of CNN and BBC narratives on "Islamic terrorism" post 9/11. (*Philippine E-journals*)

   _____

2. The wide attention that a high-value art heist garners makes the <u>stolen objects</u> too recognizable to shop around. (*The New York Times*)

   _____

3. The survey of 2,000 U.K. adults by The Reading Agency found that 67% would like to <u>read</u> more, but nearly half (48%) admit they are too busy. (*BBC*)

   _____

4. The Rio Olympics started with <u>a</u> spectacular carnival-inspired opening ceremony. (*BBC*)

   _____

5. The state of her own health and the circumstance of her having an infant are considered as insuperable obstacles to her undertaking <u>such a journey</u>. (*Narrative of A Journey Through the Upper Provinces of India*)

   _____

6. Tokyo Corp has released a video, imploring female commuters not to do so, branding <u>it</u> as "ugly". (*The Independent*)

   _____

1

1. 人權觀察團體指出於奧羅米亞所爆發的警民衝突已造成四百多人喪生。

　說明　名詞 clashes（衝突）前增譯動詞「所爆發的」。

2. 此案件目前尚未有任何逮捕行動。

　說明　名詞 arrests（逮捕）後增譯名詞「行動」。

3. 關於中國經濟發展的種種悲觀言論，他認為是言過其實。

　說明　名詞 arguments（言論）前增譯數量詞「種種」。

4. 他舉了舉手上的信，滿心歡喜地說：「12 月裡頭，這天氣算很好的！」

　說明　在 What a day 感嘆句式中增譯形容詞「很好的」。

5. 我們去了之前我想去的所有地方。真是好棒的一天！

　說明　在 What a day 感嘆句式中增譯形容詞「好棒的」。

6. 真是忙碌的一天！我整天連坐都沒坐下過。

　說明　在 What a day 感嘆句式中增譯形容詞「忙碌的」。

7. 英國是座孤島，英國人也個個如孤島。

　說明　增譯原文 Not only England 所省略的 is an island，譯為「英國是座孤島」。

2

1. 這是針對 CNN 與 BBC 在 911 伊斯蘭教恐攻事件後的新聞報導所做的言談分析。

　說明　在 discourse analysis（言談分析）前增譯動詞「所做的」。

2. 高價藝術品失竊所引發的廣泛關注，使許多遭竊物品很容易被辨識出而難以出售。

　說明　在 stolen objects（遭竊物品）前增譯數量詞「許多」。

3. 英國慈善機構閱讀協會調查了兩千名英國成人，發現有 67% 的成人想多看點書，但有近半 (48%) 的人承認自己根本太忙而沒時間閱讀。

　說明　動詞 read（看）後增譯名詞「書」。

4. 里約奧運以一場大型嘉年華會揭開序幕。

　說明　不定冠詞 a 加入單位詞，增譯為「一場」。

5. 她的身體狀況不好，加上又帶著一個嬰兒，要進行這趟艱困的旅程實在是困難重重。

　說明　在 such a journey 感嘆句式中增譯形容詞「艱困的」。

6. 東京急行電鐵株式會社發布一段影片，稱此行徑「相當不雅」，懇求女性通勤者不要這麼做。

　說明　依句式將代名詞 it 增譯為「此行徑」。

Thunder Cake

《雷公糕》

出處與內容概述

　　以下英文段落出自繪本 *Thunder Cake*，譯文出自中文譯本《雷公糕》。作者為美國繪本作家派翠西亞‧波拉蔻 (Patricia Polacco)，波拉蔻圖、文均擅，以作品圖文緊密相互映襯聞名。譯者為散文名家簡媜。《雷公糕》描述作者小時候在密西根祖母家遭遇暴風雨的故事。本段引文描繪暴風雨來襲前天氣劇變，年幼的作者因害怕雷聲，總會躲到床下。

　　On sultry summer days at my grandma's farm in Michigan, the air gets damp and heavy. Stormclouds drift low over the fields. [1]Birds fly close to the ground. The clouds glow for an instant with a sharp, crackling light, and then a roaring, low, tumbling sound of thunder makes the windows shudder in their panes. The sound used to scare me when I was little. I loved to go to Grandma's house ([2]Babushka, as I used to call my grandma, had come from Russia years before), but I feared Michigan's summer storms. I feared the sound of thunder more than anything. I always hid under the bed when the storm moved near the farmhouse.

　　This is the story of how my grandma—my Babushka—helped me overcome my fear of thunderstorms.

炎熱的夏日，在我祖母位於密西根州的農場上，空氣變得又潮濕又沉悶。暴風雲層低低的飄過田野，鳥兒紛紛貼近地面飛行。轉瞬間，一道急遽且爆烈的閃電照亮雲層，接著，低沉且轟隆的雷聲跌落，使玻璃抖動起來。在我小時候，那聲音總是嚇壞了我。我喜歡到祖母家（我習慣用俄語的奶奶「巴布斯咖」喊她，很多年前，她從俄國移民到這裡來），但是，我害怕密西根的夏季暴風雨。沒有一件事像雷聲那樣令我畏懼，當暴風雨逼近農舍，我總是躲在床底下。

這就是我的祖母——我的「巴布斯咖」——如何幫助我克服對雷雨恐懼的故事。

文章風格與用字特色

《雷公糕》一書中，波拉蔻以插圖豐富的光影變化，以色彩層層堆疊，勾勒出暴風雨來襲前的緊張氣氛。文字描繪上，善用形容詞以及感覺詞 (sensory words) 仔細刻畫風雨欲來，自然萬物的種種變化，像是 sultry、air gets damp and heavy、a sharp, crackling light、a roaring, low, tumbling sound of thunder 等，讀者可觀察譯文如何捕捉作者描繪筆法，創造身歷其境的效果。

翻譯技巧說明

① Birds fly close to the ground.

鳥兒紛紛貼近地面飛行。

　說明　譯文在 Birds 後增譯「紛紛」，表達複數概念。此處若僅譯為「鳥兒貼近地面飛行」，則難顯示數量眾多。

② Babushka, as I used to call my grandma, had come from Russia years before

我習慣用俄語的奶奶「巴布斯咖」喊她，很多年前，她從俄國移民到這裡來

　說明　Babushka 一字來自俄文，意指「祖母」。此處先將 Babushka 音譯為「巴布斯咖」，再於前方增譯「俄語的奶奶」，這裡的增譯極為重要，若僅依原文譯為：「『巴布斯咖』，我都這樣叫奶奶……」，那麼讀者可能會誤以為「巴布斯咖」是某種暱稱或綽號，無法與俄文產生連結。

以下提供二篇譯作，供讀者自行賞析。請比較原文與譯文，指出特別吸引你的譯文，並找出哪幾處使用了增譯法。

How should reading be taught?

〈怎樣教孩子閱讀？〉

│ 出處與內容概述 以下英文段落出自 *Scientific American*，譯文出自《科學人》。文章探討幼童學習閱讀的方式主要有三種，各自有不同的優缺點，也各有擁護者。作者建議教師必須在此三種方式之中找到平衡點，才能適切回應學生的需求。本段引文為全文第一段，作者以小時候如何學習說話和閱讀帶入主題，並提到學習閱讀需要更多有意識的努力。

Most of us are a little fuzzy on how we learned to read, much as we cannot recall anything special about learning to talk. Although these skills are related, the ways we acquire them differ profoundly. Learning to speak is automatic for almost all children brought up in normal circumstances, but learning to read requires elaborate instruction and conscious effort. Remember how hard it once was? Reading this page with the magazine turned upside down should bring back some of the struggles of early childhood, when working through even a simple passage was a slog.

我們怎樣學會閱讀的？大多數人都不太清楚，就像我們也不記得怎樣學會說話。雖然這兩個技巧有關連，我們學會的方式卻有很大的差異。只要在正常的環境中長大，幾乎每個孩子都能自然而然地學會說話。但是，學習閱讀需要繁複的指導、有意識的努力。你還記得當年吃過的苦頭嗎？將本刊顛倒過來閱讀這一頁，應該能讓你想起一些小時候學習閱讀受過的罪。當年即使一個簡單的文字段落，你都吃力得很，進度緩慢。

4

增譯法

Spread your ideas
〈分享理念〉

|出處與內容概述| 以下英文段落出自 *How to Deliver a TED Talk: Secrets of the World's Most Inspiring Presentations*，譯文出自中譯本《TED Talk 十八分鐘的祕密》。作者傑瑞米‧唐納文 (Jeremey Donovan) 是 TED 講者，時常籌辦 TED 演講，也是致力發展公眾演講及領導能力的知名 NGO 團體 Toastmasters International 的長期成員。譯者鄭煥昇爲師大翻譯所口譯組碩士，譯筆靈動。本書透過 TED 的各種演講作爲實例，讓讀者了解精彩演說的元素與風格。此處摘錄段落選自全書開篇，介紹 TED 組織、演講和知名講者。

If you are an avid viewer of TED videos, then you probably remember what it was like to watch your first TED video. Eighteen minutes of pure inspiration. TED's mission is to share ideas worth spreading and its missionaries do not disappoint. Though not household names, Sir Ken Robinson, Jill Bolte Taylor, and a thousand others, mesmerise their growing audience with powerful content, delivery, and design.

In the unlikely event that you have not yet watched one of their videos, TED is a nonprofit organisation devoted to amplifying electrifying ideas from the domains of technology, entertainment, and design.

你喜歡看 TED 演講嗎？如果是，那你應該記得第一次看到 TED 演講影片的感覺吧？十八分鐘的毫無冷場與醍醐灌頂。TED 的成立宗旨就是分享值得傳播的理念或觀念，而挑起這項使命的使者總是能完成任務，從未失手。雖然當中很多人的名氣談不上家喻戶曉，但像肯‧羅賓遜爵士、吉兒‧波特‧泰勒，還有成千的其他講者，總能用扎實的內容、流暢的表達與優異的起承轉合，讓台下無數來賓與網路上各地的觀眾聽得如癡如醉，TED 的口碑也愈傳愈遠。

雖然你不太可能沒看過 TED 演講影片，還是容我介紹一下：TED 是一個非營利組織，其成立目的，是要把科技、娛樂與設計等領域中種種令人瞠目結舌、頭皮發麻的新鮮想法傳遞出去，讓愈多人知道愈好，知道得愈清楚愈好。

▶ 賞析演練翻譯技巧請見「學習手冊」

1. Garlic may be useful in addition to <u>medication</u> to treat high blood pressure, a study suggests. (*BBC*)

2. Rebecca and Catherine are both in full-time employment, and squeeze their <u>business</u> into their nights and weekends. (*younilife.com*)

3. <u>What I saw</u> was horrible, people crushed—it had to be stopped. (*The New York Times*)

4. "SMAP X SMAP," a family-friendly variety show in which they cook for celebrity guests, compete in games, perform comedic skits and, of course, <u>sing</u>. (*The New York Times*)

5. It's Official: Many Orchestras Are Now <u>Charities</u>. (*The New York Times*)

6. Her theories center on her <u>courtship</u>, <u>marriage</u>, and separation from her husband. (*The Feminism of Charlotte Perkins Gilman*)

7. Do you remember the first time you lay down on your back and looked up at the <u>stars</u>? (*National Geographic*)

8. Most of us assume that <u>cleansing</u> is a task so basic it can be accomplished even when you're completely exhausted or slightly tipsy. But it turns out that there's a lot more to <u>it</u> than soap and water. (*Marie Claire*)

9. Imagine a world in which getting fitted with <u>a new heart, liver</u> or set of kidneys, all grown from your body cells, was as commonplace as knee and hip replacements are now. (*The Economist*)

10. The eight subjects had been paralyzed for three to 13 years before <u>the rehabilitation program</u>. (*BBC*)

▶ 參考答案請見「學習手冊」

4

增譯法

減譯法

「減譯法」又稱作「省略法」，顧名思義就是將原文中的某些字詞略去不譯，目的是要讓譯文更加簡潔、清楚易懂。

請比較以下兩譯文：

◆ Uber's latest update allows the ride-hailing app to track user location data even when the application is running in the background. (*NPR*)

　① 更新後，優步的叫車應用程式即使僅在背景狀態執行，應用程式仍會持續追蹤用戶的位置資訊。

　② 更新後，即使僅在背景狀態執行，優步的叫車應用程式仍會持續追蹤用戶的位置資訊。

我們可以發現譯文①讀來較累贅，譯文②較爲精簡，這是因爲譯文②較符合中文的表達習慣，將原文重複出現的字詞 (app, application) 整併爲一，因此反較跟著原文字詞翻譯的譯文①清楚簡潔。像這樣在不影響原文語意下，將原文中的重複字詞略去不譯，便是常見的減譯技巧。

一般說來，英譯中時，英文中的代名詞、所有格、虛主詞、連接詞、介系詞、不定冠詞 (a/an) 等字詞較常省略不譯。不過，並非遇到這些詞類就一律減譯，必須視這些詞類在原文中的功能而定。請看以下兩例：

① Tom, Lisa and Jim are my students.
　湯姆、麗莎、吉姆都是我的學生。

② PBS and NPR are ready to fight budget cuts. (*CNN*)
　面對預算刪減，美國公共電視網與美國公共廣播電台隨時準備出招反擊。

例 ① 與例 ② 中都有連接詞 and。在例 ① 中，減譯 and 不會影響讀者理解譯文；但在例 ② 中，and 不宜省去不譯，此處原文講的是「美國公共電視網與美國公共廣播電台」兩家公司準備做出反擊，並沒有第三家公司機構，因此譯出連接詞可以避免讀者誤解此處只是列舉眾多公司的其中兩間（如：甲公司、乙公司、丙公司等）。切記減譯並非隨意刪節，必須確定省略不譯並不會造成譯文不通順或是語意有所偏誤，才算用得妥當。

減譯法的應用

1 減譯代名詞或所有格

| 原文 | When Kaitlin was young, she would fold her clothes and stack them neatly in the corner. Every night before bed, she counted all of her outfits—one, two, three—and placed her shoes next to the door. (*Yale Daily News*) |

| 待修譯文 | 凱特琳小時候，她會把她自己的衣服仔細摺好，並且把它們整整齊齊疊在牆角邊。每晚睡前，她還會把她僅有的衣服數過一次——一件、兩件、三件——再把她的鞋子拿到門口擺好。 |

| 參考譯文 | 凱特琳小時候，會把自己的衣服仔細摺好，整整齊齊疊在牆角邊。每晚睡前，還會把僅有的衣服數過一次——一件、兩件、三件——再把鞋子拿到門口擺好。 |

| 說明 | 原文兩句話共出現兩次代名詞 she、三次所有格 her 以及一次代名詞 them，待修譯文將所有的代名詞與所有格按照原文如數譯出，讓譯文充斥了「她」、「她的」。原文中所有的代名詞 she 以及所有格 her 所指稱的對象都是凱特琳 (Kaitlin)，因此，翻譯時無須如待修譯文般一再譯出「她」、「她的」， |

讀者也能理解所指何人。相較之下，參考譯文省去 she, her, them 等代名詞與所有格，讓譯文讀起來更為精簡。

原文	The call has raised eyebrows because the U.S. broke off diplomatic relations with Taiwan in 1979, when it recognized mainland China. (*NPR*)
待修譯文	美國與台灣於 1979 年因承認中國而斷交，這通電話因此格外引人矚目。
參考譯文	美國與台灣於 1979 年因美方承認中國而斷交，這通電話因此格外引人矚目。

| 說明 | 待修譯文的「美國與台灣於 1979 年因承認中國斷交」省略了原文中的代名詞 it，反而造成語意不清，讀者無法得知「承認中國」是「美國承認中國」，或是「台灣承認中國」。由此可見，it 一字將左右此句語意，所以不可減譯，更應該增譯 it 所指的對象「美國」，以求語意明確。增譯之後，「美國與台灣於 1979 年因美方承認中國而斷交」清楚表達原文中的美中台三方關係。

2 減譯虛主詞 it，避免無意義的「它」出現

原文	To me, diamonds aren't anything spectacular. It's hard to get me to say, "Wow!" (*NPR*)
待修譯文	對我來說，鑽石沒什麼稀奇。它很少有讓我說「哇！」的鑽石。
參考譯文	對我來說，鑽石沒什麼稀奇。很少碰上會讓我讚嘆「哇！」的鑽石。

| 說明 | 原文 It's hard to get me to say, "Wow!" 一句中的 It 為虛主詞，代替原本略長的真主詞 to get me to say, "Wow"。待修譯文將 It 翻譯為「它」，導致譯文多出一個沒有意義的「它」字，讀者可能無法理解「它」所指何物。因此翻譯時若碰上虛主詞 it，可視情況如參考譯文減譯 it，以求明確傳達原文語意。

5

減譯法

3 減譯連接詞

原文	Lay these ingredients on a baking sheet and bake for 10-15 minutes, until starting to crisp. (*The Guardian*)
待修譯文	將食材放在烤盤上，以及烤 10 到 15 分鐘，直到食材變脆。
參考譯文	將食材平鋪在烤盤上，烤 10 到 15 分鐘，烤到酥脆即可。

　　說明　　待修譯文將 and 翻譯出來，卻讓譯文「將食材放在烤盤上，以及烤 10 到 15 分鐘」因此顯得拗口，問題出於中文句法有「時序律」原則，只要「先發生的事情先說，後發生的事情後講」，便可省略當中的連接詞。參考譯文的「將食材平鋪在烤盤上，烤 10 到 15 分鐘」正是按時序律排列訊息順序，因此省略連接詞 and，不但不影響原文語意，減譯之後譯文反而更加流暢易懂。

原文	My elder sister and I were extremely close when we were younger. (*The Guardian*)
待修譯文	當我們小的時候，我姊姊跟我很親。
參考譯文	小時候，姊姊跟我很親。

　　說明　　此例中，待修譯文與參考譯文雖然都能傳達原文語意，但待修譯文將句中的從屬連接詞 when 譯成「當…的時候」，導致譯文略顯累贅，這也犯了余光中所謂「『當當』之聲不絕於耳」* 的西化句型毛病。此外，因原文只有提到「我的」姊姊，並無其他人的姊姊，所以翻譯時亦可省略原文中的所有格 My，而不會造成混淆。參考譯文「小時候，姊姊跟我很親。」減譯了連接詞 when 以及所有格 My，既能完整傳達原文語意，又使譯文表達流暢，比待修譯文更佳。

---

* 余光中 (2002: 39) 嘗言，翻譯時若每見 when 便譯為「當…」，譯文則易變得「五步一『當』，十步一『當』」，通篇譯文讀來便是「當當之聲不絕於耳」，顯得生硬而公式化了。

4 減譯介系詞

原文	Hackers destroyed computers at six important Saudi organizations two weeks ago. (*CNN*)
待修譯文	兩週前，駭客攻擊了在沙烏地阿拉伯六個重要組織機關的電腦。
參考譯文	兩週前，駭客攻擊了沙烏地阿拉伯六個重要組織機關的電腦。

| 說明 | 英譯中時，表示時間與地點的介系詞往往不需譯出。待修譯文的「在沙烏地阿拉伯六個重要組織機關的電腦」與參考譯文的「沙烏地阿拉伯六個重要組織機關的電腦」看似差不多，但意思略有出入。「在沙烏地阿拉伯六個重要組織機關的電腦」限定了「放在那六個機關裡頭的電腦」，而「沙烏地阿拉伯六個重要組織機關的電腦」則指「屬於那些機關的電腦」。後者包含的概念較廣，較能符合原文所指駭客癱瘓電腦運作的情境。 |

原文	The attacks aimed at disabling all equipment and services that were being provided. (*CNN*)
待修譯文	這波攻擊瞄準在癱瘓所有可用的設備與服務。
參考譯文	這波攻擊以癱瘓所有可用的設備與服務為目標。

| 說明 | 上一個例子提到，英文中表示時間與地點的介系詞往往不需譯出，不過，當介系詞與動詞搭配構成片語動詞時，因介系詞的意義已經成為片語動詞的一部分，便不能如上例般省略其意。例如 come from（來自…）意思不同於 come（來），其他由〈V + Prep〉構成的 talk with（與…談話）、flee to（逃往…）等片語動詞中，亦可見介系詞會左右語意，不可任意省略。

　　本例中，aim at 為一片語動詞，因此必須譯出介系詞的涵義。待修譯文雖然注意到 at 不可減譯，卻直接將 aim at 譯為「瞄準在」，讓語意顯得有些奇怪，不如參考譯文將 aim at 轉換為中文慣用的「以…為目標」的說法來得清楚易懂。

5 減譯不定冠詞或複數字尾

原文	The result of the survey is significant, but not a huge difference. (*NPR*)
待修譯文	調查結果有差異，但並不是一個太大的差距。
參考譯文	調查結果有差異，但差距不大。

　　說明　　增譯法一章提到，英譯中時中文常需增譯數量詞以表達單複數，例如 journalists 譯為「諸位記者」、children 譯為「幾個小孩」，不過，若原文中名詞的數量並非語意重點，翻譯時便可省略不定冠詞 (a/an) 或是複數字尾 (-s/-es)，以免譯出如待修譯文的「一個太大的差距」如此拗口的句子。減譯不定冠詞後，參考譯文的「差距不大」反而顯得更順口自然。

原文	For your assignments, you'll typically consult and cite a mix of books, journals, newspapers and magazines. (*Research help tips, University of Victoria*)
待修譯文	要完成作業，通常需要綜合查閱好幾本書本、各種期刊、多份報紙、各類雜誌，並從中引用文獻資料。
參考譯文	要完成作業，通常需要綜合查閱引用書籍、期刊、報紙、雜誌等文獻資料。

　　說明　　待修譯文將 books, journals, newspapers, magazines 的複數形以各種數量詞譯成「好幾本」、「各種」、「多份」、「各類」，然而，原文此處強調的是「書本」、「期刊」、「報紙」、「雜誌」等不同類別的文獻資料，而非文獻的數量，因此此處減譯名詞複數形較為適當。

1 請翻譯以下句子，並依題目指示翻譯畫線處。

1. The U.K. government has admitted <u>it</u> may have to keep paying into the EU budget even after leaving the bloc. (*CNN*) 減譯代名詞

2. <u>It</u> is believed that the Christmas tree was first decorated with lights in the 16th century. (*50 Quick Christmas Facts*) 減譯虛主詞

3. The United States <u>and</u> China on Saturday each submitted <u>their</u> plans to reduce carbon emissions to the United Nations. (*CNN*) 減譯連接詞及所有格

4. "This is our country. This is our airport," one Chinese official insisted <u>when</u> US presidential aides said that American reporters were allowed to view Obama's arrival. (*CNN*) 減譯連接詞

5. I decided to stay where I was <u>for</u> the night, next to a puddle of water I could drink <u>from</u>. (*The Guardian*) 減譯介系詞

6. Princess Cruises says it launched <u>an</u> internal investigation in 2013. (*NPR*) 減譯冠詞

2 請翻譯以下句子，並判斷畫線處是否需要減譯。

1. <u>It</u>'s best to choose a reputable and well-known online grocer. (*Reader's Digest*)

   _____

2. <u>In</u> September, a video of Derrick doing <u>his</u> youngest child's hair started blowing up. (*Cosmopolitan*)

   _____

3. The city celebrates <u>its</u> 150th anniversary in 2017 with a host of festivals and special events. (*The Guardian*)

   _____

4. *The Revenant* is adapted from <u>a</u> novel by Michael Punke. (*The Guardian*)

   _____

5. Fake news is actually really easy to spot—if <u>you</u> know how. (*CNN*)

   _____

6. I want to show to fellow girls that we don't need to sit around <u>or</u> limit ourselves. Any career is possible—even aerospace. (*CNN*)

   _____

1

1. 英國政府坦承，脫歐後可能仍須支付歐盟預算。
   > **說明** 減譯代名詞 it。

2. 據信，直至十六世紀始有以燈火裝飾耶誕樹的習俗。
   > **說明** 句首的 It 為虛主詞，用以代表後方真正的主詞 that the Christmas tree was first decorated with lights in the 16th century，此處省略不譯。

3. 美中兩國週六各自向聯合國提交減碳計畫。
   > **說明** 減譯連接詞 and 及所有格 their。

4. 白宮幕僚表示美國媒體有權拍攝歐巴馬下機的畫面，但中國官員堅稱：「這可是我們的國家，我們的機場。」
   > **說明** 減譯從屬連接詞 when。

5. 我一發現旁邊有一灘水可以喝，就決定在那過夜。
   > **說明** 減譯介系詞 for 以及 from。

6. 公主郵輪公司表示 2013 年已做過內部調查。
   > **說明** 減譯不定冠詞 an。

2

1. 網路購物最好能找評價好又有名的商家。
   > **說明** 減譯虛主詞 It。

2. 德瑞克替小女兒綁頭髮的影片九月時忽然爆紅。
   > **說明** 減譯介系詞 In，另外還減譯所有格 his。

3. 2017 年，這座城市將舉辦各類慶典活動，歡慶建城 150 週年。
   > **說明** 減譯所有格 its。

4. 《神鬼獵人》改編自麥可．龐克的小說。
   > **說明** 減譯不定冠詞 a。

5. 只要知道方法，要判斷新聞真假一點也不難。
   > **說明** 減譯代名詞 you。

6. 我想要告訴跟我一樣的女孩：不必故步自封、自我設限。我們能勝任各種工作——甚至是成為太空人。
   > **說明** 減譯連接詞 or。

5

減譯法

If Walls Could Talk

《如果房子會說話》

出處與內容概述

　　以下英文段落出自《如果房子會說話》一書，原文書名為 *If Walls Could Talk: An Intimate History of the Home*。作者露西‧沃斯利 (Lucy Worsley) 身兼歷史學者與 BBC 紀錄片節目主持人。沃斯利先拍攝了紀錄片 *If Walls Could Talk: The History of the Home*，以實境體驗重現古人居家生活，而後將紀錄片內容化為文字，集結成本書內容。本書以英國物質史跟社會史為背景，講述居家空間中不為人知的祕密歷史。譯者為金籤獎得主林俊宏。本段摘錄自全書引言，概述本書將描繪臥室、浴室、客廳、廚房這四個居家空間的演變，並以臥室與浴室為例，說明居家空間今昔差異。

Moving through the four main rooms of a house—bedroom, bathroom, living room and kitchen—I've explored what people actually did in bed, in the bath, at the table and at the stove. ①This has taken me from sauce-stirring to breastfeeding, teeth-cleaning to masturbation, getting dressed to getting married.

②Along my way, I was intrigued to discover that bedrooms in the past were rather crowded, semi-public places, and that only in the nineteenth century did they become reserved purely for sleep and sex. The bathroom didn't even exist as a separate room until late in the Victorian age, ③and it surprised me that people's attitudes towards personal hygiene, rather than technological

innovation, determined the pace of its development.

　　我們會一一研究家庭裡的四個主要房間：臥室、浴室、客廳和廚房，了解過去的生活，查出古人在床上、在澡間、在餐桌上、在爐子旁邊究竟幹了些什麼，從熬醬、哺乳、潔牙、自慰，到梳妝打扮、結婚成家，林林總總不一而足。

　　過程中有些有趣的發現，像是臥室在過去其實是人聲鼎沸的半開放空間，要到 19 世紀才專門用來睡覺和做愛；浴室更要到了維多利亞時代晚期才獨立成形。而讓人意外的是，浴室之所以發展如此緩慢，並不是因為技術不夠創新，而是因為民眾對於個人衛生的態度尚未進展。

文章風格與用字特色

　　本段落摘自引言，引言作為全書之首，旨在向讀者介紹作者寫作動機、全書主旨、內容概述，以引發讀者閱讀興趣。原文用字雖平易近人，但說明或舉例時多用長句，翻譯時需注意長句中訊息的關係，才能正確傳達原文語意。

翻譯技巧說明

① This has taken me from sauce-stirring to breastfeeding, teeth-cleaning to masturbation, getting dressed to getting married.

從熬醬、哺乳、潔牙、自慰，到梳妝打扮、結婚成家，林林總總不一而足。

　說明　譯文減譯代名詞 me。此外，因本句開頭的 This 指的便是上句的 I've explored what people actually did in bed, in the bath, at the table and at the stove.，此處譯者便以合句法將本句與上句合併，合譯為「查出古人在床上、在澡間、在餐桌上、在爐子旁邊究竟幹了些什麼，從熬醬、哺乳、潔牙、自慰，到梳妝打扮、結婚成家，林林總總不一而足。」減譯與合句（詳見第 11 章「合句法」）時常併用，翻譯時可多留意。

5

減譯法

② Along my way, I was intrigued to discover that bedrooms in the past were rather crowded, semi-public places...

過程中有些有趣的發現，像是臥室在過去其實是人聲鼎沸的半開放空間……

　　說明　譯文減譯句首的 Along my way, I was，直接改爲無主句*。此外，bedrooms, places 等字的複數字尾也因不帶特殊意涵並未譯出。

③ and it surprised me that people's attitudes towards personal hygiene, rather than technological innovation, determined the pace of its development

而讓人意外的是，浴室之所以發展如此緩慢，並不是因爲技術不夠創新，而是因爲民眾對於個人衛生的態度尚未進展。

　　說明　此處減譯虛主詞 it 和代名詞 me。

---

* 所謂「無主句」，指的是句中沒有主詞，僅有以動詞或具動詞性質爲主幹的句子。例如詩人賈島的〈尋隱者不遇〉一詩：「松下問童子，言師採藥去。祇在此山中，雲深不知處。」四句詩句都沒有主詞，全爲無主句。若細究全詩應爲「（我）松下問童子，（童子）言師採藥去。（師傅）祇在此山中，雲深不知處。」像這樣省略主詞，依舊能完整表達句意的句構就稱爲「無主句」。

以下提供二篇譯作，供讀者自行賞析。請比較原文與譯文，指出特別吸引你的譯文，並找出哪幾處使用了減譯法。

美國在台協會新聞稿

▌出處與內容概述　以下中英文段落出自美國在台協會的新聞稿〈美國在台協會共同贊助 2016 台灣國際女性影展。台北場次：2016 年 10 月 13 日至 23 日／台中場次：2016 年 10 月 20 日至 23 日〉。本段引文為新聞稿首段，旨在介紹女性影展播放時間、地點與本屆影展主題。

The American Institute in Taiwan (AIT) is delighted to collaborate with the Taiwan Women's Film Association and sponsor an outreach program as part of the 2016 Women Make Waves Film Festival (WMWFF). The Festival will run from October 13-23 at Spot Huashan Cinema in Taipei and October 20-23 at Sunrise Cinema in Taichung. A portion of the selected films will be showcased on an island-wide tour following the festival for four months.

美國在台協會 (AIT) 很高興和台灣女性影像學會合作，贊助「2016 台灣國際女性影展」(WMWFF) 的推廣計畫。影展將於 10 月 13 日至 23 日在台北光點華山電影館舉行；台中場次將於 10 月 20 日至 23 日在日日新大戲院放映。影展結束後，部分參展電影將會在全台巡迴映演四個月的時間。

〈吃馬祖・小地方好味道〉

│出處與內容概述│ 以下中英文段落出自觀光局出版的《馬祖觀光旅遊手冊》。手冊中除了附上馬祖觀光地圖外,更提供氣候、交通、景點、美食等各類觀光資訊。本段摘錄自〈吃馬祖・小地方好味道〉一節,介紹馬祖美食鼎邊糊及其作法。

The Shizi (Lion) Market at Shanlong (Jieshou) village is the place to go for the local snacks in Matsu. As soon as you get onto the second floor, you can find the famous "Ding-bian-hu" (Big-pot Rice Noodles), which the local people call "Ding-bian-wen." The soup is boiled with pig bones and fresh fish, with dried anchovies and fresh clams as ingredients, and rice paste instantly boiled into noodles. It is quite similar to the "Din-bian-tsuo" in Keelung, but the tastes are completely different. It is the regular breakfast for many local people.

話說山隴獅子市場是馬祖小吃祕密基地,一上二樓就看見遠近馳名的鼎邊糊,當地人稱「鼎邊炊」,以大骨、鮮魚作湯底,鯷魚乾、鮮蛤為料,米漿現「炊」似粄條狀,跟基隆的鼎邊銼類似,入口後味道完全是兩回事,是馬祖人常吃的早餐。

▶ 賞析演練翻譯技巧請見「學習手冊」

以下句子提供讀者自我挑戰。翻譯時可以多考慮畫線處如何使用本章學到的翻譯技巧。

1. Investors are also hoping for a good return <u>on</u> investment. (*CNN*)

2. Thirty-nine percent of the survey participants believe that genetically modified foods are worse for <u>your</u> health than non-GM food. (*NPR*)

3. People may have updated <u>their</u> security systems over the last hours. (*CNN*)

4. Terry Gou* has been talking about shifting some manufacturing to the United States for several years, with little to show for <u>it</u> so far. (*CNN*)   *郭台銘

5. Schultz joined Starbucks in 1982 as director of retail operations <u>and he</u> helped turn the company into a retail powerhouse <u>and</u> an iconic American brand. (*CNN*)

6. The animal is devoid of a skeleton <u>but</u> remarkably strong <u>and</u> capable of a baffling variety of movement. (*BBC*)

7. <u>When</u> night falls, Buda goes to sleep and Pest wakes up. (*CNN*)

8. Kindai University is a leader <u>in</u> fish farming—the practice of raising fish <u>in</u> enclosures. (*CNN*)

9. The survey also didn't find any major differences between <u>men</u> and <u>women</u>, or between rich and poor. (*NPR*)

10. I remember when <u>I</u> was young <u>my</u> grandmother would make "healthy soup" from black chicken and said <u>it</u> would make me tall. (*The Guardian*)

▶ 參考答案請見「學習手冊」

1 請翻譯以下句子，並依題目指示翻譯畫線處。

1. T-bone steak is best simply seasoned, then quickly pan-fried, grilled or
   roasted. (*BBC*) 詞語翻譯法

   _____

2. All that is necessary for the triumph of evil is that good men do nothing.
   (*Silent Scream*) 增譯法

   _____

3. I would sink into paralysis, my body incapacitated, but my mind untouched.
   (*Until I Say Goodbye*) 反說正譯法

   _____

4. People always say the good die young, so that's why so many wicked people in
   history lived so long. (*The Girl Next Door*) 正說反譯法

   _____

5. "Do you have plans for tomorrow?" she asked, steering their conversation to
   something less explosive. (*Silent Scream*) 減譯法

   _____

6. American Airlines is investigating after a video surfaced on social media
   showing a confrontation between a passenger and a flight attendant.
   (*CNN*) 增譯法

   _____

7. She charges a fiver entrance fee and donates half of that to the charity.
   (*Lost Girls*) 減譯法

   _____

Part 1 介紹了詞語翻譯、正說反譯、反說正譯、增譯與減譯等翻譯技巧。請翻譯以下句子，每一句至少運用以上兩種翻譯技巧。

1. So maybe the apple didn't fall far from the tree. (*Cold Cold Heart*)

   _____

2. Like her grandmother always said, you catch more flies with honey than vinegar. (*What She Left Behind*)

   _____

3. I'm such an airhead. (*The Dead Key*)

   _____

4. The cat wore a plastic cone about his head to keep him from licking his bandages. (*My Sister's Grave*)

   _____

5. He was inquisitive and had a particular talent for thinking out of the box. (*Eden Rising*)

   _____

6. James Comey may not have added much new detail in testimony on Thursday. (*BBC*)

   _____

7. All of it [the equipment] is chosen carefully to prevent injury or accident when members are working out during unstaffed night hours. (*The Lens*)

   _____

3 請運用 Part 1 學過的三種翻譯技巧翻譯以下段落。

Today he and his friends had visited Animal Farm and inspected every inch of it with their own eyes, and what did they find? Not only the most up-to-date methods, but a discipline and orderliness which should be an example to all farmers everywhere. He believed that he was right in saying that the lower animals on Animal Farm did more work and received less food than any animals in the county. Indeed he and his fellow-visitors today had observed many features which they intended to introduce on their own farms immediately. (*Animal Farm*)

_____

_____

_____

_____

_____

_____

1 1. 丁骨牛排最適合簡單調味，再用平底鍋快速煎一下，或是稍微用烤架或烤箱烤過，就很美味。
　　 說明 T-bone steak 使用形譯法，譯為「丁骨牛排」。

2. 邪惡之人成就大業的唯一必要條件就是好人不管事。
　　 說明 名詞 triumph（成功；偉大的事業）前增譯動詞，譯為「成就大業」。

3. 我會陷入癱瘓，身子也無法動彈，但我的神智仍會跟以往一樣。
　　 說明 將 untouched（未受影響的）反說正譯為「跟以往一樣」。

4. 他們說好人不長命，這解釋了為什麼歷史上有那麼多壞人活那麼久。
　　 說明 將 die young（早死）正說反譯為「不長命」。

5. 「你明天有何計畫？」她問，把話題轉到較溫和的方向。
　　 說明 減譯代名詞 their。

6. 社群媒體上流出一段美國航空乘客與空服員起衝突的畫面，美國航空現正調查中。
　　 說明 名詞 confrontation（衝突）前增譯動詞「起」。

7. 她收一人五英鎊的入場費並捐一半給慈善機構。
　　 說明 減譯代名詞 that。

2 1. 看來大概是有其父必有其子吧。
　　 說明 譯文使用①意譯法與②反說正譯法。
　　 ① 原文 the apple didn't fall far from the tree 為英文慣用語，字面意思為「蘋果落地，離樹不遠」，用來指「小孩的習性與父母類似」，此處意譯為中文俗語「有其父必有其子」。
　　 ② 英文慣用語 the apple didn't fall far from the tree 意譯為「有其父必有其子」，也使用了反說正譯法，將否定字 didn't 省去，以正面表達譯出。

2. 就像她祖母常說的，甜言比酸語更得人心。
　　 說明 譯文使用①意譯法與②減譯法。
　　 ① 原文 catch more flies with honey than vinegar 字面意思為「用蜂蜜抓到的蒼蠅比用醋抓的來得多」，也就是「讓人覺得像蜂蜜一般甜蜜，總比讓人感到不是滋味來得令人心情愉快」，此處意譯為「甜言比酸語更得人心」。
　　 ② 減譯代名詞 you。

3. 我真是無腦。
　　 說明 譯文使用①意譯法與②正說反譯法。
　　 ① airhead 為口語用法，用來形容人的腦袋裡只有空氣，譯文意譯為中文對應說法「無腦」。

② 此處 airhead 的翻譯還使用了正說反譯法,將原本正面表達的「(腦袋空空的)笨蛋」,加入否定字「無」,譯為「無腦」。

4. 那隻貓脖子上圍著伊麗莎白頸圈,以防他去舔繃帶。

　說明　譯文使用 ① 意譯法與 ② 減譯法。

① a plastic cone 字面意思為「塑膠錐體」,在此指「防止貓狗舔舐傷口的防護頭罩」,此處意譯為台灣常見說法「伊麗莎白頸圈」。

② 減譯兩個所有格 his。

5. 他很好問,並具有創新思維的獨特天分。

　說明　譯文使用 ① 減譯法與 ② 意譯法。

① 減譯不定冠詞 a。

② thinking out of the box 的字面意思為「跳脫思維框架」,此處意譯為「創新思維」。

6. 詹姆斯・柯米週四所提證詞,新事證有限。

　說明　譯文使用 ① 增譯法與 ② 反說正譯法。

① 名詞 testimony（證詞）前增譯動詞「所提」。

② 將 may not have added much（增加不多）反說正譯為「有限」。

7. 所有的器材都經過謹慎的選擇,避免會員在晚上無人值班的時段使用器材受傷或發生意外。

　說明　譯文使用 ① 減譯法與 ② 增譯法。

① 減譯連接詞 when。

② 名詞 accident（意外）前增譯動詞「發生」。

3 **參考譯文**

今天他和他的朋友親眼參觀並檢視了動物農莊的每一吋地,他們發現了什麼呢?不只是最新的管理手段,還有其紀律和條理也應該成為所有農場經營者的範例。他相信自己這樣說是沒錯的:動物農莊裡的低等級動物比起這個郡上的任何一群動物而言,既吃得較少又工作得較多。事實上他和他的朋友們——今天的參觀者,已經觀察到很多特徵,並且打算立刻在他們自己的農場裡施行。(陳枻樵譯,麥田出版社)

　說明　本段至少運用了以下幾種翻譯技巧:

① 增譯法:第二句的 methods(手段)前增譯「管理」。

② 減譯法:減譯第二句最後的副詞 everywhere(到處)。

③ 正說反譯法:第三句的 right 可正譯為「正確的」,此處反譯為「沒錯的」。

PART 2

18 TRANSLATION
TECHNIQUES FOR BEGINNERS:
ENGLISH TO CHINESE

詞類轉換法 1

「詞類轉換法」指的是翻譯時，配合中英文慣用詞性、表達方式的不同，而將來源語譯為目標語中他種詞性的技巧。請比較下列兩句譯文的譯法：

◆ Even if your friend is confident that divorce is the right decision for the family, there will almost certainly still be underlying feelings of guilt and doubt. (*Reader's Digest*)

① 即使你朋友確信離婚對整個家都好，但心中多少一定會有罪惡和懷疑的感覺。

② 即使你朋友確信離婚對整個家都好，但心中多少一定會覺得罪惡、猶豫。

譯文 ① 按照英文詞性，將名詞 feelings 譯為「（有罪惡和懷疑的）感覺」。譯文 ② 則調整了詞性，將 feelings 轉譯為動詞「覺得（罪惡、猶豫）」。兩種譯文雖然都能傳達原文意涵，但相較之下，譯文 ② 運用了詞類轉換技巧後，讀起來是不是更為精簡呢？其實，詞類轉換法不只可讓譯文更清楚易懂，有時翻譯必須適當轉換詞類，才能更精準傳達原文語意，例如：

◆ Trump's energy plan isn't a game-changer. (*CNN*)

① 川普的能源政策不是改變局勢者。

② 川普的能源政策無法開創新局。

原文的 game-changer 是指「足以改變情勢的人或物」，譯文 ① 按原文詞性譯為名詞「改變局勢者」，無法確切傳達原文語意。譯文 ② 運用詞類轉換法，將 game-changer 轉為動詞，譯為「開創新局」，使譯文語意更精準。因詞類轉換技巧分類眾多，本書介紹的詞類轉換法將分為兩章，分別介紹十一種常見的詞類轉換法。本章將專門探討英文各種詞類轉換為中文動詞的詞類轉換法。

詞類轉換法的應用 1

1 英文形容詞轉譯為中文動詞

原文	The little seven-seater plane is vulnerable to both wind and fog. (*The Guardian*)
待修譯文	這架七人座小飛機對強風濃霧沒轍。
參考譯文	這架小飛機僅能搭載七人，遇到強風濃霧就沒轍。

　　說明　　此例中，待修譯文與參考譯文都能適切傳達原文語意，語句也都符合中文「先點出主題，再提出評論」的表達邏輯*。不過相較之下，兩者的訊息焦點略有不同，待修譯文按原文句式譯為「這架七人座小飛機對強風濃霧沒轍」，整句的主題為「這架七人座小飛機」，評論則為「對強風濃霧沒轍」。由於「主題—評論」句的訊息焦點主要落在評論句，因此待修譯文較側重的訊息為「對強風濃霧沒轍」。反觀參考譯文將形容詞 seven-seater 轉譯為動詞「僅能搭載七人」，讓整句譯文「這架小飛機僅能搭載七人，遇到強風濃霧就沒轍」變成主題「這架小飛機」加兩個評論「僅能搭載七人」與「遇到強風濃霧就沒轍」，凸顯出飛機「僅能搭載七人」的特性，較待修譯文佳。

　　英文中有不少源自動詞的形容詞，如 lower → lowered、avail → available，因為字詞本身就帶有動詞意味，因此將形容詞轉譯為動詞，譯文反而更能表達原文意涵。例如 Live programming is <u>available</u> simultaneously on CNN. 一句中，available 若譯為形容詞「可得的」，則譯文「實況節目在 CNN 上是同步<u>可得的</u>」仿若機器翻譯，讀來不太自然。若將 available 轉譯為動詞，全句譯為「<u>可在 CNN 上同步收看實況節目</u>」，清楚明瞭。

---

* 此稱為「主題—評論」句，是中文常見句構，指由「主題 + 評論（對主題的解釋）」所構成的句子。例如「這地方可以吃飯」一句中，「這地方」是主題，而「可以吃飯」則是對該主題的解釋（評論）。其他像是「明天不上課」、「台北天氣好」、「這孩子就是少根筋」等，也都是「主題—評論」句。

另外，英文中許多由〈N + Ving〉構成的複合形容詞也多帶有動詞意味，翻譯時也常會轉譯爲動詞，例如 It was <u>nerve-wracking</u>. 即可譯爲「眞令人<u>傷腦筋</u>」。

2 衍生自動詞的英文名詞，轉譯爲中文動詞

| 原文 | There has also been much scrutiny on the role played by fake news in influencing the outcome of the US presidential election. (*BBC*) |

| 待修譯文 | 近來，外界對假新聞對美國大選的影響持續有很多審視。 |

| 參考譯文 | 近來，外界持續嚴格檢視假新聞對美國大選的影響。 |

　　說明　　英文中有不少衍生自動詞的名詞，例如 arrangement（安排）、replacement（取代）、explosion（爆炸）、collision（碰撞）等，翻譯遇上此類英文名詞時，可將其轉譯爲中文動詞。如參考譯文便將名詞 scrutiny 轉譯爲動詞「檢視」，如此一來，除了可讓譯文顯得更精簡易懂外，也可避免譯出如待修譯文中「對…有很多審視」的西化句型。

3 〈V + er〉的名詞轉譯爲中文動詞

| 原文 | Are you a thinker, doer or observer? (*Blogthings*) |

| 待修譯文 | 你是個思考的人、做事的人，還是觀察的人呢？ |

| 參考譯文 | 你比較習慣思考、行動還是觀察呢？ |

　　說明　　英文中常見〈V + er〉形成的名詞，表示做該動作的人或用來做該動作的事物，例如 swimmer（游泳者）、typewriter（打字機）。翻譯碰上這種由〈V + er〉形成的英文名詞時，可將其轉譯爲中文動詞，除了可以凸顯原有

動詞的動態外，也可避免譯文變得冗長，例如參考譯文將原文的 thinker, doer or observer 譯爲「習慣思考、行動還是觀察」便比待修譯文的「思考的人、做事的人，還是觀察的人」來得簡潔。

4 〈V + N〉片語中的名詞，轉譯為中文動詞

| 原文 | Tickets for the Vogue Festival 2014, in association with Harrods, went on sale at 10am today. (*Vogue*) |

| 待修譯文 | 2014 年 Vogue 盛典派對與哈洛德百貨聯合舉辦，於今日十點進行入場券販售。 |

| 參考譯文 | 2014 年 Vogue 盛典派對與哈洛德百貨聯合舉辦，入場券於今日十點開賣。 |

| 說明 | 英文中有許多由〈V + N〉或〈動詞片語 + N〉構成的片語，例如 go fishing（去釣魚）、take a look（看一下）、go on picnicking（去野餐）、go on a trip（去旅行）、go for a run（去跑步）等，此類片語中的動詞沒有實質意義，而是由名詞表達出動作意涵。碰上此類片語時，可以將其中的名詞轉譯爲動詞，就能傳達原文訊息，如參考譯文將 went on sale 的名詞 sale 譯爲動詞「開賣」，如此一來亦能避免譯出如待修譯文「進行…販售」的西化句式。

5 英文介系詞轉譯為中文動詞

| 原文 | Mother Nature was not on our side. (*CNN*) |

| 待修譯文 | 大自然並非是在我們這邊。 |

| 參考譯文 | 大自然並非站在我們這邊。 |

| 說明 | 待修譯文將 not on our side 譯為「並非是在我們這邊」，可能造成譯文語意模糊，讓人覺得語意隱約透露出「大自然是在別人那邊」的感覺。參考譯文將 on 轉譯為動詞「站在」，讓譯文「大自然並非站在我們這邊」更貼近中文常用的表達，精確傳達原文語意。

英文中有些介系詞可以用來表達方向性（例如 over, across, beyond, toward, past）或是狀態（例如 with, without），碰上此類介系詞，可將其轉譯為動詞，更能清楚呈現原文所欲表達的動態。例如 I don't mind the way that I look <u>with</u> glasses. 一句，即可將介系詞 with 轉為動詞，譯為「我不在乎我<u>戴</u>眼鏡看起來怎麼樣」。

6 英文副詞轉譯為中文動詞

原文	Trump has told his team that he doesn't want lengthy trips <u>abroad</u> to distract from his focus on domestic issues in the United States. (*CNN*)
待修譯文	川普已知會其團隊，國外參訪太耗時，為免影響處理美國國內議題，減少安排出訪行程。
參考譯文	川普已知會其團隊，出國參訪太耗時，為免影響處理美國國內議題，減少安排出訪行程。

| 說明 | 英文中有些副詞帶有動作的意涵，例如 in（進來）、out（出去；公開）、away（離開）等。翻譯遇上此類副詞時，即可將其轉譯為動詞，語意會更明確，所描述的行為動態也更清晰。如本例中，待修譯文的「國外參訪」雖已可表達原文語意，但參考譯文將 abroad 轉譯為動詞「出國」，相較之下，更能將焦點聚焦在行動上。

綜合練習

1 請翻譯以下句子，並依題目指示翻譯畫線處。

1. The causes of drought are combinations of <u>lowered</u> precipitation and <u>higher</u> temperatures. (*The Guardian*) 將形容詞轉譯為動詞

---

2. The plug-in has had over 25,000 <u>installs</u> since <u>launch</u>. (*BBC*) 將名詞轉譯為動詞

---

3. President Obama Blasts Donald Trump as Tough <u>Talker</u> Who Fails to Act on It (*The Guardian*) 將〈V + er〉轉譯為動詞

---

4. Let's <u>take a closer look</u> at the sources of greenhouse gas <u>emissions</u>.
將〈V + N〉片語中的名詞轉譯為動詞 | 將名詞轉譯為動詞

---

5. When the villagers ask him why he's wandering around <u>in</u> armour during peacetime, he presents himself as a "wandering knight." (*The Guardian*)
將介系詞轉譯為動詞

---

6. These guys were <u>up</u> to 1-2 a.m. (*CNN*) 將副詞轉譯為動詞

---

2 請翻譯下列句子，並以詞類轉換法翻譯畫線處。

1. A spokesman said Coinbase had 3 million users at the end of last year, his most recent <u>available</u> figure. (*CNN*)

———————————————————————————————

2. The United States has no <u>monopoly</u> on the greatest engineers—they come from all over the world. (*BBC*)

———————————————————————————————

3. Singapore's next leader must be "<u>doer, implementer</u>": PM Lee. (*Channel News Asia*)

———————————————————————————————

4. He's part of a nonprofit that <u>puts</u> young graffiti artists <u>to work</u> doing street art. (*NPR*)

———————————————————————————————

5. Any pet owner will tell you that their animal companions comfort and sustain them when life gets rough. This may be especially true for people <u>with</u> serious mental illness, a study finds. (*NPR*)

———————————————————————————————

6. Homes that have roles at the top to let the hot air exit, and holes at the bottom to let <u>in</u> colder air, creates natural convection. (*Green Building*)

———————————————————————————————

1

1. 雨量<u>減少</u>外加氣溫<u>升高</u>，因而造成旱災。
   ▌說明▌ 將形容詞 lowered 與 higher 轉譯為動詞「減少」、「升高」。

2. 此外掛程式<u>發布</u>至今，已有兩萬五千人次<u>下載安裝</u>。
   ▌說明▌ 將名詞 launch 轉譯為動詞「發布」，installs 轉譯為動詞「下載安裝」。

3. 美國總統歐巴馬抨擊：川普只會<u>說大話</u>，沒有實際作為
   ▌說明▌ 原文為一新聞標題。將名詞 Talker 轉譯為動詞「說大話」。

4. 一起來<u>仔細檢視</u>排放溫室氣體的來源有哪些。
   ▌說明▌ 將 have a closer look 中的 a closer look 轉譯為動詞「仔細檢視」，名詞 emissions 轉譯為動詞「排放」。

5. 村民問他，沒打仗怎麼還穿著鎧甲，他說自己是個「四處遊蕩的騎士」。
   ▌說明▌ 將介系詞 in 轉譯為動詞「穿著」。

6. 這些人到凌晨一兩點<u>還醒著／還沒睡</u>。
   ▌說明▌ 將副詞 up 轉譯為動詞「還醒著」或進一步正說反譯為「還沒睡」。

2

1. 發言人指出，根據最近<u>取得</u>的一份數據資料，Coinbase 電子錢包截至去年底為止已有三百萬名用戶。
   ▌說明▌ 將形容詞 available 轉譯為動詞「取得」。

2. 頂尖工程師可不是美國<u>獨有</u>，世界各地都有。
   ▌說明▌ 將抽象名詞 monopoly 轉譯為動詞「獨有」。

3. 李顯龍表示：新加坡下任領導者必須要能<u>積極行動</u>、<u>致力實踐</u>。
   ▌說明▌ 將名詞 doer 與 implementer 轉譯為動詞「積極行動」、「致力實踐」。

4. 他來自一個非營利組織，該組織讓年輕塗鴉藝術家<u>投身</u>街頭藝術。
   ▌說明▌ 將〈動詞片語 + N〉put to work 中的名詞 work 轉譯為動詞「投身」。

5. 養寵物的人表示，生活遭遇困難時，有寵物相伴可以安撫心情，陪他們度過難關。研究發現，這對<u>患</u>有嚴重精神疾病的患者來說，更是如此。
   ▌說明▌ 將介系詞 with 轉譯為動詞「患有」。

6. 房屋上下方各留有通氣孔，上方排出熱空氣，下方則可讓冷空氣<u>流入</u>，屋內就能自然對流。
   ▌說明▌ 將副詞 in 轉譯為動詞「流入」。

Caponata

西西里糖醋茄子（一）

出處與內容概述

　　以下英文段落及譯文出自線上雙語雜誌《Issey 蘋果一生》。作者爲 Patricia Manley，譯者爲周芬青。《Issey 蘋果一生》爲藝術人文雜誌，由本文譯者周芬青所創。周芬青爲台灣作家周芬伶之妹，目前旅美。本刊許多英文文章皆出自周芬青譯筆。文章講述作者加入「穀東制度」，定期資助在地小農，因此會於各季收成時收到當令蔬果。本段引文講述作者收到各類夏季蔬果後，翻找許多食譜，最後決定做糖醋茄子。

　　This summer's crops did not disappoint—tomatoes, eggplant, onions and herbs bursting with vivid flavors. ①With a bountiful harvest one week, ②I found myself a proud owner of 10 pounds of eggplant. ③In my research, I came across a wide variety of recipes for eggplant, but none is as versatile and as delicious in a single bite as caponata.

　　今夏的蔬果收成倒也不令人失望：番茄，茄子，洋蔥，各式香草料，無不口味超絕。有一週大豐收，我一下子領到了十英磅的茄子，找來找去，最精彩的作法竟是糖醋茄子。

文章出處 http://isseylingo.com/2016/11/11/caponata-西西里糖醋茄子/

此段落描繪夏季作物豐收，作者以具體列舉（如 tomatoes, eggplant, onions, herbs）以及豐富的形容詞（如 vivid, bountiful, versatile, delicious）重現當時收到蔬果的景象與感受。讀者可特別觀察譯者如何處理上述用以描繪感受的字詞。

翻譯技巧說明

① With a bountiful <u>harvest</u> one week

有一週大<u>豐收</u>

　　說明　將名詞 harvest 轉譯為動詞「豐收」，連帶一併將前面的形容詞 bountiful 轉譯為副詞「大」。英文〈Adj + N〉的搭配中，名詞若轉譯為動詞，修飾該名詞的形容詞往往也會跟著轉譯為副詞，以與該動詞搭配（詳見第七章「詞類轉換法 2」）。

② I found myself a proud <u>owner</u> of 10 pounds of eggplant

我一下子<u>領到了</u>十英磅的茄子

　　說明　將名詞 owner 轉譯為動詞「領到了」，會比譯為「擁有…的人」來得簡潔。

③ In my <u>research</u>, I came across a wide variety of recipes for eggplant, but none is as versatile and as delicious in a single bite as caponata.

<u>找來找去</u>，最精彩的作法竟是糖醋茄子。

　　說明　將名詞 research 轉譯為動詞「找來找去」，此處若直譯為名詞「研究」，不但譯文會顯得生硬，在行文輕鬆的上下文脈絡中，也會顯得突兀。

以下提供二篇譯作，供讀者自行賞析。請比較原文與譯文，指出特別吸引你的譯文，並找出哪幾處使用了詞類轉換法。

Your echo is listening, which could someday lead to an invasion of your privacy

〈物聯網家電關鍵證據？〉

│出處與內容概述│ 以下英文段落出自 *Scientific American*，譯文出自《科學人》雜誌。作者爲 David Pogue，譯者爲鍾樹人。本段引文描述一件凶殺案發生的背景，以及美國警方在調查案件的過程中，發現一項具物聯網功能的商品「回聲」，可能成爲協助警方偵查謀殺案的證物。

In November 2015 James Bates invited some friends over to watch a Razorbacks football game at his house in Bentonville, Ark. The next morning one of them, Victor Collins, was found dead in Bates's hot tub—apparently strangled. Bates was charged with murder; he pled not guilty. But in their investigation, the police discovered something intriguing. He had an Amazon Echo, the popular black cylinder that's always listening for voice commands and questions, something like Siri for the home.

住在美國阿肯色州本頓維的貝茲，於 2015 年 11 月邀請朋友到他家觀賞美式足球野豬隊的比賽。隔天早上，其中一位友人柯林斯陳屍在貝茲家的浴缸，脖子有明顯勒痕。貝茲被控謀殺，但他聲稱自己清白。警察在調查過程中發現一件東西可做爲證物：貝茲擁有亞馬遜網路書店的物聯網商品「回聲」；這款暢銷的黑色圓筒能持續接收語音指令和問題，有點像 Siri。

The Old Man and the Sea
《老人與海》

│出處與內容概述│ 以下英文段落出自美國作家海明威的《老人與海》，所選譯文出自文學名家張愛玲之手。本書曾獲諾貝爾文學獎。海明威早年曾任記者，擅長以平實文字鋪陳人生理想的幻滅、刻畫現實社會的殘酷。此處摘錄段落講述原本跟著老人一起捕魚的小男孩，因老人被村人視爲掃把星，無法再與老人一同出海捕魚。

He was an old man who fished alone in a skiff in the Gulf Stream and he had gone eighty-four days now without taking a fish. In the first forty days a boy had been with him. But after forty days without a fish the boy's parents had told him that the old man was now definitely and finally salao, which is the worst form of unlucky, and the boy had gone at their orders in another boat which caught three good fish the first week. It made the boy sad to see the old man come in each day with his skiff empty and he always went down to help him carry either the coiled lines or the gaff and harpoon and the sail that was furled around the mast. The sail was patched with flour sacks and, furled, it looked like the flag of permanent defeat.

他是一個老頭子，一個人划著一隻小船在墨西哥灣大海流打魚，而他已經有八十四天沒有捕到一條魚了。在最初的四十天裏有一個男孩和他在一起。但是四十天沒捕到一條魚，那男孩的父母就告訴他說這老頭子確實一定是晦氣星 —— 那是一種最最走霉運的人 —— 於是孩子聽了父母的吩咐，到另一隻船上去打魚，那隻船第一個星期就捕到三條好魚。孩子看見那老人每天駕著空船回來，心裏覺得很難過，他總去幫他拿那一捲捲的鉤絲，或是魚鉤和魚叉，還有那捲在桅杆上的帆。帆上用麵粉袋打著補釘；捲起來的時候，看上去像永久的失敗的旗幟。

▶ 賞析演練翻譯技巧請見「學習手冊」

延伸練習 以下句子提供讀者自我挑戰。翻譯時可以多考慮畫線處如何使用本章學到的翻譯技巧。

1. Facebook was doing more to allow people to report stories as fake as well as directing people to <u>fact-checking</u> organizations. (*BBC*)

2. Not just in London, Berlin and Helsinki, but in places like Warsaw, Budapest and Madrid you'll now find plenty of developers getting together to plot a <u>profitable</u> future. (*BBC*)

3. Wisconsin is the only state where a <u>recount</u> is underway. (*NPR*)

4. The biggest <u>shapers</u> of automobile design are not <u>carmakers</u>, but <u>rulemakers</u>. (*BBC*)

5. A <u>ban</u> on chewing tobacco and other smokeless tobacco products at Fenway Park and other Boston sports venues has been approved by the city council. (*Barstool*)

6. From its source high in the Rocky Mountains, the Colorado River channels water south nearly 1,500 miles, <u>over</u> falls, <u>through</u> deserts and canyons, <u>to</u> the lush wetlands of a vast delta in Mexico and <u>into</u> the Gulf of California. (*Smithsonian.com*)

7. To capture Santa delivering gifts, cameras like Nest Cam or Blink can be placed throughout the home. It's easy to check in while you're <u>away</u> to see if pets or kids are peeking into presents before Christmas morning. (*CNN*)

8. In Oregon, the law legalizes personal <u>possession</u>, <u>manufacture</u> and <u>sale</u> of marijuana for people 21 years of age and older. (*CNN*)

9. He <u>made his</u> Broadway <u>debut</u> when he was 17. (*NPR*)

10. Could you leave the light <u>on</u>?

▶ 參考答案請見「學習手冊」

詞類轉換法 2

　　前一章提到，中文以動詞見長，因此英譯中時，許多詞類都可以轉換為中文動詞。而英文的句子多半符合〈S-V-O〉句構，在〈S-V-O〉的句構中，主詞 (S) 與受詞 (O) 多為名詞或具有名詞性質的片語、詞組、子句等，因此在英文句子中，名詞出現頻率高於動詞。例如小說《美麗新世界》(*Brave New World*) 的第二段，就出現了一共 33 個名詞及名詞片語。

> The <u>enormous room</u> on the <u>ground floor</u> faced towards <u>the north</u>. Cold for all the <u>summer</u> beyond the <u>panes</u>, for all the <u>tropical heat</u> of the <u>room</u> itself, a <u>harsh thin light</u> glared through the <u>windows</u>, hungrily seeking some <u>draped lay figure</u>, some <u>pallid shape</u> of <u>academic goose-flesh</u>, but finding only the <u>glass</u> and <u>nickel</u> and bleakly <u>shining porcelain</u> of a <u>laboratory</u>. <u>Wintriness</u> responded to <u>wintriness</u>. The <u>overalls</u> of the <u>workers</u> were white, their <u>hands</u> gloved with a <u>pale corpse-coloured rubber</u>. The <u>light</u> was frozen, dead, a <u>ghost</u>. Only from the <u>yellow barrels</u> of the <u>microscopes</u> did it borrow a certain <u>rich and living substance</u>, lying along the <u>polished tubes</u> like <u>butter</u>, <u>streak</u> after <u>luscious streak</u> in <u>long recession</u> down the <u>work tables</u>.

　　面對這麼多名詞，當然無法全部採用上一章介紹的方法，把每個名詞都轉譯為中文動詞。那麼除了轉譯為動詞之外，還可以如何利用詞類轉換法，翻譯出通順達意的譯文呢？以下介紹五種詞類轉換法，分別解析如何運用詞類轉換法處理英文中衍生自名詞的動詞、被動語態、衍生自名詞的形容詞、抽象名詞、介系詞片語、名詞片語等，使譯文更加靈活有變化。

詞類轉換法的應用 2

1 英文動詞轉譯為中文名詞

原文	Mesa hotel features a beautiful resort-style setting. (*Sheraton Mesa Hotel*)
待修譯文	梅薩飯店具備度假風格。
參考譯文	度假風為梅薩飯店的特色。

　　　說明　　　英文中有不少動詞名詞同形的單字，此類單字作動詞時，可考慮將其轉譯為名詞。例如本例原文中的 feature 常作名詞「特徵，特色」，在本句中則作動詞，意指「具備…（特點）」。待修譯文依原文詞性，將 feature 譯為動詞「具備」，參考譯文則將 feature 轉譯為名詞「特色」。此處不論是待修譯文或參考譯文皆能清楚表達原文語意，翻譯時可參照上下文情境選用合適的譯法。

原文	We need to avoid stigmatizing Ebola as we did AIDS. (*CNN*)
待修譯文	應避免像汙名化愛滋一樣，汙名化伊波拉病毒。
參考譯文	不應將伊波拉病毒如愛滋一般冠上汙名。

　　　說明　　　stigmatize（汙名化）衍生自名詞 stigma（汙名）。同上例，若想為譯文增添變化，翻譯時可適時將動詞轉為名詞，或視情況另搭配上合適的動詞。在翻譯篇章段落時，此種翻譯技巧尤其重要。以 stigmatize 一字為例，若文章探討某病症受到汙名化，一定會不斷出現 stigmatize 一字，倘若通篇文章都將其翻做「汙名化」，譯文易顯呆板。此時就可以運用詞類轉換法，如參考譯文將 stigmatize 譯為「汙名」，並搭配動詞「冠上」，讓譯文更顯靈活。

2 英文被動語態轉譯為中文名詞

原文	How BBC radio can be improved. (*Telegraph*)
待修譯文	BBC 廣播電台可以如何被改進。
參考譯文	BBC 廣播電台的精進之道。

　　說明　　待修譯文將 be improved 依原文的被動語態譯為「被改進」，使得譯文「BBC 廣播電台可以如何被改進」讀來相當拗口。中文表達被動語態的方式較英文靈活多元，翻譯時除了可將英文被動轉為中文主動（詳見第八章「語態轉換法」），也可視情況透過詞類轉換，換個說法表達英文的被動語態。例如參考譯文將原文被動語態的 be improved 轉譯為名詞「精進之道」，便讓譯文「BBC 廣播電台的精進之道」顯得精簡易懂。

原文	But her boss has threatened to kill anyone who leaves the team. She feels trapped. (*BBC*)
待修譯文	但是她老闆威脅她，一旦離開組織就會殺了她。她覺得自己被困住了。
參考譯文	但是她老闆威脅她，一旦離開組織就會殺了她。她陷入困境。

　　說明　　待修譯文將具有被動意義的過去分詞 trapped 譯為「被困住」，而參考譯文則將 trapped 轉譯為中文名詞「困境」，雖然兩譯文都可傳達原文語意，不過使用詞類轉換法的參考譯文「她陷入困境」比待修譯文「她覺得自己被困住了」來得更為精簡，也更符合中文語用習慣。

3 英文名詞轉譯為中文形容詞

原文	Almonds and other nuts can be soaked for softness.
	(*Free Health Ideas*)

待修譯文	將杏仁等堅果泡水可以改變它的柔軟度。

參考譯文	杏仁等堅果泡過水後會變軟。

說明　　英文中有不少衍生自形容詞的名詞，例如 great → greatness、warm → warmth、tender → tenderness，翻譯此類名詞時，可將其轉譯為中文形容詞，語意會更精確。以待修譯文為例，一般來說，中文所言「柔軟度」，指的應為人的各關節所能伸展之最大程度，因此自然不能以「柔軟度」來形容堅果。參考譯文將原文的 softness 譯為中文的形容詞「軟（的）」，兩相比較下可知，經過詞類轉換的譯文更能精確表達原文意涵。

原文	An Extremely Short Letter to Justin Bieber about Fashion
	and Propriety (*NPR*)

待修譯文	給小賈斯汀的一封極短信：關於時尚與妥當性

參考譯文	給小賈斯汀的一封極短信：如何時尚又得體

說明　　除了衍生自形容詞的名詞可轉譯為形容詞，翻譯時也常將抽象名詞轉譯為形容詞。以此例來說，原文為一文章標題，此處兩譯文都採中文慣用的標題形式翻譯，差異在於抽象名詞 propriety 一字的處理。待修譯文將 propriety 譯做「妥當性」，讀來相當拗口，語意更是令人費解。相較之下，參考譯文將其轉譯為形容詞「得體」，讓人一看便知文章是要談穿衣得體與否。

不過，抽象名詞是否適合轉譯，仍要視上下文而定，例如 credibility（可信度）與 reliability（信度）這兩個字常出現於學術文章中，有時翻成抽象名詞可能比較適合學術文章的整體氣氛，翻譯時還需視上下文情境判定。

4 〈Prep + N〉的片語轉譯為中文副詞

原文	I grabbed the TV remote, and by chance more than intention, landed on CNN. (*Southport*)
待修譯文	我拿起電視遙控器，不經心藉由機會轉到 CNN 頻道。
參考譯文	我拿起電視遙控器，不經心偶然轉到 CNN 頻道。

| 說明 | 英文中由〈Prep + N〉構成的介系詞片語，往往可以轉譯為中文的副詞，例如 by chance、in advance、on purpose 等片語，早在我們學習這些片語時，就已經將它們做過詞類轉換，分別譯為中文的副詞「偶然地；意外地」、「事先」以及「故意地」。也因為如此，參考譯文讀來再自然不過，而待修譯文將 by chance 依字面直譯，就顯得毫不通順了。

除了〈Prep + N〉這類介系詞片語，英文中的抽象名詞也常轉譯為副詞，例如 He breathed a sigh of relief. 譯為「他如釋重負地嘆了口氣」，就是將抽象名詞 relief 轉譯為副詞「如釋重負地」。

5 〈Adj + N〉的搭配，同時轉譯為中文「副詞 + 動詞」

原文	The art there has had a tangible impact. (*NPR*)
待修譯文	那裡的藝術作品有著具體的影響。
參考譯文	那裡的藝術作品影響顯著。

| 說明 | 待修譯文將原文的 tangible impact 譯為「具體的影響」，雖然能夠表達原文意涵，但此譯法偏向西化語法，翻譯文章時若通篇採用這樣的譯法，會使得譯文出現很多「…的…」句構，變得冗長累贅。相較之下，參考譯文將名詞 impact 轉譯為動詞「影響」，而修飾 impact 的形容詞 tangible 則跟著轉譯為副詞「顯著」，如此一來，便能精準傳達原文語意，比待修譯文更佳。

原文	I want all of you to know, that ... if he does become our next president, that he will have my wholehearted support and yours, too. (*CNN*)
待修譯文	我要告訴大家⋯⋯他若真當選下任總統，就會得到我全心的支持，還有你的。
參考譯文	我要告訴大家⋯⋯他若真當選下任總統，我會全力支持，你也該如此。

| 說明 | 待修譯文將 wholehearted support 譯為「全心的支持」，並依語意邏輯將最後的 yours（意指 your wholehearted support）譯做「你的（真心的支持）」，使得譯文「就會得到我全心的支持，還有你的」顯得有些拗口。參考譯文將 wholehearted support 轉譯為「副詞＋動詞」，並將最後的 yours 也跟著轉為動作，譯為「我會全力支持，你也該如此」，便較待修譯文通順清楚。

1 請翻譯以下句子，並依題目指示翻譯畫線處。

1. Anti-pipeline protesters <u>demonstrate</u> in North Dakota on Thanksgiving Day.
   (*Fox News*) 將動詞轉譯為名詞

   _____

2. We are now in a world where all of our weather <u>is impacted</u> by humans.
   (*The Guardian*) 將被動語態轉譯為名詞

   _____

3. It seemed like a <u>no-brainer</u> in a way. (*NPR*) 將名詞轉譯為形容詞

   _____

4. When it comes to M. Night Shyamalan films, nothing ever happens
   <u>by chance</u>. (*CNN*) 將介系詞片語轉譯為副詞

   _____

5. Brooks and her colleagues interviewed 54 people with serious <u>long-term</u>
   mental illnesses. (*NPR*) 將形容詞轉譯為副詞

   _____

2 請翻譯下列句子，並以詞類轉換法翻譯畫線處。

1. Obama won't <u>criticize</u> FBI director over Clinton email investigation. (*USA Today*)

2. A suicide attack <u>is reported</u> Sunday in Tikrit. (*CNN*)

3. The <u>depth</u> of a friendship can't be judged by <u>proximity</u>. (*The Guardian*)

4. It is a tool that needs using <u>with care</u>. (*International News in the 21st Century*)

5. Many people with serious mental illness live at home and have <u>limited contact</u> with the health care system. (*NPR*)

6. Her husband is Alan Pepper who <u>co-owned</u> the storied Greenwich Village club The Bottom Line. (*NPR*)

1

1. 北達科他州反輸油管過境民眾於感恩節當日舉辦<u>示威遊行</u>。
   說明 將動詞 demonstrate 轉譯為名詞「示威遊行」。

2. 我們身處的這個世界，各種氣候現象皆來自人為因素的<u>影響</u>。
   說明 將被動語態 is impacted 轉譯為名詞「影響」。

3. 這似乎<u>不怎麼難</u>。
   說明 將名詞 no-brainer（無需用腦的事）轉譯為形容詞「不怎麼難」。

4. 在奈‧沙馬蘭的電影裡，沒有什麼是<u>偶然</u>發生的。
   說明 將介系詞片語 by chance 轉譯為副詞「偶然」。

5. 布魯克斯與同事一共採訪了 54 位<u>長期患</u>有嚴重精神疾病的人。
   說明 此例結合本章與第六章介紹的詞類轉換技巧。原文 with serious long-term mental illnesses 不直譯為「有著長期的嚴重精神疾病」，而將介系詞 with 轉譯為動詞「患有」，並將 long-term 轉譯為副詞「長期」修飾「患有」，譯為「長期患有嚴重精神疾病」。

2

1. 柯林頓電郵調查一案，歐巴馬並不會對聯邦調查局局長<u>提出</u>任何<u>批評</u>。
   說明 將動詞 criticize 轉譯為名詞，並搭配動詞「提出」。相較之下，若將 criticize 譯為動詞，譯文「歐巴馬不會批評聯邦調查局局長」雖亦正確，但就不若此處譯文明確聚焦於受批評的對象（即聯邦調查局局長）。

2. <u>據報導</u>，提克里特週日發生自殺攻擊。
   說明 將被動語態 is reported 轉譯為名詞「報導」。

3. 友誼<u>深淺</u>不能以兩人<u>親近</u>與否來論斷。
   說明 將抽象名詞 depth（深度）與 proximity（鄰近性）各轉譯為形容詞「深淺」與「親近」。

4. 這工具得<u>謹慎</u>使用。
   說明 將〈Prep + N〉搭配的 with care 轉譯為副詞「謹慎」，修飾動詞「使用」。

5. 患有嚴重精神疾病的人多數住在家中，<u>鮮少接觸</u>醫療體系。
   說明 limited contact 不譯為「有限的接觸」，而將形容詞轉譯為副詞「鮮少」，並將其所修飾的名詞 contact 轉為動詞，譯成「接觸」。

6. 她先生亞倫‧派普是格林威治村傳奇酒吧「底線」的<u>合夥人</u>。
   說明 將動詞 co-owned 轉譯為名詞「合夥人」。

Caponata

西西里糖醋茄子（二）

出處與內容概述

　　以下英文段落及譯文出自線上雙語雜誌《Issey 蘋果一生》。作者為 Patricia Manley。譯者為周芬青。此段引文承接第六章所引段落，作者收到當令新鮮蔬果後，決定動手做西西里糖醋茄子，本段繼而描述糖醋茄子的風味、食用方式以及作者對這道異國料理的想像。

[1]This sweet relish is Sicilian in origin; it evokes ancient travels along the spice route from the Far East and around the many ports on the Mediterranean Sea. [2]Enjoy it simply on toast or crackers with a dry white wine, mixed with freshly cooked noodles, as a sandwich spread with a favorite cheese, or as a filling for an omelet.

　　這道來自西西里島的地方小菜，不僅味道好，用途也廣，可以塗在脆餅、麵包上，配白酒食用。拌麵，加片乳酪作三明治，或煎蛋捲的時候作餡也行。吃起來甜美開胃，足以令人心生憧憬，想望那運載香料的古航道，由遠東沿著地中海的港都輾轉而來。

文章出處 http://isseylingo.com/2016/11/11/caponata-西西里糖醋茄子/

文章風格與用字特色

因此段著重描繪糖醋茄子的風味跟來源，不論原文或譯文皆運用描述語彙 (descriptive words) 刻畫糖醋茄子如何自遠東飄洋過海，成爲用途廣泛的桌上佳餚。

翻譯技巧說明

① This sweet relish is Sicilian <u>in origin</u>
這道<u>來自</u>西西里島的地方小菜

說明 此處譯文將 in origin 轉譯爲動詞「來自…」。此外，譯者大幅調動全段原文句序，在 This sweet relish is Sicilian in origin 後，先譯第二句的 Enjoy it simply ... or as a filling for an omelet.，說明小菜用途，再譯首句的 sweet relish，譯爲「吃起來甜美開胃」，最後才譯 it evokes ... on the Mediterranean Sea，點出此道小菜給人的想像。另外，讀者若細心觀察，可發現譯者在譯文第一句增譯了「不僅味道好，用途也廣」。

② Enjoy it simply <u>on</u> toast or crackers <u>with</u> a dry white wine
可以<u>塗在脆餅、麵包上</u>，<u>配白酒食用</u>

說明 此處譯文將 <u>on</u> toast or crackers 及 <u>with</u> a dry white wine 兩處的介系詞皆轉譯爲動詞，<u>on</u> toast or crackers 譯爲「<u>塗在脆餅、麵包上</u>」，<u>with</u> a dry white wine 譯爲「<u>配白酒食用</u>」。

　　以下提供二篇譯作，供讀者自行賞析。請比較原文與譯文，指出特別吸引你的譯文，並找出哪幾處使用了詞類轉換法。

Pride and Prejudice
《傲慢與偏見》

｜出處與內容概述｜ 以下英文段落出自珍‧奧斯汀 (Jane Austen) 的小說《傲慢與偏見》。所選譯文出自漫遊者出版社所發行的中譯本，譯者爲本書作者張綺容。本段引文出自全書首段，描繪珍‧奧斯汀所身處時代的中產階級家庭，以女兒嫁入仕紳家庭爲風尚，看似平實描繪，實則語帶譏諷。

　　It is a truth universally acknowledged, that a single man in possession of a good fortune, must be in want of a wife.

　　However little known the feelings or views of such a man may be on his first entering a neighbourhood, this truth is so well fixed in the minds of the surrounding families, that he is considered as the rightful property of some one or other of their daughters.

　　有條人人信以爲眞的眞理：凡是有錢的單身漢，總覺得自己缺個太太。

　　至於這單身漢怎麼想、心裡是什麼感覺，大家也不去管，只要方圓百里內出現這麼一號人物，這條眞理立刻在附近人家心裡活動，理直氣壯把對方當成自家女兒的財產。

Are cookies as addictive as pizza?

〈非吃不可！食物會像毒品一樣讓人上癮嗎？〉

▌出處與內容概述 以下英文段落出自 *BBC Knowledge* 雜誌，作者為 Lilian Anekwe。譯文出自《BBC 知識》國際中文版，譯者為王怡文。文章探討「食物成癮」，由腦部科學以及醫學觀點切入，指出目前醫學界對於食物是否會導致成癮以及成癮的生理機制尚沒有具體共識。本段引文探討成癮如何影響大腦運作。

The involvement of the brain is key to diagnosing addiction. Addiction affects areas of the brain that are linked to pleasure, reward and decision-making. It also affects neurotransmitters, the chemical signals used for communication between brain cells and brain regions. Over time, memory of previous exposures to rewards (eg: food, sex, alcohol or drugs) leads to a biological response, such as cravings.

大腦的運作，是診斷成癮的關鍵。成癮會影響與愉悅、酬賞以及決策相關腦區，也會影響神經傳導物質，也就是腦細胞和腦區之間溝通用的化學物質。經過一段時間，先前曾獲得酬賞（例如食物、性、酒精與藥物）的記憶，會造成像是渴望的生物性反應。

▶ 賞析演練翻譯技巧請見「學習手冊」

以下句子提供讀者自我挑戰。翻譯時可以多考慮畫線處如何使用本章學到的翻譯技巧。

1. The Georgia Peach might well be the most iconic fruit to <u>symbolize</u> Georgia. (*GPB news*)

2. They come <u>equipped</u> with a stove, fire extinguisher and carbon monoxide detector. (*NPR*)

3. <u>Inseparability</u> may be a defining feature of friendship in youth, but in adulthood it's our ability to let go that matters most. (*The Guardian*)

4. Managers and support staff are available around the clock at rest and bush camps, to ensure guests' <u>comfort</u> and <u>safety</u>. (*The Guardian*)

5. The South Korean government is unlikely to pursue <u>significant economic reforms</u> until the next presidential election can be held. (*Bloomberg*)

6. Taiwan's transportation system makes travel a <u>breeze</u>. (*CNN*)

7. <u>By accident</u>, a new spiky dinosaur is discovered. (*CNN*)

8. The interior space <u>features</u> giant walls of windows, tall ceilings, a sky-lit great room, a wet bar, a media room and a glass-enclosed, climate-controlled wine room. (*ELLE DÉCOR*)

9. I feel <u>pride</u> and <u>gratitude</u> for this wonderful campaign that we built together. (*Hillary Clinton's concession speech, 2016*)

10. Tunisia hotel attack witness: It was <u>sheer horror</u>. (*CNN*)

▶ 參考答案請見「學習手冊」

Chapter 8 語態轉換法

　　英文被動語態的使用時機和中文的「被字句」不太一樣，因此並非所有使用被動語態的英文句子都適合翻譯成中文的被字句。所謂「被字句」是在動詞前加上「被」構成的中文句型，通常用於表負面事件。請比較下列兩句譯文如何處理原文的被動語態：

◆ On this day, Jackrabbot is dressed in a hat and tie, causing people to stare or pull out their mobile phones and take its picture.

(*Voice of America*)

① 這一天，長耳兔機器人被穿上帽子和領帶，路人紛紛行注目禮，有的還拿出手機來拍照。

② 這一天，長耳兔機器人戴帽子、打領帶，路人紛紛行注目禮，有的還拿出手機來拍照。

　　在這兩句譯文中，譯文①按照英文語態，將被動語態的 is dressed in 譯為「被穿上」，譯文②則轉換語態，將被動語態轉成主動語態，譯為「戴（帽子）、打（領帶）」。兩句譯文雖然都能傳達原文語意，但相較之下，使用語態轉換法的譯文②讀起來較貼近中文的表達法，這是因為中文使用被字句的頻率比英文低，大多使用「**無標誌被動句**」，也就是不使用「被」這個字，單憑上下文語境來表達出被動意涵，例如「禮物送人了」。另一種表示被動的中文句型是「**有標誌被動句**」，包括使用「被」、「受」、「挨」、「獲」等字來表示被動，其中用「被」者稱為「被字句」，用於以下三種情況：

① **表達負面事件**

　　「巧克力被吃光了」這句話，基本上意思和「巧克力吃光了」相同，但加了「被」字表示對說話者而言「巧克力吃光了」是負面事件，說話者並不希望這件事發生。

② 表明施受關係

「那些學生被罵了一頓」一句中,「被」用以闡明施受關係,如果把「被」字拿掉,「那些學生罵了一頓」的「罵」就變成了主動語態。

③ 凸顯新訊息

以下這段對話:A 說「你的手怎麼了?」B 說「被蚊子叮了。」B 之所以使用被字句,是因為「手」對 A 和 B 來說都是已知訊息,「蚊子叮」則是新訊息,B 回答時因應中文時序律,先講已知訊息「手」,再講新訊息,並將已知訊息「手」省略,用以強調新訊息「(手)被蚊子叮了」。

相較之下,英文被動語態的表達法比較明顯,句型大抵以〈S + be + Vpp (by + sb/sth)〉為主,用於以下三個時機:

① 施事者不明或不重要

以 My wallet was stolen.(我的錢包被偷了。)一句而言,說這句話時,說話者不曉得小偷(施事者)是誰,因此使用被動語態。

② 受事者為訊息焦點

例如 Almost £3,000 of taxpayers' money has been spent on limousine hire in the past two years.(過去兩年來,納稅人花在租車服務的錢將近三千英鎊。)一句,原文重點不在花錢的納稅人,而在被納稅人花掉的錢,換句話說訊息焦點在受事者,因此使用被動語態。

③ 禮貌措辭

例如 You are invited to the Annual General Meeting.(敬邀您參加年度股東大會。)一句,英文使用被動語態,以示對股東禮貌周到。

鑒於中文和英文使用被動語態的方法和時機不同,本章將專門探討碰到翻譯英文被動語態的中文被動句和轉換技巧,旨在提供除了「被字句」之外的譯法,以免譯文通篇「被被不絕」。

語態轉換法的應用

1 負面事件建議使用「被／受／遭／挨」字句

原文	His left arm was mangled in an Allied bombing run. (*The New Yorker*)
待修譯文	他的左臂嚴重損傷於同盟國的轟炸中。
參考譯文	在同盟國的轟炸中，他的左臂被炸傷。

說明　　負面事件是指對主詞產生負面影響的事情。此句原文施事者不明，因此主要動詞 was mangled 採用了被動語態。動詞 mangle 意指「嚴重損傷」，從下文 bombing run（轟炸）推知應是「炸傷」，對主詞 His left arm（他的左臂）而言屬於負面事件，因此建議譯爲「被炸傷」，並採用逆譯法（詳見第十章），將先發生的事情「同盟國的轟炸」提前，後發生的結果「左臂被炸傷」後置。待修譯文沒有譯出被動語態，縱使譯成「被嚴重損傷」也顯得有些生硬，建議可譯爲「被／遭炸傷」。

2 正面事件建議使用「承／蒙／獲」字句

原文	He was released from jail earlier Monday after posting bail. (*USA Today*)
待修譯文	他提交保釋金後，稍早於週一被釋放。
參考譯文	他提交保釋金後，稍早於週一獲釋。

說明　　正面事件是指對主詞產生正面影響的事情。原文主要動詞 was released 採用被動語態，將訊息焦點擺在受事者「他」，動詞 release 是「釋放」的意思，對於主詞「他」而言，「釋放」應是正面事件，因此建議譯爲「獲釋」，

文意會較表達負面語意的「被釋放」更佳。此外，本句採用逆譯法，鑒於介系詞 after 引出的訊息是先發生的事情，故而將「提交保釋金」提前翻譯，以符合中文「先發生的事先說，後發生的後講」的時序律原則。

3 強調主詞無奈、抱憾時，建議使用「教／給／讓」字句

原文	"We were just lied to," Emma says. "With me only being nine, to the age of 12, I didn't know better." (*BBC*)
待修譯文	「我們就是被騙了，」艾瑪說，「我當時只有九歲，一直到十二歲都還不懂事。」
參考譯文	「我們給人騙了，」艾瑪說，「我當時只有九歲，一直到十二歲都還不懂事。」

| 說明 | 「教／給／讓」字句在中文有兩種意思，一是使役句（例如：他教孩子洗碗），二是被動句（例如：老先生的退休金全教孩子分光了）。「教／給／讓」字句表示被動時通常用於負面事件，並強調主詞無奈、抱憾之意。此例原文主要動詞 were lied to 採用被動語態，將訊息焦點擺在受事者 We，動詞 lie 是「欺騙」的意思，從下文艾瑪的年紀來看，主詞「我們」對於「遭到欺騙」應是無能為力，加上 lied 前方以副詞 just（根本）強調語氣，因此，譯為「給人騙了」比「被騙了」更能表現說話者無奈、抱憾的心情。

4 知道施事者，可使用「為／由…所…」句型

| 原文 | He recalled in his autobiography that the monsters were inspired by folktales he heard as a child from older people. (*NHK WORLD News*) |
| 待修譯文 | 他在自傳裡回憶：他筆下的怪獸是被民間故事啓發，全是兒時從老人家那兒聽來的。 |

| 參考譯文 | 他在自傳裡回憶：他筆下的怪獸為民間故事所啟發，全是兒時從老人家那兒聽來的。

| 說明 | 原文中名詞子句 that the monsters... 的動詞 were inspired 採用被動語態，以受事者 the monsters（怪獸）作為訊息焦點，動詞 inspire 是「啟發」之意，後方以介系詞 by 引出施事者 folktales（民間故事），屬於施事者已知被動句。原譯「被民間故事啟發」為使用中文表達不幸事件的被字句，與原文的正面描述不合，建議使用「為／由…所…」句型，譯為「為民間故事所啟發」，或使用「是…的」句型，譯為「是民間故事啟發的」。

5 施受關係明確，可採用「無標誌被動句」

| 原文 | During the 1960s the novel was translated into a number of European languages, English not included.
(*The New York Review of Books*)

| 待修譯文 | 1960 年代，這本小說被翻譯成數種歐洲語言，但不包括英文。

| 參考譯文 | 1960 年代，這本小說翻譯成數種歐洲語言，但不包括英文。

| 說明 | 中文常以「有標誌被動句」來表示施受關係，但如果施受關係明確，受事者顯然是後方動詞的動作對象，則無須用「被」、「受」、「挨」、「獲」等字來表示被動，例如「電影看完了」，動詞「看」的動作對象顯然是「電影」，因此無須明說「電影被看完了」。這種不使用「被」、「受」、「挨」、「獲」等字，單憑上下文語境來表達出被動意涵的句子，就稱之為「無標誌被動句」。

　　本例原文因為施事者不明，因此主要動詞 was translated 採用被動語態，讓訊息焦點落在 the novel（這本小說）。translate 在這裡是及物動詞「翻譯」的意思，後面接介系詞 into（變成）引出譯入哪些語言，整句話客觀描述該小說翻譯

8

語態轉換法

111

成的語種，因此待修譯文「被翻譯」文意偏向負面，建議刪除「被」，採用無標誌被動句，譯為「翻譯」即可。

6 被動轉主動技巧

| 原文 | When I studied anthropology in college and graduate school, I was fascinated by descriptions of the anthropologist who "goes native." (*Primates of Park Avenue: A Memoir*) |

| 待修譯文 | 我大學和研究所念的是人類學，我為人類學者「入境隨俗」的描述所著迷。 |

| 參考譯文 | 我大學和研究所念的是人類學，沉迷於人類學者「入境隨俗」的描述。 |

| 說明 | 原文主要子句的動詞 was fascinated 採用被動語態，fascinate 是「迷住」之意，施事者是介系詞 by 所引出的 descriptions...（…的描述），受事者為 I（我），屬於施事者已知被動句，雖然可如待修譯文使用「為／由…所…」的句型翻譯，但因為此處施事者「人類學者『入境隨俗』的描述」字數頗多，建議可以將被動轉主動，如參考譯文翻譯成「沉迷於」。

7 另立主詞技巧

| 原文 | The book was released gloriously from his hand. (*The Book Thief*) |

| 待修譯文 | 書從他手裡漂亮地被丟出去。 |

| 參考譯文 | 他把書從手裡漂亮地拋出去。 |

| | 說明 | 另立主詞是指翻譯時不用原文主詞作譯文主詞，而是從上下文尋找更適當的字詞來作譯文的主詞。此例原文的主要動詞 was released 採用被動語態，讓訊息焦點落在受事者 The book（書），release 在這裡是「丟，拋」的意思，以副詞 gloriously（漂亮地）修飾，可見是個優美的動作，待修譯文的「被丟出去」讀起來帶有負面意味，因此建議修改。從句末 from his hand（從他手裡）來判斷，執行「丟」這個動作的施事者應該是「他」，因此本句可採用另立主詞和被動轉主動技巧，譯為「他把書從手裡漂亮地拋出去」。

8 詞性轉換技巧

原文	Srouji was nicely rewarded for his efforts. (*Bloomberg*)
待修譯文	史洛吉的努力被好好報答。
參考譯文	史洛吉的努力獲得了優渥的獎勵。

| 說明 | 本句施事者不明，主要動詞 was rewarded 採用被動語態，訊息焦點落在受事者 Srouji（史洛吉）。reward 在這裡是及物動詞「報答，獎勵」的意思，語意正面，不宜譯為帶負面語意的「被好好報答」。參考譯文採用正面事件的「承 / 蒙 / 獲」字句，並搭配詞性轉換法和增譯法譯為「獲得獎勵」，其中「獎勵」從原文的動詞轉譯成名詞，前方再用增譯法加上「獲得」兩個字。

1 請翻譯以下句子，並依題目指示翻譯畫線處。

1. It's been two months since St. Louis Police Officer Blake Snyder <u>was gunned down</u>. (*CNN*) 「被／受／遭／挨」字句

_____

2. Beauty the dog was the very last animal to <u>be adopted</u> that day. (*The Huffington Post*) 「承／蒙／獲」字句

_____

3. The idea <u>was put forward</u> by philosopher Hiroki Azuma, the author of the *Chernobyl Dark Tourism Guide*. (*Mirror*) 「為／由⋯所⋯」、「是⋯的」句型

_____

4. An estimated 7.6 million animals <u>are dropped off</u> at animal shelters across the U.S. every year. (*The Huffington Post*) 無標誌被動句

_____

5. It <u>is forbidden</u> to share or post photos of cadavers if not for research purposes. (*The Korea Herald*) 被動轉主動

_____

6. When the job <u>was done</u>, they wheeled their bicycles out of the barn and set off for their morning ride. (*Friends*) 另立主詞

_____

7. About 60 percent of the more than 500 primate species <u>are</u> now <u>threatened</u> with extinction. (*Associated Press*) 詞性轉換

_____

2 請翻譯以下句子，並以語態轉換法翻譯畫線處。

1. She <u>was reprimanded</u> by movie bosses for her lewd talk. (*Daily Mail*)

2. In El Salvador, 475 women <u>were murdered</u> between January and October—an increase from 294 in 2014. (*Amnesty International*)

3. He <u>was awarded</u> the Medal of Honor for rescuing more than 20 wounded men during the Vietnam War. (*CBN News*)

4. A spokesperson from the Korean Medical Association, the country's largest physicians group, said that the case will <u>be sent</u> to an ethics committee. (*The Korea Herald*)

5. The words "love you always" and "always with you" <u>are sewn</u> into the feet of each bear. (*CNN*)

6. Once the resin <u>is collected</u>, women sort the chunks by color and size. (*Associated Press*)

7. Temperatures <u>are forecast</u> to peak on Christmas Eve around the North Pole—at near-freezing. (*BBC News*)

1

1. 聖路易員警布雷克・史奈德遭槍殺已經過了兩個月。

2. 當天最後一隻獲領養的動物是狗狗「美麗」。

3. 這個想法是由《車諾比黑暗之旅導覽》的作者兼哲學家東浩紀所提出。

4. 估計每年有 760 萬隻動物送進全美各地的動物收容所。

5. 若非出於研究目的，禁止分享或張貼屍體照片。

6. 他們工作做完，便騎上腳踏車，從農莊出發，一起在晨光中兜風。

7. 超過五百種的靈長類中，約有六成目前面臨絕種威脅。

2

1. 她因言語猥褻被電影老闆們罵。
   說明　將被動語態譯為「負面事件的被 / 受 / 遭 / 挨字句」。

2. 薩爾瓦多一月到十月之間共計 475 位婦女慘遭殺害，多於 2014 年同期的 294 位。
   說明　將被動語態譯為「負面事件的被 / 受 / 遭 / 挨字句」。

3. 他在越戰期間拯救二十多名傷員，因而獲頒榮譽勳章。
   說明　將被動語態譯為「正面事件的承 / 蒙 / 獲字句」。

4. 南韓最大醫師團體「大韓醫學協會」發言人表示，本案將送交醫師倫理委員會。
   說明　將被動語態譯為「無標誌被動句」。

5. 每隻熊的腳上都繡有「永遠愛你」與「永遠伴你」的字樣。
   說明　使用「被動轉主動技巧」。

6. 婦女們蒐集樹脂，接著依顏色、尺寸分類。
   說明　使用「另立主詞技巧」。

7. 氣溫預報顯示：耶誕夜北極周邊溫度將攀升至最高——接近冰點。
   說明　使用「詞性轉換技巧」。

Madrid Bans Half of Cars from Roads to Fight Air Pollution

〈打擊空汙馬德里禁止半數車輛上路〉

出處與內容概述

　　以下英文段落及譯文出自《自由時報》「中英對照讀新聞」專欄，英文原刊於《衛報》(*The Guardian*)，內容報導西班牙馬德里當局因霧霾日益嚴重，故而首開全國先例禁止半數私人車輛上路，內文詳細說明禁令內容，並解釋推行禁令緣由。以下選文出自新聞段落的第二段，作者直接引用馬德里市議會的聲明來說明禁令執行辦法，譯者為孫宇青。

　　The city council said in a statement: "①vehicles with even-number registration plates will be allowed to drive around on even-number days and cars with odd-number registration plates on odd-number days. The restrictions will operate between 6.30am and 9pm".

　　市議會聲明：「車牌號碼為偶數的車輛，只能在偶數日上路；車牌號碼為奇數的車輛，只能在奇數日上路。限制時間為早上 6 點 30 分至晚間 9 點。」

文章風格與用字特色

　　原文此段落行文明晰、風格平實，以直接引述的方式清楚交代禁令的施行辦法，全段共兩個句子，第一句較長，包含兩個子句，其一是 The city council said in a statement，其二是 vehicles with even-number registration plates will be allowed...，讀者可以觀察譯者如何處理原文的長句和被動語態，讓譯文讀來文氣流暢且語意明白。

117

翻譯技巧說明

① vehicles with even-number registration plates will <u>be allowed</u> to drive around on even-number days

車牌號碼為偶數的車輛，<u>只能</u>在偶數日上路

說明　原文為了讓訊息焦點擺在此名詞子句的主詞 vehicles with even-number registration plates（車牌號碼為偶數的車輛），因此使用被動語態 be allowed（被允許），譯文則將此處以被動轉主動的方式譯為「只能」。此句亦可譯為：

1. 車號為偶數的車輛獲准在偶數日上路
2. 偶數日輪到偶數車號的車輛上路
3. 車牌號碼為偶數的車主可於偶數日上路

賞析演練　以下提供二篇譯作，供讀者自行賞析。請比較原文與譯文，指出特別吸引你的譯文，並找出哪幾處使用了語態轉換法。

Gone With the Wind
《飄》

｜出處與內容概述｜ 以下小說段落出自美國作家瑪格麗特・密契爾 (Margaret Mitchell) 的成名作《飄》，1936 年獲國家圖書獎，1937 年獲普立茲小說獎。所選譯文出自麥田出版社 2015 年發行的譯本，譯者為龐元媛。選文段落出自全書第一章，作者藉由描寫女主角郝思嘉的姿容，順道鋪陳其魅力和家世背景。

Scarlett O'Hara was not beautiful, but men seldom realized it when caught by her charm as the Tarleton twins were. In her face were too sharply blended the delicate features of her mother, a Coast aristocrat of French descent, and the heavy ones of her florid Irish father.

郝思嘉並非美女，可是那些臣服於其魅力的男人卻鮮少察覺，湯家的那對孿生兄弟正是如此。思嘉的母親具有法國血統，出身美國太平洋濱的貴族世家，父親是氣色紅潤的愛爾蘭人。母親的細緻五官，父親的粗獷相貌，在她的臉上湊成過於鮮明的對比，顯得不甚協調。

Brideshead Revisited
《重臨白莊》

┃出處與內容概述 以下小說段落出自英國作家艾佛林・渥夫 (Evelyn Waugh) 代表作《重臨白莊》，本書名列「時代雜誌百大英文小說」。所選譯文收錄在培生出版社 2006 年發行的《翻譯教程：Part II 翻譯的習作》，譯者為賴慈芸。艾佛林・渥夫擅長刻畫英國倫敦典型上層和中層階級的生活，以下選文便是描寫莊園千金以能與年長男性約會而自豪的心理。

Young men were held to be gauche and pimply; it was thought very much more chic to be seen lunching at the Ritz—a thing, in any case, allowed to few girls of that day, to the tiny circle of Julia's intimates; a thing looked at askance by the elders who kept the score, chatting pleasantly against the walls of the ballrooms—at the table on the left as you came in, with a starched and wrinkled old roué whom your mother had been warned of as a girl, than in centre of the room with a party of exuberant young bloods.

年輕人總是笨頭笨腦而且臉上長滿痘痘；被人看見在麗池酒店左手邊的桌子，同一個衣領漿挺、皺紋滿面的老浪子（你媽媽還在做姑娘的時候就被警告不得接近的危險人物）一起用膳，總是比在舞池中和一群活力充沛的小夥子廝混要來得有面子些；雖然在麗池用膳本身就不是很多女孩子可以享有的自由，只有茱莉亞那一小群姐妹淘敢這樣做；在舞池邊倚壁熱切聊天的老先生老太太們也總對她們側目以待，在心中打分數。

▶ 賞析演練翻譯技巧請見「學習手冊」

以下句子提供讀者自我挑戰。翻譯時可以多考慮畫線處如何使用本章學到的翻譯技巧。

1. The mayor recently acknowledged he <u>was pressured</u> by the government to exclude a painting satirizing the president from an art fair. (*Fox News*)

2. She was 19 when she <u>was promoted</u> to the rank of principal dancer. (*Telegraph*)

3. A wasp in my car caused me to have an accident and my tax return, which was inside, <u>was destroyed</u>. (*Reuters*)

4. At least she believed it <u>was painted</u> by him. (*New York Press*)

5. Wheaton College's "refugee scholarship" will prioritize students seeking immediate entrance to the U.S., in the hope that Trump's ban will <u>be lifted</u> soon. (*The Huffington Post*)

6. Miyamoto's mother is preparing soba noodles, a standard New Year's Eve dish in Japan, except in their home it will <u>be filled with</u> green onions and shrimp. (*CBS News*)

7. For months rumours have been building that China is about to rescue its ailing banking sector again. A decision to do so, it was whispered, <u>was taken</u> at October's Communist Party plenum. (*The Economist*)

8. Often following a strong El Niño event, the Pacific swings like a pendulum to a strong La Niña event, which <u>is characterized</u> by much colder than average water. (*The Washington Post*)

9. According to a report, one in three <u>is</u> so <u>addicted</u> to their phones that they check them constantly during the night. (*Mirror*)

▶ 參考答案請見「學習手冊」

反面著筆法

「反面著筆法」是指用原文相對的意思來翻譯，有時會搭配正說反譯法或反說正譯法使用，但不同於正說反譯和反說正譯，反面著筆法強調的並非用否定句來翻譯肯定句、或是用肯定句來翻譯否定句，而是著重於用原文某字詞的反義字詞來翻譯，或者是從相反的視角說出原文的意思，請比較下列兩句譯文如何處理原文 serious 一字：

◆ You serious? (*Way of the Peaceful Warrior*)

　① 你認真的嗎？

　② 你開玩笑的吧？

在這兩句譯文中，譯文 ① 按照英文 serious 的字面意思譯為「認真的」，譯文 ② 則譯為「認真的」的反義詞「開玩笑的」，兩句都相當流暢自然。然而，在某些情況下，採用反面著筆法能使譯文更簡潔明快，例如：

◆ Claire, 31, is a new mum, married, a successful businesswoman and says she's the last person you'd probably expect to be lonely. (*BBC*)

　① 克萊爾現年 31 歲，已婚，剛當媽媽，而且是事業女強人，她說自己大概是最後一個你會覺得她寂寞的人。

　② 克萊爾現年 31 歲，已婚，剛當媽媽，而且是事業女強人，她說你大概想不到她也會寂寞吧。

譯文 ① 依英文 the last person 的字面意思譯為「最後一個…人」，譯文 ② 則從相反視角說出原文的意思，換句話說，所謂「最後一個你會覺得她寂寞的人」，就是「你想不到她也會寂寞的人」，兩句譯文雖然都明確傳達了原文語意，但譯文 ② 更加簡明扼要。

以下整理探討英譯中使用反面著筆法的六種情況，包括數字、名詞、動詞、副詞、形容詞、介系詞，都可以採用反面著筆法。

反面著筆法的應用

1 數字

| 原文 | The cup-sized breasts of that twenty-four-year old impatient beauty seemed a dozen years younger than she, with those pale squinty nipples and firm form. (*The Original of Lolita*) |

| 待修譯文 | 這對杯子大小的乳房的主人是一位 24 歲的急躁美人，乳房似乎比主人年輕個 12 歲，尖挺，乳頭顏色很淡，猶如一對斜視的眼。 |

| 參考譯文 | 這個芳齡 24 的美人個性急躁，乳房和杯子差不多大，像是 12 歲女孩的胸部，尖挺，乳頭顏色很淡，猶如一對斜視的眼。 |

| 說明 | 原文以 The cup-sized breasts（杯子大小的乳房）為主詞，主要動詞出現於 seemed a dozen years younger than she。待修譯文將原文 The ... breasts ... seemed a dozen years younger than she 依字面意思譯為「乳房似乎比主人年輕個 12 歲」，換句話說，乳房主人 24 歲，乳房比主人年輕 12 歲，所以乳房看起來是 12 歲，是一對宛如少女的乳房。為了使文意更加直白，本句建議採用反面著筆法，換個角度把「比主人年輕個 12 歲」的背面意思翻譯出來，也就是「12 歲女孩的胸部」，讓譯文簡潔明瞭又不失作者原意。

2 名詞

原文	A flicker, first, and then a rapid darkening that began on one side of the sun and then crept across its crimson face until the sun went black, like a coal knocked from a fire. (*Trigger Warning*)
待修譯文	太陽起先只閃爍了一下，接著整個側邊迅速暗了下去，暗影爬過緋紅的太陽，終至全黑，宛如離了火的煤炭。
參考譯文	太陽起先只黑了一小角，接著整個側面迅速失去光芒，暗影爬過緋紅的太陽，終至全黑，宛如離了火的煤炭。

| 說明 | 原文描寫日蝕的過程，從 flicker（閃爍）到 darkening（變暗），最後 until the sun went black（直到太陽全黑）。兩組譯文在翻譯名詞 flicker 和 darkening 時皆採用詞類轉換法，差別在於待修譯文的「閃爍了一下」及「暗了下去」是按原文字面意思直譯，參考譯文則使用反面著筆法，分別譯為「黑了一小角」和「失去光芒」，皆是從相反的視角說出原文的意思。比起直譯，此處採用反面著筆法較能表達太陽漸暗的過程，從「黑了一小角」到「側面迅速失去光芒」再到「全黑」，讀起來層次更為分明。 |

3 動詞

原文	Like most people, you've been taught to gather information from outside yourself, from books, magazines, experts. (*Way of the Peaceful Warrior*)
待修譯文	你跟大多數人一樣，從小只被教要收集身外資訊，譬如從書上學，看雜誌學，跟專家學。
參考譯文	你跟大多數人一樣，從小只學身外資訊，譬如從書上學，看雜誌學，跟專家學。

　　說明　　原文主要動詞 been taught 採用被動語態，待修譯文按照字面意思，連同後方不定詞 to gather 譯為「被教要收集」，譯文略顯冗贅。參考譯文使用反面著筆法，採用跟「教」相對的動詞「學」，再用「學」一個字去涵蓋「收集」的意涵，譯文讀來簡要明快。

　　常使用反面著筆法的例子還有英文動詞 come。例如 We are very happy to come to your office.，翻譯成中文時必須使用反面著筆，採用跟「來」相對的動詞「去」，譯為「我們非常樂意去您辦公室」。

4 副詞

　　原文　　He saw only a fire blazing in an enormous stone fireplace on one wall and three rugs on the floor.
(*The Knight in Rusty Armor*)

　　待修譯文　　他只看見牆邊石造大壁爐裡的火熊熊燃燒和地板上有三張地毯。

　　參考譯文　　他見牆邊有個偌大的石造壁爐，裡頭燒著爐火，地上鋪著三張地毯，除此之外沒有其他傢俱。

　　說明　　本句引文的上文描述「他」走進城堡裡寬闊的前廳並四處張望 (He walked into the huge anteroom of the castle and he looked around.)，結果發現前廳空空蕩蕩，只有 fireplace（壁爐）和 rug（地毯），因此原文用副詞 only（只）來強調前廳空曠冷清，待修譯文按字面意思翻譯成「只（看見…）」，參考譯文則從相反的視角說出原文的意思「除此之外沒有（其他傢俱）」，其中「沒有」使用了正說反譯法，後方並增譯「其他傢俱」，將前廳空無一物的意思表達得更清楚。

5 形容詞

原文	Environmental campaigners see him as an oil and gas industry stooge who is "lukewarm" on the threat posed by climate change. (*BBC*)
待修譯文	環保人士認爲他是石油和天然氣產業的走狗，對氣候變遷帶來的威脅態度溫溫的。
參考譯文	環保人士認爲他是石油和天然氣產業的走狗，對氣候變遷帶來的威脅冷淡以對。

說明　　　原文的形容詞 lukewarm 用來形容食物是「微溫的」之意，以反義詞翻譯就是「涼掉的」；如果用來形容態度，lukewarm 則是「不熱情的」，用反義詞來說就是「冷淡的」。原文以 lukewarm 形容 him（他）對氣候變遷威脅的態度，待修譯文直譯「態度溫溫的」，語意不夠明確，建議用反面著筆法翻譯成「冷淡以對」較佳。

6 介系詞

原文	At one point he appeared to fall off the side of a small stage before climbing back up. (*The Guardian*)
待修譯文	在他爬上來之前，他有一度好像從小舞台側邊跌下去。
參考譯文	他有一度好像從小舞台側邊跌下去，然後才爬上來。

說明　　　原文的介系詞 before 雖然意爲「在…之前」，但後方引出的動作其實是後來發生的事情，因此可視上下文情況譯成反義字詞「然後」。在本例中，先發生的動作是 appeared to fall（好像跌下去），後發生的動作是 climbing back up（爬上來），待修譯文將介系詞 before 譯成「在…之前」，並將後發生的動作提前，違背中文時序律，讀起來不太自然。參考譯文依照原文事件發生的順序翻譯，並使用反面著筆法，將 before 翻譯成「然後」，讓譯文更加流暢易懂。

1 請翻譯以下句子，並以反面著筆法翻譯畫線處。

1. The six-night package includes meals and is currently buy-one-get-one-free or <u>30 percent off</u> for solo travelers. (*The New York Times*)

_____

2. We won the game. <u>That</u>'s all that matters. (*The New York Times*)

_____

3. South Korea's reading <u>trailed</u> only Turkey among the OECD.
(*The Korea Herald*)

_____

4. At a time when many pubs are closing as overall beer consumption declines, such international recognition is <u>more than</u> welcome. (*ABC News*)

_____

5. The dramatic footage shows the man grappling with workers before being bundled into a <u>staff-only</u> store room. (*Mirror*)

_____

6. I was taken aback a couple of years ago when a young girl held a door open for me and said, "<u>After</u> you, sir." (*USA Today*)

_____

2 請翻譯以下句子，將畫底線處按照字面意思翻譯一遍，再用反面著筆法翻譯一遍，比較看看兩種譯文的差別。

1. Cocaine use decreased by three times. (*WSU Today*)

   【字面翻譯】 _____

   【反面著筆】 _____

2. Danish authorities have voted in overwhelming favour to scrap women-only swimming sessions. (*Daily Mail*)

   【字面翻譯】 _____

   【反面著筆】 _____

3. Has net migration from EU to Britain peaked? (*Financial Times*)

   【字面翻譯】 _____

   【反面著筆】 _____

4. If you're competent and fair-minded, you might well assume that other people's ideas are just as good as yours. (*The Guardian*)

   【字面翻譯】 _____

   【反面著筆】 _____

5. If you're not happy during Valentine's Day, you're not alone. (*Forbes*)

   【字面翻譯】 _____

   【反面著筆】 _____

6. He was maybe coming to our house about a quarter to twelve at night to upload the song for that day. (*BBC*)

   【字面翻譯】 _____

   【反面著筆】 _____

1

1. 單人行七天六夜行程（含餐）現在買一送一或享<u>七折</u>優惠。
　　說明　30 percent off 直譯為「折扣 30%」，此處以反面著筆法譯為「七折」。

2. 我們贏了比賽。<u>這</u>才是最重要的。
　　說明　代名詞 that 直譯為「那」，此處譯為反義字「這」。

3. 在經濟合作暨發展組織國家 (OECD) 中，只有土耳其的數據<u>排在南韓前面</u>。
　　說明　動詞 trail 意為「跟在…後」，此處以反面著筆法譯為「排在…前面」。

4. 整體啤酒銷售量下滑，許多酒吧關門大吉、慘淡經營，這時啤酒能受到國際認可，<u>豈止是歡迎兩個字所能形容</u>。
　　說明　more than 意為「超過」，此處譯為「豈止是」，「止」是「達到」的意思，將「超過」這個概念轉換成「達到」，是從相反的視角表達原文的意思，後文增譯「所能形容」，讓語意更為完定。

5. 這支影片張力十足，畫面上男子與員工扭打成一團，接著被拖進<u>閒人勿進</u>的儲藏室。
　　說明　staff-only 意為「員工專用」，此處譯為「閒人勿進」，是從相反的視角說出原文的意思。

6. 兩三年前，有個年輕女孩幫我拉門，說：「先生，您<u>先</u>請。」把我嚇了一跳。
　　說明　after 意為「在…後」，此處譯為反義字「先」。

2

1.【字面翻譯】古柯鹼的使用減少<u>三倍</u>。
　　【反面著筆】古柯鹼的使用減少到<u>三分之一</u>。

2.【字面翻譯】丹麥當局以壓倒性票數通過廢除<u>女性專用</u>游泳時段。
　　【反面著筆】丹麥當局以壓倒性票數通過廢除<u>男賓止步</u>的游泳時段。

3.【字面翻譯】歐盟國家到英國的淨遷徙率<u>達到高峰</u>了嗎？
　　【反面著筆】歐盟國家到英國的淨遷徙率<u>開始下降</u>了嗎？

4.【字面翻譯】如果你能力很強又能持平而論，大概會認為別人的點子只跟你的<u>一樣高明</u>。
　　【反面著筆】如果你能力很強又能持平而論，大概會認為別人的點子<u>不比你的差</u>。

5.【字面翻譯】情人節過得不開心？你<u>不是一個人</u>。
　　【反面著筆】情人節過得不開心？<u>很多人都跟你一樣</u>。

6.【字面翻譯】他大約在凌晨 <u>12 點之前一刻鐘</u>來我們家上傳當天的歌。
　　【反面著筆】他在半夜 <u>11 點 45 分</u>左右來我們家上傳當天的歌。

Wuthering Heights

《嘯風山莊》

出處與內容概述

　　以下小說段落出自英國作家艾蜜莉・布朗忒 (Emily Brontë) 的代表作《嘯風山莊》，1847 年作者以化名「埃里斯・貝爾」(Ellis Bell) 出版，該作至今仍是英國文學經典。所選譯文出自遠流出版社 2017 年發行的譯本，譯者賴慈芸爲台灣師範大學翻譯研究所教授，此譯作爲其科技部經典譯注計畫成果，計畫名稱爲「布朗忒的《咆哮山莊》譯注計畫*」。

　　《嘯風山莊》講述十八世紀英格蘭鄉間兩家族之間的糾葛，敘事結構複雜，始於倫敦來的房客闖入房東的生活，房客央求管家敘述房東的故事並以此寫成日記，整部作品便是以房客的日記呈現。本段引文出自全書第一章，房客 (I) 初次拜訪房東希斯克利夫便碰釘子，兩人不僅無話可說，房東的狗對房客也相當凶惡。

---

①I took a seat at the end of the hearthstone opposite that towards which my landlord advanced, and filled up an interval of silence by attempting to caress the canine mother, who had left her nursery, and was sneaking wolfishly to the back of my legs, her lip curled up, and her white teeth watering for a snatch. My caress provoked a long, guttural gnarl.

---

*「咆哮山莊」(Wuthering Heights) 是男女主角兒時居住的莊園，作者以此爲書名，伍光建 1930 年的譯本名爲《狹路冤家》，意指男女主角這對冤家命運多舛，1942 年梁實秋譯爲《咆哮山莊》，研究者賴慈芸則改譯爲《嘯風山莊》，取「虎嘯風生，龍騰雲起」之意，符合正面聯想的宅邸命名原則。

希斯克利夫先生往壁爐的一側走去，我則在另一側落座。此時那條母狗離開了她那一窩幼犬，陰沉地溜到我的小腿後方，嘴脣上掀露出白牙，一副準備要大咬一口的樣子。我因爲不知道此時該說什麼好，就伸手想摸摸那條母狗。誰知此舉立刻引來一陣低沉的咆哮。

文章風格與用字特色

　　《嘯風山莊》全書基調陰鬱慘烈，深刻描寫嘯風山莊和鶇翔莊園兩代癡情男女的愛恨情仇，其中大多不得善終。作者特地將房客這位敘事者塑造成喜劇角色，以相當幽默的筆觸來呈現這號人物，爲這部陰暗的歌德羅曼史增添一抹明豔的色彩。引文明寫房客想藉由摸狗來化解與房東無話可說的尷尬，一則暗諷這位房客判斷力欠佳，竟然去摸剛產子且齜牙裂嘴的母狗，二則指房東之凶惡恐怕在其家犬之上，房客才會出此下策。作者先以長句呈現房東與房客之間透不過氣的沉默，再以一短句劃破寂靜。譯者賴慈芸恰如其分呈現這幕鬧劇，並適時使用反面著筆法、逆譯、分句等技巧，讓敘事更爲流暢。

翻譯技巧說明

① I took a seat at the end of the hearthstone opposite that towards which my landlord advanced

希斯克利夫先生往壁爐的一側走去，我則在另一側落座

　說明　此處是從相反的視角說出原文的意思。原文以敘事者爲中心說明房東（希斯克利夫先生）所處的位置，直譯爲「我坐在壁爐的一側，房東則走到我的對側」。譯文則改以房東爲中心說明房客所處的位置：「希斯克利夫先生往壁爐的一側走去，我則在另一側落座」。

以下提供二篇譯作，供讀者自行賞析。請比較原文與譯文，指出特別吸引你的譯文，並找出哪幾處使用了反面著筆法。

Alice's Adventures in Wonderland
《挖開兔子洞：深入解讀愛麗絲漫遊奇境》

┃ 出處與内容概述 ┃ 以下小說段落出自英國作家路易斯·卡洛爾 (Lewis Carroll, 1832-1898) 的兒童文學作品《愛麗絲漫遊奇境》，所選譯文爲遠流出版社 2010 年發行的譯本《挖開兔子洞：深入解讀愛麗絲漫遊奇境》。譯者張華是《讀者文摘》譯者，2013 年譯藝獎得主，曾獲梁實秋文學獎譯文組及譯詩組第二名。

《愛麗絲漫遊奇境》描述少女愛麗絲 (Alice) 從兔子洞掉進奇境，遇見許多奇妙的角色。此處引文描寫愛麗絲遇見一隻藍色毛毛蟲，毛蟲問了愛麗絲許多哲學問題，讓愛麗絲十分困擾。

Here was another puzzling question; and as Alice could not think of any good reason, and as the Caterpillar seemed to be in a very unpleasant state of mind, she turned away.

"Come back!" the Caterpillar called after her. "I've something important to say!"

This sounded promising, certainly: Alice turned and came back again.

"Keep your temper," said the Caterpillar.

又是一個不好回答的問題。愛麗絲一時想不出什麼好理由，看毛毛蟲也好像很不高興，於是轉身就走。

毛毛蟲在她背後叫道：「回來！我有重要的話要說！」

愛麗絲覺得情況好像有點希望，就轉身走回來。

毛毛蟲說：「別發脾氣。」

Vanity Fair
《名利場》

出處與內容概述 以下小說段落出自十九世紀英國作家薩克萊 (William Makepeace Thackeray) 的成名作《名利場》（又譯《浮華世界》），所選譯文出自書林出版社 1996 年發行的譯本。譯者楊必 (1922-1968) 是上海復旦大學外文系副教授，以譯作《名利場》名留譯史。

本段引文描寫一位貴婦乘坐私家馬車到平克頓女子學校 (Miss Pinkerton's academy) 接女兒，以細節刻畫富貴人家的排場。

While the present century was in its teens, and on one sunshiny morning in June, there drove up to the great iron gate of Miss Pinkerton's academy for young ladies, on Chiswick Mall, a large family coach, with two fat horses in blazing harness, driven by a fat coachman in a three-cornered hat and wig, at the rate of four miles an hour. A black servant, who reposed on the box beside the fat coachman, uncurled his bandy legs as soon as the equipage drew up opposite Miss Pinkerton's shining brass plate, and as he pulled the bell, at least a score of young heads were seen peering out of the narrow windows of the stately old brick house.

當時我們這世紀剛開始了十幾年。在六月裡的一天早上，天氣晴朗，契息克林蔭道上平克頓女子學校的大鐵門前面來了一輛寬敞的私人馬車。拉車的兩匹肥馬套著雪亮的馬具，肥胖的車伕戴了假頭髮和三角帽子，趕車子的速度不過一小時四哩。胖子車伕的旁邊坐著一個當差的黑人，馬車在女學堂發光的銅牌子前面一停下來，他就伸開一雙羅圈腿，走下來按鈴。這所氣象森嚴的舊房子是磚砌的，窗口很窄，黑人一按鈴，就有二十來個小姑娘從窗口探出頭來。

▶ 賞析演練翻譯技巧請見「學習手冊」

以下句子提供讀者自我挑戰。翻譯時可以多考慮畫線處如何使用本章學到的翻譯技巧。

1. The consultation is <u>open</u> until 3 April. (*The Guardian*)

2. The price is too high, we need a <u>five fold reduction</u>. (*The Irish Times*)

3. "My God, you gotta <u>be kidding me</u>," Damon yelled over the music.
   (*The Washington Post*)

4. The Steve Jobs Stanford <u>commencement</u> address is a finely crafted speech
   because it's emotional, inspiring, and simply structured. (*Forbes*)

5. It's important to be aware that the effects of Chinese New Year will be felt
   long <u>before</u> February. (*Business Insider*)

6. I went to my friend's house and picked up the snake—it was <u>a lot easier</u> than
   I thought. (*Herald Sun*)

7. Standing on the bridge the island looked dark, the houses were high <u>against</u>
   the sky, and the trees were shadows. (*The Sun Also Rises*)

8. <u>I've a very kind letter here from your father</u>, sir, and beg my respectful
   compliments to him. (*Vanity Fair*)

9. At least one user on Twitter said he was skeptical about the video, saying it
   <u>didn't</u> show <u>anything except</u> two cars driving through a neighborhood.
   (*New York Post*)

10. While Hillary Clinton is certainly <u>not without faults</u>, <u>many of the swipes she
    hears from men</u> "sound a lot like what I could imagine them criticizing me
    for: She's too harsh, not filling <u>the feminine role</u>, she dresses <u>like a man</u>, she's
    unlikable." (*Bloomberg*)

▶ 參考答案請見「學習手冊」

9

反面著筆法

順譯法
與逆譯法

《小熊維尼》(*Winnie the Pooh*) 這本書主角維尼熊登場時是這麼介紹的：

◆ Edward Bear, known to his friends as Winnie-the-Pooh, or Pooh for short, was walking through the forest one day, humming proudly to himself.

愛德華熊，認識他的人都叫他維尼熊，或是維尼。有一天，他走過森林，開開心心哼起了歌。

仔細比對原文與譯文，不難發現翻譯調動了原文的語序。我們進一步將原文與對應的譯文標上編號。

◆ Edward Bear, known to his friends as Winnie-the-Pooh,
　　　① 　　　　　　　　　　　　　②

or Pooh for short, was walking through the forest one day,
　　　③ 　　　　　　　　　④ 　　　　　　　⑤

humming proudly to himself.
　　　⑥

愛德華熊，認識他的人都叫他維尼熊，或是維尼。有一天，他走過森林，
　　①　　　　②　　　　　　　　③　　　⑤　　　　④

開開心心哼起了歌。
　　⑥

比對原文與譯文句中的訊息順序，可以發現譯文語序雖然大致與原文相同，但訊息 ④ 卻與訊息 ⑤ 換了位置。單單這一句，翻譯時便運用了兩種不同的翻譯技巧——順譯法與逆譯法。

所謂「順譯法」，指的是按原文字詞或語句順序翻譯，不改變原文結構的技巧。例如譯文的「愛德華熊，認識他的人都叫他維尼熊，或是維尼」便是按原文順譯。「逆譯法」指的則是依中文表達習慣，改變原文的字詞、句式順序，使譯文通順易懂的技巧。例如，中文裡習慣「先表述時間，再講發生的事情」，因此譯文便將原文的 was walking through the forest one day 逆譯為「有一天，他走過森林」，此處若按照英文句式順譯為「他走過森林有一天」，則會出現相當不自然的譯文。一般來說，英文的邏輯結構、語序與中文表達方式一致時，通常採用順譯法，反之，則用逆譯法。換句話說，了解中文慣用的語序原則，就能了解順、逆譯法會在何時派上用場。以下介紹五種使用順、逆譯法的情境。

順譯法與逆譯法的應用

1 配合「時序律」，先發生的先說，後發生的後講

原文	The airline had only recently been at the centre of another controversy, when a fortnight ago it refused to let two girls board because they were wearing leggings. (*BBC*)
順譯	這家航空公司先前才引發一波議論，在兩週前，此航空公司拒絕讓穿著內搭褲的兩名女性乘客登機。
逆譯	兩週前，這家航空公司曾拒絕讓穿著內搭褲的兩名女性乘客登機，引發了一波爭議。

說明　　中文語法有「時序律」原則，習慣先發生的事情先說、後發生的後講。原文中提到的兩件事 had ... been at the centre of another controversy（引發一波爭議）與 refused to let two girls board（拒絕讓兩名女性乘客登機），發生順序應為先「拒絕讓兩名女性乘客登機」，才「引發一波爭議」。採逆譯法的譯文依事件發生順序翻譯，譯為「這家航空公司曾拒絕讓穿著內搭褲的兩名女乘客登機，引發了一波爭議」，讓譯文符合中文的時序律原則。

比較順、逆譯兩譯文，可以發現順譯譯文雖亦能傳達原文語意，但「這家航空公司先前才引發一波議論……此航空公司拒絕讓穿著內搭褲的兩名女性乘客登機」，似乎讓人有語意未竟之感，這是因爲這兩個事件除了有「先後順序」，同時也有「因果關係」（後者爲因，前者爲果）。中文有「先說原因，後講結果」的表達邏輯，順譯譯文不只沒有按照時序律，也違反因果律，所以讀來才會有種話還沒說完的感覺。

原文	He finally took up his bike again **when he was 68 years old and began a series of cycling feats.** (*NPR*)
順譯	他終於重拾自行車，是在 68 歲的時候，也從那時起在各大自行車賽事締造新紀錄。
逆譯	他 68 歲時，終於重拾自行車，也從那時起在各大自行車賽事締造新紀錄。

| 說明 | 此例不論順、逆譯皆通順達意。順譯法的譯文依原文句式順譯，逆譯法的譯文則先翻譯 when he was 68 years old，才譯 He finally took up his bike again，稍作逆譯處理，但兩譯文同將最後發生的 began a series of cycling feats 按時序律原則，置於譯文最後。

2 順應「因果律」，先說原因，後講結果

原文	Australia's weather was extreme in 2016, driven by humankind's burning of fossil fuels as well as a strong El Niño. (*The Guardian*)
順譯	澳洲的極端氣候出現在 2016 年，是因爲燃燒石化燃料以及強烈聖嬰現象所導致。
逆譯	2016 年澳洲受燃燒石化燃料以及強烈聖嬰現象影響，出現極端氣候。

| 說明 | 比較兩譯文，可以發現採順譯法的譯文雖不至無法理解，卻略顯冗長。而採逆譯法的譯文因遵照中文「因果律」原則，較為精簡。所謂「因果律」原則，指的是中文習慣「先說原因，後講結果」，而當語句符合「因果律」時，無需加入「因為」、「所以」等字詞，也可自然表達事物的因果關係。此例中，採逆譯法的譯文順應因果律先說原因「受燃燒石化燃料以及強烈聖嬰現象影響」，後講結果「出現極端氣候」，所以即便省略「因為」、「所以」等字，仍可明確表述因果關係，顯得更為精簡。

原文	Her face puffy from lack of sleep. (*The New York Times*)
順譯	她的臉看來有點腫，因為睡眠不足。
逆譯	她睡眠不足，臉看來有點腫。

| 說明 | 有時英文句子中雖不見 because 或 so 等字詞，但依舊含有因果關係時，也可以按照因果律來調整譯文語序。此處兩種譯法都能以通順中文表達原文語意，但訊息焦點略有不同。因中文訊息焦點落於句尾，故此處順譯的譯文聚焦在原因「因為睡眠不足」，而逆譯的譯文訊息焦點則落在「臉看來有點腫」。

3 條件句，先說條件，後講結果

原文	If you haven't already heard, you should probably download encrypted messaging app Signal. (*CNN*)
順譯	如果你還沒聽過，也許你該去下載 Signal 這個訊息加密應用程式了。
逆譯	你應該去下載這個訊息加密應用程式，如果你還沒聽過 Signal 的話。

| 說明 | 遇上條件句時，中文語法有個原則，習慣「先說條件，後講結果」。此句原文同中文「先說條件，後講結果」的邏輯順序，因此直接順譯即

可，逆譯反而讓人有語意未竟之感。但若碰上 if 條件子句置於後的句子，則建議逆譯，將條件子句置於前，結果子句置於後。

原文	Thirteen jobs to consider if you want a big pay raise. (*CBS*)
順譯	有 13 種可考慮的工作，如果想要大幅加薪的話。
逆譯	想大幅加薪，不妨參考以下 13 種工作。

| 說明 | 採順譯法的譯文按原文句式譯為「有 13 種可考慮的工作，如果想大幅加薪的話」，不符合中文語法習慣，給人話還沒說完的感覺。逆譯的譯文則順應中文「先說條件，後講結果」的邏輯，語意清楚易懂。此外，由逆譯法譯文可以看出，按照中文「先說條件，後講結果」語序時，不用「如果…」也可以清楚表達句中的「條件—結果」關係。

4 讓步句，讓步在前，結果在後

原文	Vets must speak out—even if it's bad for business. (*The Guardian*)
順譯	獸醫必須說出真相，即使對生意有害。
逆譯	即使對生意有害，獸醫還是得說出真相。

| 說明 | 英文中常見由從屬連接詞 even if/even though/although 引導的副詞子句所構成的「讓步句」句型。讓步句由兩部分組成，一為讓步條件「雖然／即使／儘管……」，二為結果陳述「但是／還是……」。中文的讓步句通常以「讓步在前，結果在後」表達。本例原文若按英文句式順譯，雖不致無法理解，但讀來較為西化，若採取逆譯，先譯 even if（即使…）的讓步條件，再譯 Vets must speak out（獸醫還是得說出真相），則更符合中文語序習慣。

原文	Africa can no longer be called "poor" overall, but poverty still an issue. (*CNN*)
順譯	非洲整體而言不再「窮困」，但貧窮問題仍在。
逆譯	非洲貧窮問題仍在，儘管整體而言非洲已不算「窮困」。

說明　除了上例所列的從屬連接詞外，另一個也常採中文讓步句翻譯的字便是 but。but 雖爲對等連接詞，但語意上亦可表達「雖然…，但是…」。以此例來說，原文以 but 表達兩個子句間的讓步關係：「儘管非洲不再那麼窮了，但貧窮仍舊是個問題」，與中文「讓步在前，結果在後」的敘述邏輯相同。順譯譯文跟著原文順譯，顯得更精簡，無需使用「儘管」一詞，就能表達讓步關係。

5 「主題—評論」句，先點出主題，再提出評論

原文	It is not easy explaining this to your kids. (*BBC Sports*)
順譯	這不太容易，要跟孩子解釋這是怎麼一回事的話。
逆譯	要跟孩子解釋這是怎麼一回事不大容易。

說明　「主題—評論」句是中文常見句構，所謂「主題」指的是交談時的「話題」，「評論」則是談話者針對此主題的「陳述」或「解釋」。中文習慣「先點出主題，再提出評論」。原文邏輯與此相反，因此採逆譯法的譯文把主題 explaining this to your kids 挪至句首，才敘明評論 It is not easy，以符合「主題—評論」句式。採順譯法的譯文雖然仍可理解，卻顯得較爲冗長。

原文	Finding a good cafe offering brunch is never difficult. (*CNN*)
順譯	找間供應早午餐的好咖啡店並不難。
逆譯	這不會很難，如果要找間供應早午餐的好咖啡店的話。

說明　與上例相反，此例的原文語序恰好符合中文「主題（找咖啡店）—評論（並不難）」句式邏輯，因此順譯譯文便比逆譯譯文來得精簡易懂。

1 請翻譯以下句子，並依題目指示翻譯畫線處。

1. The United States was a land of frozen food <u>in the '50s, '60s and '70s</u>, so eating a fresh baguette and apricot jam was a revelation to me. (*CNN*)

   逆譯：＿＿＿＿＿＿＿＿＿＿＿＿＿＿＿＿＿＿＿＿＿＿＿

2. Since 2011, the U.S. Congress has prohibited NASA from working with China <u>because of national security concerns</u>. (*CNN*)

   逆譯：＿＿＿＿＿＿＿＿＿＿＿＿＿＿＿＿＿＿＿＿＿＿＿

3. <u>If you want to take worthwhile pictures</u>, concentrate on what really matters to you. (*The Guardian*)

   順譯：＿＿＿＿＿＿＿＿＿＿＿＿＿＿＿＿＿＿＿＿＿＿＿

4. The Myanmar government views them as Bengali immigrants, <u>despite the fact that they've lived for generations in Myanmar's Rakhine State</u>. (*CNN*)

   逆譯：＿＿＿＿＿＿＿＿＿＿＿＿＿＿＿＿＿＿＿＿＿＿＿

5. Made of 3D-printed panels, <u>Archelis* does not require any electrical components or batteries</u>. (*CNN*)　　　　　　* Archelis 為一種穿戴式座椅

   順譯：＿＿＿＿＿＿＿＿＿＿＿＿＿＿＿＿＿＿＿＿＿＿＿

6. <u>Angry as he was</u>, he was still glad she was here. (*The Copper City*)

   順譯：＿＿＿＿＿＿＿＿＿＿＿＿＿＿＿＿＿＿＿＿＿＿＿

10

順譯法與逆譯法

2 請翻譯以下句子，並判斷畫線處應採用順譯法或逆譯法，同時說明
原因。

1. Ford is planning to roll out seven new electric vehicles <u>in the next five years.</u>
(*CNN*)

_____

此句採用 ☐ 順譯 ☐ 逆譯 原因：_____

2. He limps <u>because of a motorcycle accident.</u> (*NPR*)

_____

此句採用 ☐ 順譯 ☐ 逆譯 原因：_____

3. <u>If any of the ingredients didn't taste just right</u>, chefs threw them out. (*CNN*)

_____

此句採用 ☐ 順譯 ☐ 逆譯 原因：_____

4. <u>Even if you want to look for better healthcare coverage</u>, you're stuck with one
option. (*NPR*)

_____

此句採用 ☐ 順譯 ☐ 逆譯 原因：_____

5. Thus was born <u>the theory of "ego depletion."</u> (*The Guardian*)

_____

此句採用 ☐ 順譯 ☐ 逆譯 原因：_____

1

1. <u>五○、六○、七○年代的美國</u>，到處都是冷凍食品，所以當我吃到新鮮長棍麵包配杏桃果醬時，簡直驚為天人。
   　說明　將時間提前逆譯。

2. 自 2011 年以來，美國國會<u>因國安考量</u>禁止 NASA 與中國合作。
   　說明　順應中文「因果律」原則，採逆譯法將原因提前。

3. （如果）想要拍出好照片，專注在對你最有意義的事物上就對了。
   　說明　按照中文「條件句」原則順譯，此處「如果」兩字省略亦能表達「條件—結果」關係。

4. 儘管他們世世代代都住在緬甸若開邦，緬甸政府仍視他們為孟加拉來的外來移民。
   　說明　按照中文「讓步句」原則逆譯，先譯讓步條件。

5. Archelis 穿戴式座椅以 3D 列印而成，無須任何電子元件或電池。
   　說明　依照中文「主題—評論」句式，將 Archelis 譯為「Archelis 穿戴式座椅」，移至句首作為主題，其餘部分按原文句式順譯。

6. 他生氣歸生氣，還是很慶幸她在這。
   　說明　英文〈Adj + as + S + be 動詞〉句構等於〈Though S + be 動詞 + Adj〉，能夠用來表示讓步關係。此句英文符合中文「讓步—結果」邏輯，因此採順譯即可，同時可以省略「儘管」一詞，亦可譯為「儘管他心裡生氣，還是很慶幸她在這。」

2

1. 福特預計將<u>在未來五年內</u>推出七款新電動車。
   　說明　逆譯：將時間提前。

2. 順譯：他跛腳是<u>由於機車事故</u>。
   逆譯：他<u>因機車事故</u>跛腳。
   　說明　順譯：強調事故。逆譯：強調跛腳。

3. 任何一種食材只要吃起來味道不對，主廚們便會把它扔了。
   　說明　順譯：按中文「先說條件，後講結果」句式。

4. 就算想要找保障更好的健保方案，能選的也只有一種。
   　說明　順譯：按中文「讓步在前，結果在後」句式。

5. 順譯：於是便有了「自我耗損」這理論。
   逆譯：於是，「自我耗損」這理論便出現了。
   　說明　此句順逆譯皆可，逆譯將主題（「自我耗損」這理論）提至評論（便出現了）前。

10

順譯法與逆譯法

143

Not-So-Dark Ages Revealed at King Arthur Site

〈亞瑟王傳奇遺跡——黑暗時代並不黑暗〉

出處與內容概述

　　以下英文段落出自 *National Geographic* 英文網站，作者為 Kristin Romey。譯文出自《國家地理雜誌》中文版網站，譯者為王年愷。文章從英國康瓦爾郡 (Cornwall) 廷塔哲岬角的考古新發現談起，作者由此遺址探討英國「亞瑟王」是否真有其人，以及考古學對「黑暗時代」的新發現。本段引文講述廷塔哲如何與「亞瑟王」傳奇產生連結，以及由此建立沿用至今的授勳制度。

[1]The association of King Arthur with Tintagel was already wildly popular in the 12th century, following an account of Arthur and his exploits recorded in Geoffrey of Monmouth's *Historia Regum Britanniae (History of the Kings of Britain)*. [2]According to Geoffrey, Arthur was conceived at Tintagel after his father, Uther Pendragon, disguised himself (with the help of Merlin) as a local ruler and slept with the ruler's wife.

[3]A little more than a century later, Richard, Earl of Cornwall, and the brother of King Henry III, built a castle at Tintagel, presumably to cement his family ties

---

英文出處 http://news.nationalgeographic.com/2016/08/tintagel-arthur-knights-england-castle-medieval-royalty-merlin-archaeology/
中文出處 http://www.natgeomedia.com/news/ngnews/47931

with those of King Arthur. By the 14th century, kings of England were regularly celebrating the legend with replica Round Tables, Arthurian pageants, and honors that are still awarded by British royalty to this day.

公元 12 世紀時，大眾就已經將廷塔哲與亞瑟王的傳奇連結起來了，依據的是蒙默斯的喬佛瑞在《不列顛王紀》(*Historia Regum Britanniae*) 的描述。根據喬佛瑞的記載，亞瑟王的父親尤瑟王在魔法師梅林的協助下，易容化身為廷塔哲的君王並與皇后上床，因此懷下了亞瑟王。

大約一百多年後，英格蘭國王亨利三世的弟弟理察 (Richard, Earl of Cornwall) 在廷塔哲興建城邦，應該是為了讓自己的家族與亞瑟王連結起來。到了公元 14 世紀，英格蘭的國王就經常紀念亞瑟王的傳奇，除了仿製圓桌和舉辦亞瑟王式的慶典以外，還依照傳奇設立了榮譽授勳制度，而且英國王室至今依然依此贈勳。

文章風格與用字特色

原文出自《國家地理雜誌》，因為對象為一般大眾，用字遣詞並不算太艱澀。然而，文中不乏長句，更多以插入句補充歷史人名、地名、書籍名稱等，是翻譯時較為困難之處。

翻譯技巧說明

① The association of King Arthur with Tintagel was already wildly popular <u>in the 12th century</u>...

<u>公元 12 世紀時</u>，大眾就已經將廷塔哲與亞瑟王的傳奇連結起來了……

說明 中文習慣先點明事件發生的時間，因此譯文將時間副詞 (in the 12th century) 挪至句首逆譯。

② According to Geoffrey, Arthur was conceived at Tintagel <u>after his father,</u>
<u>Uther Pendragon, disguised himself (with the help of Merlin) as a local ruler</u>
<u>and slept with the ruler's wife.</u>

根據喬佛瑞的記載，<u>亞瑟王的父親尤瑟王在魔法師梅林的協助下，易容化身為廷塔哲</u>
<u>的君王並與皇后上床</u>，因此懷下了亞瑟王。

> **說明** 句中 after 從屬子句提及的事件，發生在主要子句之前，因此譯文按
> 照中文時序律，先提從屬子句的事件：「亞瑟王的父親尤瑟王在魔法師梅林的
> 協助下，易容化身為廷塔哲的君王並與皇后上床」，再講主要子句的「懷下了
> 亞瑟王」(Arthur was conceived)。

③ A little <u>more than a century later</u>, Richard, Earl of Cornwall, and the brother
of King Henry III, <u>built a castle at Tintagel</u>, presumably <u>to cement his family</u>
<u>ties with those of King Arthur.</u>

大約<u>一百多年後</u>，英格蘭國王亨利三世的弟弟理察<u>在廷塔哲興建城邦</u>，應該是<u>為了讓</u>
<u>自己的家族與亞瑟王連結起來</u>。

> **說明** 原文的三個主要訊息 more than a century later（一百多年後）、built
> a castle at Tintagel（在廷塔哲興建城邦）、to cement his family ties with
> those of King Arthur（為了讓家族與亞瑟王連結起來），前兩個訊息按時序律
> 順譯，後兩個訊息則按「主題—評論」句式邏輯順譯（主題：興建了城邦；評
> 論：為了讓自己的家族與亞瑟王連結）。

以下提供二篇譯作，供讀者自行賞析。請比較原文與譯文，指出特別吸引你的譯文，並找出哪幾處使用了順譯法或逆譯法。

Future Crimes
《未來的犯罪》

┃出處與內容概述 以下文章段落出自《未來的犯罪》一書首章。作者為馬克·古德曼 (Marc Goodman)。中譯本由木馬文化出版，譯者為林俊宏。本書主題為「未來的犯罪」，以多個個案為例，講述網路如何成為各種犯罪組織爭奪控制權的場域，以及網路使用者應如何小心防範此種未來犯罪。本段以受害者麥特·霍南 (Mat Honan) 的真實案例講述一般人如何輕易淪為駭客攻擊目標。

Mat Honan's life looked pretty good on-screen: in one tab of his browser were pictures of his new baby girl; in another streamed the tweets from his thousands of Twitter followers. As a reporter for *Wired* magazine in San Francisco, he was living an urbane and connected life and was as up-to-date on technology as anyone. Still, he had no idea his entire digital world could be erased in just a few keystrokes. Then, one August day, it was. His photographs, e-mails, and much more all fell into the hands of a hacker. Stolen in just minutes by a teenager halfway around the world. Honan was an easy target. We all are.

從他的螢幕看來，麥特·霍南的日子過的相當不錯：一個標籤頁是他剛出生的小女兒；另一個標籤頁則是他的推特，有幾千個追隨者熱烈參與。他是《Wired》雜誌舊金山總部的記者，過著都市化、與世界連結緊密的生活，也像大家一樣緊跟科技的最新腳步。但他萬萬料想不到，不過按了幾個鍵，他的整個數位世界就可能煙消雲散。那是個八月天，他的照片、電子郵件、還有更多更多，全部落入了駭客之手。一個來自世界另外一邊的青少年，只消幾分鐘就偷走了他的一切。霍南真是頭肥羊。但我們也是。

10

順譯法與逆譯法

147

A new industry has sprung up selling "indoor-location" services to retailers

〈零售新法寶：室內定位科技〉

｜出處與內容概述｜ 以下英文段落出自 *The Economist*，譯文出自《天下雜誌》經濟學人專欄，由彭子珊編譯。文章探討百貨零售商能如何運用「室內定位技術」了解顧客的消費意願與習慣，並藉由實體店面與網路定位技術之虛實結合銷售商品。本段引文講述商店如何透過 WiFi 了解顧客搜尋歷史，藉此發送客製化的廣告內容，吸引顧客購買自家商品。

The often-overlooked terms and conditions for Wi-Fi typically allow stores to see a shopper's online search history as well as track their location. This can open up a "gold mine" of data, points out Dan Thornton of Hughes Europe, a network provider. Daring retailers already use it to target extremely personal, location-based advertisements to customers' phones. If someone googles a rival while in a suit shop in one of Australia's Westfield shopping malls, for example, Skyfii, the startup that provides their internet service, is ready to send a wavering client a discount on the spot.

But the speed of travel towards a world in which Gap, a retailer, can greet each customer individually, as in the 2002 film "Minority Report", has been much slower than expected, says Tim Denison of Ipsos Retail Performance, a British firm.

人們時常忽略的 WiFi 使用條款，多半讓商店可以看到顧客的線上搜尋歷史，追蹤他們的位置。大膽的零售商則用來針對顧客的手機，發送極度客製化、特定位置的廣告內容。比方說，如果有人在澳洲西田購物中心的西裝店，搜尋競爭對手的品牌，提供網路服務的新創公司 Sky-fii，就會當場針對猶豫不決的顧客發送折價券。

但英國公司 Ipsos Retail Performance 的丹尼森認為，要像 2002 年的電影《關鍵報告》裡，讓服飾品牌 Gap 可以針對每一位顧客打招呼，實現的速度卻遠不如預期。

▶ 賞析演練翻譯技巧請見「學習手冊」

以下句子提供讀者自我挑戰。翻譯時可以多考慮畫線處如何使用本章學到的翻譯技巧。

1. Keep in mind, virtual reality is a quickly changing technology, so always check out the companies' websites, professional reviews on sites like CNET, and user reviews <u>before you take the leap</u>. (*CNN*)

2. We can buy nuts from farmers <u>so they get an income</u> and we have a business model that does not require $10 million of funding. (*CNN*)

3. You deserve a pay increase <u>if you've grown your skills to solve a bigger and more expensive pain point than you solved before</u>. (*Forbes*)

4. Senior editors at many of the UK's biggest publishing houses told *the Guardian* they were unlikely to offer for the book <u>should it come on to the market</u>. (*The Guardian*)

5. Some said prices would fall, <u>but dwelling values rose by more than 15% and 13 % respectively in Sydney and Melbourne</u>. (*The Guardian*)

6. She has flown in for the day <u>in the hope of seeing the cast</u> and will stay all night, flying home in the morning. (*The Guardian*)

7. When I viewed this clip on YouTube, <u>two days after broadcast</u>, it had had 5 million views and attracted more than 10,000 comments. (*The Guardian*)

8. There have been 18 fast radio bursts registered <u>since 2007</u>. (*The Guardian*)

9. Library closures will double <u>unless immediate action is taken</u>. (*The Guardian*)

10. <u>Diagnosed with anorexia nervosa at age 14</u>, Megan spent two years in and out of hospitals and psychiatric units. (*Cosmopolitan*)

▶ 參考答案請見「學習手冊」

10

順譯法與逆譯法

1 請翻譯以下句子，並依題目指示翻譯畫線處。

1. Robert Kelly, a professor at Pusan National University in South Korea, was also <u>skeptical</u> about Trump's ability to act on his own. (*The Guardian*)
   詞類轉換法

   _____

2. The BBC also has regional centers <u>across</u> England. (*BBC*) 詞類轉換法

   _____

3. They won't vote for a president who <u>looks</u> and <u>talks</u> too bizarrely. (*CNN*)
   詞類轉換法

   _____

4. Many of these companies <u>are based</u> in Silicon Valley. (*NPR*) 語態轉換法

   _____

5. Facebook is targeting 30,000 fake accounts linked to France that <u>are being used</u> to spread fake news, spam, hoaxes and misinformation. (*NPR*)
   語態轉換法

   _____

6. She <u>lost</u> three children to heroin in the 1990s. (*NPR*) 反面著筆法

   _____

7. These private organizations often back <u>more than one</u> type of educational activity. (*NPR*) 反面著筆法

   _____

2 Part 2 介紹了詞類轉換、語態轉換、反面著筆、順譯與逆譯等翻譯技巧。請翻譯以下句子,每一句至少運用以上兩種翻譯技巧。

1. British scientists face a "huge hit" if the US cuts climate change research. (*The Guardian*)

_____

2. But with the Trump administration's crackdown on illegal immigration, that once-routine check-in has become a nerve-wracking experience. (*NPR*)

_____

3. But at the health center what's primary is the patient care. (*NPR*)

_____

4. Taylor was inspired by the idea of expanding human interaction using computer technology. (*NPR*)

_____

5. It's been lean times for some of YouTube's most popular video producers. (*NPR*)

_____

6. Climate scientists say likelihood of extreme summers surging due to global warming (*The Guardian*)

_____

7. Trump says US will act alone on North Korea if China fails to help. (*The Guardian*)

_____

3 請運用 Part 2 學過的三種翻譯技巧翻譯以下段落。

Many immigrants—like Lorenzo—who are here [in the US] illegally are not in hiding. Hundreds of thousands of them report to U.S. Immigration and Customs Enforcement on a regular basis. They've been allowed to stay because past administrations considered them a low priority for deportation. (*NPR, Once Routine, ICE Check-Ins Now Fill Immigrants In U.S. Illegally With Anxiety*)

---

1 1. 南韓釜山國際大學教授羅伯特‧凱利也質疑川普有無能力自行處理此事。

　　說明 將形容詞 skeptical（懷疑的）轉譯為動詞「質疑」。

　 2. 英國廣播公司 (BBC) 亦廣設各區分部，遍及全英國。

　　說明 將介系詞 across 轉譯為動詞「遍及」。

　 3. 他們不想選出相貌談吐過於古怪的總統。

　　說明 將動詞 looks、talks 轉譯為名詞「相貌」、「談吐」。

　 4. 這些公司多設於矽谷。

　　說明 將被動語態的〈be based in + 地點〉，譯為「無標誌被動句」的「（某機構）設立於某地」。

　 5. 臉書鎖定了三萬個來自法國的假帳號，這些帳號專門用來散布假新聞、垃圾郵件、詐騙訊息跟假訊息。

　　說明 將被動語態 are being used 譯為「無標誌被動句」的「用來」。

　 6. 1990 年代，海洛因奪走她三個孩子。

　　說明 此句若以正面表達譯為「她因為海洛因失去了三個孩子」，不若反面著筆法的譯文語氣強烈鮮明。

　 7. 這些私人機構往往資助數種不同類型的教育活動。

　　說明 將 more than one（不只一種）以反面著筆法譯為「數種」。

2 1. 美國若刪除氣候變遷研究，將「強烈衝擊」英國科學家。

　　說明 譯文使用 ① 逆譯法與 ② 詞類轉換法。

　　① 依中文「條件句」原則逆譯，先譯 if 子句的條件，再譯主要子句的結果。

　　② 將〈Adj + N〉搭配的 huge hit（巨大的打擊），轉譯為中文「副詞 + 動詞」的「強烈衝擊」。

　 2. 隨著川普政府致力打擊非法移民，報到不再像以往那樣只是例行公事，這讓非法移民忐忑不安。

　　說明 譯文使用兩種詞類轉換法。

　　① crackdown 由名詞轉譯為動詞「致力打擊」。

　　② nerve-wracking 由形容詞轉譯為動詞「讓⋯忐忑不安」。

　 3. 醫療中心裡，照顧病患才是首要之務。

　　說明 譯文使用 ① 詞類轉換法與 ② 逆譯法。

　　① 將 patient care（病患照護）的 care 轉譯為動詞「照顧」。

　　② 將 what's primary is the patient care 依中文「主題－評論」句式逆譯，先譯主題「照顧病患」，再譯評論「才是首要之務」。也可順譯為「首要之務是照顧病患」。

4. 電腦科技能拓展人類互動，泰勒深獲此概念啟發。

　　說明 譯文使用 ① 逆譯法與 ② 語態轉換法。

　　① 依中文「主題－評論」句式逆譯，先譯主題「電腦科技能拓展人類互動」，再譯評論「泰勒深受此概念啟發」。

　　② 因 was inspired by 為正面事件，因此可將被動語態譯為「深獲…啟發」。

5. 對幾大當紅 Youtuber 來說，已經有好一陣子都得勒緊褲帶過活。

　　說明 譯文使用 ① 反面著筆法、② 逆譯法與 ③ 歸化法。

　　① lean times 的 lean 一字有「瘦到沒有脂肪的」之意，故 lean times 有「收入極少」的意味。此處不以正面稱「收入少到餓肚子」，而以反面著筆譯為「勒緊褲帶」。此外，「勒緊褲帶」同時也是歸化譯法。

　　② 若直接依原文順譯為「這是很窮的時候，對幾大當紅 Youtuber 來說」，譯文顯得不通順。此處依照「主題－評論」句式逆譯，先譯主題「對幾大當紅 Youtuber 來說」，再譯評論「已經有好一陣子都得勒緊褲帶過活」。

　　③ YouTube's video producers 不譯為「YouTube 上製播影片的人」，而依照台灣慣用稱呼歸化譯為 Youtuber。

6. 氣候專家指出：全球暖化影響下，極可能出現酷暑

　　說明 原文為一新聞標題。譯文使用 ① 詞類轉換法與 ② 逆譯法。

　　① 將抽象名詞 likelihood（可能性）轉譯為副詞「極可能」。

　　② 依中文「因果律」原則逆譯，先譯句子後半的原因 due to global warming，再譯結果 likelihood of extreme summers surging。

7. 川普表示，倘若中國不幫忙解決北韓問題，美國會自己出手對付北韓。

　　說明 譯文使用 ① 逆譯法與 ② 詞類轉換法。

　　① 依中文「條件句」原則逆譯，先譯 if 子句的條件，再譯主要子句的結果。

　　② 將 act alone on North Korea 的介系詞 on 轉為動詞「對付」。

3 **參考譯文**

跟羅倫佐一樣，許多非法移民光明正大地在美國非法居留。成千上萬的非法移民定期到美國移民及海關執法局報到。以往他們被排除在政府首要驅離名單之外，才得以留下來。

　　說明 本段至少運用了以下幾種翻譯技巧：

① 詞類轉換法：將首句中 who are here illegally 的副詞 here 轉譯為動詞「居留」。

② 反說正譯法：首句的 are not in hiding 運用反說正譯法，將「不躲藏」譯為「光明正大地」。

③ 逆譯法：第三句配合中文的「因果律」原則逆譯，先譯後半的原因 because past administrations...，後譯結果 they've been allowed...。

④語態轉換法：第三句被動語態的 been allowed to stay 轉譯為主動「得以留下」。

⑤詞類轉換法 & 反面著筆法：第三句中的 a low priority for deportation 若直譯為「驅逐出境的低優先（權）」，語意極不通順，此處譯文先將 priority 由抽象名詞轉譯為形容詞「首要（的）」，再將 low priority 反面表達為「首要名單之外」。

PART 3

18 TRANSLATION TECHNIQUES FOR BEGINNERS: ENGLISH TO CHINESE

合句法

在翻譯英文句子的時候，譯者常會保留原文的結構翻譯，不過，若遇到原文上下文訊息重複或關係緊密時，便可適時將前後子句或句子合併，以省略或濃縮語意，變成訊息緊密簡要的一個句子，這就叫做「合句法」。此翻譯技巧時常與「減譯法」搭配使用。請比較以下兩句譯文：

◆ She warned Daisy not to let it get serious. Her words fell on deaf ears.
 (*Keeping Time*)
 ① 她警告黛西別對這段感情太認真。她的話被當成耳邊風。
 ② 她要黛西別用情太深卻被當成耳邊風。

原文有兩個句子，譯文 ① 依原文譯為兩句，忠實呈現原文結構，卻讓兩句譯文的語意顯得不連貫，為了讓語意更連貫，我們除了可以將句號改為逗號，譯為「她警告黛西別對這段感情太認真，她的話被當成耳邊風」，也可以使用合句法，如譯文 ② 將兩個句子合併為一句，並減譯語意重複部分 Her words（代指前一句的警告），譯為「她要黛西別用情太深卻被當成耳邊風」，用一句話完整交代原文語意。而「合句法」除了可應用於將前後句子合併，也可以使用在前後子句語意重複時，請看以下的例子。

◆ Data has transformed, and is transforming, everything. (*The Telegraph*)
 ① 數據已經改變，而且正在改變，一切。
 ② 數據正改變著一切。

原文以連接詞 and 連接兩個語意相同的及物動詞 transform（改變），一個用現在完成式，另一個用現在進行式，強調「改變」已經發生且方興未艾，兩者共用同一個受詞 everything（一切）。譯文 ① 順著原文句構翻譯，將兩個動詞用

逗號分開，但這樣翻譯一來會造成語意重複，二來使用逗號會讓第一個「改變」變成不及物動詞，意思跟原文有所偏離。譯文 ② 將重複的語意省去，只保留一個「改變」，並使用「正…著」表示動作已經發生且持續進行，後方接受詞「一切」，讓譯文「數據正改變著一切」不僅精確而且言簡意賅。

　　鑒於中英文的斷句及標點符號的使用方法和時機不同，本章將專門探討使用合句法的三種時機，以下一一介紹。

合句法的應用

1 將兩個或兩個以上的簡單句合併成一句

| 原文 | A group of elite firms has established a sustained lead. This is not a good thing. (*The Economist*) |

| 待修譯文 | 菁英企業持續領先。這不是件好事。 |

| 參考譯文 | 菁英企業持續領先實非好事。 |

　　說明　　此例原文是兩個簡單句，第二句的主詞 This 用以代指第一句描述的事情，兩個句子語意一氣呵成。待修譯文依照原文句構翻譯，也用句號斷開兩個句子，導致語意不太連貫，這是因為英文的句號具有文法功能，若兩個完整的句子沒有連接詞銜接，則必須使用句號分隔；然而，中文的句號並不具備文法功能，而是在語意完足時畫下句點[*]。為了讓譯文語意連貫，可以將待修譯文的句號改成逗號，變成「菁英企業持續領先，這不是件好事」，或是如參考譯文使用合句法，將兩句的語意結合，刪除語意重複的「這」(This)，譯為「菁英企業持續領先實非好事」，讓譯文簡潔易懂。

---

[*] 思果 (2003)《翻譯研究》，台灣：大地出版社；賴慈芸 (2010)〈分歧點——論 1935 年的兩種《簡愛》譯本〉，《編譯論叢》，3(1)，213-242。

原文	Death is inevitable. A bad death is not. (*The Economist*)
待修譯文	死亡無法避免。慘死卻可以避免。
參考譯文	逃不過死亡但可免於慘死。

說明　此例原文是兩個語意剛好相反的簡單句，意指「我們無法避免死亡，但可以避免慘死」，兩句話雖然用句號斷開，但語意是連貫的。待修譯文順著原文的句構翻譯，保留原文兩句的平行結構，卻顯得有點冗贅。若想讓譯文更簡潔，可利用合句法，如參考譯文將兩個獨立的簡單句合併譯爲一個句子「逃不過死亡但可免於慘死」，讓譯文讀來一氣呵成。

2 將複合句的子句合併成一句

原文	His sweater was on back to front, but no one had had the heart to tell him. (*The Snowman*)
待修譯文	他的毛衣前後穿反了，但沒有人忍心跟他說。
參考譯文	沒有人忍心跟他說毛衣穿反了。

說明　原文爲使用對等連接詞 but 連接兩個子句的複合句 (compound sentence)，待修譯文隨著原文語序翻譯，且跟著原文使用逗號隔開兩句，語意清楚明白。不過，我們也可以如參考譯文運用合句法，將兩個子句的意義濃縮合併成爲一句，讓譯文顯得更精簡。注意此處譯文還使用了逆譯法（詳見第 10 章「順譯法與逆譯法」），將原文兩子句的順序前後對調。

原文	Somebody killed your daughter and got away with it and it galls you. (*A Stab in the Dark*)
待修譯文	有人殺了你女兒而且逍遙法外，讓你因此感到非常憤恨。
參考譯文	殺害你女兒的凶手逍遙法外讓你憤恨不已。

原文爲一複合句，其中第二個對等連接詞 and 連接前後兩個子句。翻譯時我們可以將兩個子句以逗號隔開，如待修譯文的「有人殺了你女兒而且逍遙法外，讓你因此感到非常憤恨」。不過，此處也可以使用合句法，並搭配減譯法將連接詞 and 省去不譯，如參考譯文譯爲「殺害你女兒的凶手逍遙法外讓你憤恨不已」，讓譯文更爲簡潔。

3 將複雜句的子句合併成一句

| 原文 | When a large company folds, thousands of people may lose their jobs. (*25 Business Stories*) |

待修譯文　當一家大公司倒閉的時候，成千上萬的人可能會失業。

參考譯文　大公司倒閉可能導致成千上萬的人失業。

說明　原文爲一複雜句 (complex sentence)，由主要子句與從屬連接詞 when 引導的時間副詞子句構成。翻譯這種由 when 引導的子句時，一般常譯爲「當…的時候」，例如待修譯文的「當一家大公司倒閉的時候」。在「減譯法」一章中，我們提到適時減譯從屬連接詞 when，可以讓譯文更精簡，此處我們即可刪去待修譯文的「當…的時候」，並運用合句法將兩句譯文合併成一句，譯爲「大公司倒閉可能導致成千上萬的人失業」，便可讓譯文顯得更精簡。

原文　If you are not frugal today, you may not have any money tomorrow. (*25 Business Stories*).

待修譯文　假如你今日不節儉的話，明日你可能就沒錢用。

參考譯文　今日出手闊綽明日便捉襟見肘。

| 說明 | 本例原文爲一複雜句，由主要子句與從屬連接詞 if 引導的條件子句構成。一般常將 if 引導的子句譯爲「假如…的話」，如待修譯文的「假如你今日不節儉的話」，譯文顯得稍嫌累贅。參考譯文減譯從屬連接詞 if，將兩子句合併譯爲「今日出手闊綽明日便捉襟見肘」，注意此處除了使用合句法與減譯法，還使用了反說正譯法將原文的 not frugal（不節儉）反譯爲「出手闊綽」，並將原文沒有指涉特定對象的主詞 you（你）刪掉，讓譯文簡潔易懂。

1 請翻譯以下句子，並依題目指示翻譯畫線處。

1. How is dark matter like the Hundred Years' War? The war lasted 116 years. (*Scientific American*) 將兩個簡單句合併成一句

2. The doctor pointed at the tall windows. They'd been crisscrossed with heavy tape. (*Shutter Island*) 將兩個簡單句合併成一句

3. Infecting mosquitoes with a bacterium is a roundabout way to fight dengue, but we do it because otherwise the options are few. (*Scientific American*) 將複合句的子句合併成一句

4. He talked the talk but he didn't walk the walk. (*Burglars can't be Choosers*) 將複合句的子句合併成一句

5. If we focus on such big-picture projections alone, though, we miss important nuances. (*Scientific American*) 將複雜句的子句合併成一句

6. Tiffany is wearing a pink tracksuit made from a material that swishes when one pant leg rubs against the other. (*The Silver Linings Playbook*) 將複雜句的子句合併成一句

2 請運用合句法翻譯以下句子。

1. It is 1941. Another war has begun. (*The Hours*)

_____

2. She leaned closer, trying to make sense of his words. They were barely audible. (*Child 44*)

_____

3. The medications appear to be safe when taken for a short period, as directed. (*Scientific American*)

_____

4. If he turned Queen's evidence, then he might get a considerably reduced sentence. (*Death of a Chimney Sweep*)

_____

5. It makes me cross, and my hands get so stiff, I can't practice well at all. (*Little Women*)

_____

6. Her eyes were tested every year and she always passed with flying colors. (*Black Seconds*)

_____

1

1. 關於暗物質特性的爭辯像百年戰爭一樣持續了 116 年！
   說明 將兩個簡單句合併成一句。

2. 那名醫生指著那些上面用強力膠帶貼成十字型的高窗。
   說明 將兩個簡單句合併成一句。

3. 讓蚊子感染細菌來對抗登革熱是個不得已的迂迴策略。
   說明 搭配減譯法將以 but 連接的前後子句合併成一句。

4. 他說到但沒做到。
   說明 句中的 talk the talk ... walk the walk 為一慣用語，talk the talk 意指「說恰當的話」，walk the walk 則指「做恰當的事」，原文以 but 連接兩子句，意思是這個人有「說恰當的話」，卻沒有「做恰當的事」，譯文搭配減譯法將此複合句的子句合併成一句。

5. 只關注整體趨勢可能會錯失重要的細微差異。
   說明 減譯連接詞 if，並將從屬子句與主要子句合併成一句。

6. 蒂芬妮穿著褲管摩擦時會窸窣作響的粉紅色運動褲。
   說明 將 that 引導的形容詞子句譯為「褲管摩擦時會窸窣作響」，插入主要子句中合併成一句。

2

1. 1941 年又有一場戰爭開打。
   說明 將兩個簡單句合併成一句。

2. 她身子前傾想聽清楚他口中那些聲音小到幾乎聽不見的話。
   說明 將兩個簡單句合併成一句。

3. 根據醫囑短期服用此藥物似乎是安全的。
   說明 減譯連接詞 when，將複雜句的子句合併成一句。

4. 轉為汙點證人就可能大大減刑。
   說明 減譯連接詞 If，將複雜句的子句合併成一句。

5. 我好難過手變得這麼僵硬無法好好練琴。
   說明 將複合句的子句合併成一句。

6. 她每年檢查一次視力且年年通過檢測。
   說明 將複合句的子句合併成一句。

Little Women

《小婦人》

出處與內容概述

　　以下小說段落出自文學名著《小婦人》，作者爲露意莎・奧爾柯特 (Louisa May Alcott)。故事背景爲南北戰爭時期的美國東部，主要角色爲四個姊妹，由於父親從軍，便與母親相依爲命。四姊妹個性截然不同，彼此時而包容時而衝突，但母親的慈愛與信賴，讓四姊妹各自成長爲可獨當一面的女性。本處引文出自全書首章，四姊妹於聖誕節前夕聚在一起討論即將到來的聖誕節。譯文出自大田出版社中譯本，譯者張琰爲專職譯者，譯作頗豐。

　　The four young faces on which the firelight shone brightened at the cheerful words, but darkened again as Jo said sadly, "We haven't got Father, and shall not have him for a long time." She didn't say "perhaps never," but each silently added it, thinking of Father far away, where the fighting was.

　　Nobody spoke for a minute; then Meg said in an altered tone, "You know the reason Mother proposed not having any presents this Christmas was because it is going to be a hard winter for everyone; [1]and she thinks we ought not to spend money for pleasure, when our men are suffering so in the army. We can't do much, but we can make our little sacrifices, and ought to do it gladly. But I am afraid I don't," and Meg shook her head, as she thought regretfully of all the pretty things she wanted.

爐火照亮的四張年輕臉孔隨著這句使人振奮的話而開朗了，但是當喬哀傷的說了下面這句話以後，卻又沉了下來——「可是爸爸現在不在，我們也會有很長的時間看不到他。」她沒有說：「也許永遠也見不著了。」但是每個人心裡面都加上這麼一句，並且想到在遠處作戰的父親。

一時間沒有人開口，梅格語氣一改：「你們知道，媽媽提議今年聖誕節不要有禮物的，原因是這個冬天大家都不會好過，她認為我們不應該在男生在軍隊裡受苦成這樣子的時候把錢花在娛樂上。我們能做的不多，不過我們也可以做一點小小的犧牲，並且開開心心的去做。只是我想我並不開心。」梅格難過的想到她想要的那些漂亮東西，搖了搖頭。

文章風格與用字特色

本書為作者根據自己的實際生活經驗寫成，是第一本將寫實主義帶入青少年文學的經典之作。故事內容以對話為主，用字平實，人物刻畫自然。譯文隨原文筆調翻譯，用字簡單易懂，但由於中文的表達方式與英文不同，常見譯者將原文句子拆開翻譯，如第一句後半的 but darkened again as Jo said sadly 就譯為兩句：「但是當喬哀傷的說了下面這句話以後，（這四張臉孔）卻又沉了下來」，更貼近中文的語用習慣，讓青少年讀者讀來毫不費力。

翻譯技巧說明

① and she thinks we ought not to spend money for pleasure, when our men are suffering so in the army

她認為我們不應該在男生在軍隊裡受苦成這樣子的時候把錢花在娛樂上

說明 此部分摘自段落中一長句，但有完整的句子概念，是由 when 引導的從屬子句與主要子句構成的複雜句。原文裡的主要子句與從屬子句以逗號隔開，如果按照原文語序會譯為：「她認為我們不應該把錢花在娛樂上，當男生在軍隊裡受苦成這樣子的時候」，此處譯文利用合句法，將從屬子句「在男生在軍隊裡受苦成這樣子的時候」插進主要子句中，合併譯成「她認為我們不應該在男生在軍隊裡受苦成這樣子的時候把錢花在娛樂上」。

賞析
演練　以下提供二篇譯作，供讀者自行賞析。請比較原文與譯文，指出特別吸引你的譯文，並找出哪幾處使用了合句法。

Sizzling Moroccan prawns: fluffy couscous & rainbow salsa
〈嘶嘶作響的摩洛哥風味明蝦：蓬鬆的庫斯庫斯和彩虹莎莎醬〉

| 出處與內容概述　以下英文食譜出自 *Everyday Super Food* 一書，作者爲英國名廚傑米・奧利佛 (Jamie Oliver)，譯文出自中譯本《傑米・奧利佛的超級食物》。作者倡導健康的生活必須從飲食做起，因此努力鑽研營養學，並前往世界各地的長壽城鎮，研究當地飲食，此書便爲全球健康飲食集結。書中分爲早、中、晚餐，餐餐都包含五大類食物。本食譜出自「晚餐」部分，譯者爲松露玫瑰。

Method

1. Strip the rosemary leaves into a pestle and mortar, then peel and add the garlic and pound into a paste with a pinch of sea salt.

2. Muddle in 1 tablespoon of oil, the paprika, saffron and a swig of boiling water to make a marinade.

3. Use little scissors to cut down the back of each prawn shell and remove the vein. Cut 1 orange into wedges, toss with the prawns and the marinade and leave aside for 10 minutes.

4. Put the couscous into a bowl and just cover with boiling water, then pop a plate on top and leave to fluff up.

5. Take a bit of pride in finely chopping all your colourful seasonal veg and chilli, and put them into a nice serving bowl.

6. Pick a few pretty mint leaves and put to one side, then pick and finely chop the rest and add to the bowl with the juice of the lemon and the remaining orange. Add the couscous, toss together and season to perfection.

7. Put a large non-stick frying pan on a high heat. Add the prawns, marinade and orange wedges and cook for 4 to 5 minutes, or until the prawns are gnarly and crisp, then arrange on top of the couscous.

8. Dollop with yoghurt, then halve the pomegranate and, holding it cut side down in your fingers, bash the back so the sweet jewels tumble over everything. Sprinkle with the reserved mint leaves and serve.

扯下迷迭香葉，丟入研磨缽，大蒜去皮，連同一撮海鹽也加入，再搗成糊狀。加入一湯匙油、煙燻甜椒粉、番紅花絲和一柱滾開水攪拌成醃醬。用小剪刀剪開明蝦背面的蝦殼並挑出腸泥。把1顆柳橙切成角塊，連同明蝦和醃醬充分混合，靜置10分鐘。

庫斯庫斯放入碗裡，加入正好淹過的滾水，用個盤子蓋住，暫置一旁使之膨脹。花些耐心把蔬菜和辣椒切碎，再堆到漂亮的上菜碗。摘下數片漂亮的薄荷葉，暫置一旁備用。其餘的切碎，連同檸檬汁和剩餘柳橙加入碗裡。加入庫斯庫斯充分混合，並以海鹽和黑胡椒粉調味。

開大火燒熱大的不沾煎鍋。加入明蝦、醃醬和柳橙角炒4～5分鐘。或直到明蝦表面起泡且香酥，再擺到庫斯庫斯上頭。接著舀入優格。把石榴對切，把切面朝下，倒扣在掌心。敲擊背面把籽敲入碗裡。撒上保留的薄荷葉就可端上桌。

Shakespeare, interrupted
〈莎士比亞向前走〉

| 出處與內容概述 | 以下英文段落出自 *Scientific American*，譯文出自《科學人》。文章提到許多懷疑莎士比亞是否眞有其人的懷疑論者，認爲以莎士比亞的教育背景不可能寫出如此精湛的劇本和創作，最終得到了美國最高法院大法官的支持。但本文作者認爲這些懷疑論者的推論已超過合理的懷疑，除非他們能提出更符合文學及歷史數據的證據，否則他認爲莎士比亞確有其人。本段引文爲全文的第一段，爲整篇文章大意所在。

    For centuries, Shakespeare skeptics have doubted the authorship of the Stratfordian Bard's literary corpus, proffering no fewer than 50 alternative candidates, including Francis Bacon, Queen Elizabeth I, Christopher Marlowe and the leading contender among the "anti-Stratfordians," Edward de Vere, 17th earl of Oxford. And for nearly as long, the Shakespeare skeptics have toiled in relative obscurity, holding conferences in tiny gatherings and dreaming of the day their campaign would make front-page news. On April 18, 2009, *the Wall Street Journal* granted their wish with a feature story on how U.S. Supreme Court Justice John Paul Stevens came to believe (and throw his judicial weight behind) the skeptics.

    幾世紀以來，莎士比亞的懷疑者一向質疑這位來自斯特拉福的詩人是否就是那些文學巨著的作者：他們還提出了不下50位的替代名單，包括培根、伊莉莎白女王一世、馬羅，以及他們的首選：第17世牛津伯爵狄維爾。在幾乎同樣長的時間內，這些莎士比亞的懷疑者在沒有多少人注目下埋頭苦幹、舉辦小型會議，以及夢想哪天他們的活動將登上報紙頭條。2009年4月18日《華爾街日報》的一篇專題報導終於應許了他們的想望：美國最高法院的史蒂文斯大法官以判決表達他相信這些懷疑論者。

▶賞析演練翻譯技巧請見「學習手冊」

以下句子提供讀者自我挑戰。翻譯時可以多考慮如何使用本章學到的翻譯技巧。

1. It is New York City. It is the end of the twentieth century. (*The Hours*)

2. When he finished [the water], he casually handed me the empty bottle. (*Scientific American*)

3. Insisting on remaining stupid when becoming smarter is an option. (*Scientific American*)

4. Things haven't been the same since you were on sick leave. (*The Man Who Smiled*)

5. Agatha's stomach gave such a loud rumble. She was frightened they would hear it. (*As the Pig Turns*)

6. Though some might be poor, we were all aristocratic. (*Cranford*)

7. As soon as I'm in the trees, I retrieve a bow and sheath of arrows from a hollow log. (*The Hunger Games*)

8. Your life won't have been taken in vain. I promise you. (*77 Days in December*)

9. If you won't have me nobody ever will. (*Moving the Mountain*)

▶ 參考答案請見「學習手冊」

　　翻譯時，若遇上原文句子過長，譯者可適時將長句斷開，譯成幾句較短的句子，以利讀者閱讀，這就稱做「分句法」。請比較以下兩句譯文：

◆ The OECD survey found that mothers in countries that have low out-of-wedlock births tend to have their first child when they are much older.

(*Yonhap News*)

① 經濟合作發展組織 (OECD) 調查發現未婚生育率低的國家的母親傾向在年齡較大的時候才生第一個小孩。

② 經濟合作發展組織 (OECD) 調查發現，未婚生育率低的國家，女性首次懷孕生子的年紀通常較晚。

　　原文為一句沒有逗號區隔的長句，譯文①隨著原文句構，譯成一句沒有逗號區隔的句子，令人讀來喘不過氣。譯文②也大致隨著原文句構翻譯，但依中文語用習慣適時斷句，讓譯文清楚易讀。

　　「分句法」除了可隨原文句構於翻譯時適時斷句，也可以進一步拆解原文句構，例如將原文中的副詞、形容詞、名詞、片語甚至子句拆離出來，讓這些字句在譯文中獨立成一句，除了便於理解，可使譯文的句型更符合中文句構，更可凸顯拆離出來的字句，以達到強調的效果。請比較以下兩句譯文：

◆ The world's two biggest industrial conglomerates differ on how best to go digital. (*The Economist*)

① 世界兩大工業巨頭對於如何最佳順應數位化轉型有不同看法。

② 數位化轉型上策為何，世界兩大工業巨頭各說各話。

原文的主詞為 The world's two biggest industrial conglomerates（世界兩大工業巨頭），動詞為 differ（意見不同），再以介系詞 on 帶出名詞片語 how best to go digital，表明雙方意見不同之處。譯文 ① 大致依循原文句構順譯，只是依據中文語用習慣稍微調整句中訊息，全句沒有逗號，讀者必須連讀 26 個字不能停頓，較難消化句中訊息。譯文 ② 將原文的名詞片語 how best to go digital 拆離出來，移至句首獨立譯成一短句，以做為全句的主題，後方再接世界兩大巨頭對此事的看法，符合中文「主題—評論」句式，讀起來更清楚易懂。鑒於中文和英文的構句方法不同，本章將專門探討使用分句法的五種情況，分述如下。

分句法的應用

1 形容詞拆離

原文	Our working lives are so lengthy and so fast-changing that simply cramming more schooling in at the start is not enough. (*The Economist*)
待修譯文	我們的工作生涯如此漫長而又變化迅速只在人生初期強加更多教育已經不足以應付。
參考譯文 ①	我們的工作生涯，如此漫長而又變化迅速，只在人生初期強加更多教育已經不足以應付。
參考譯文 ②	我們的漫長工作生涯變化迅速，只在人生初期強加更多教育已經不足以應付。
參考譯文 ③	只在人生初期強加更多教育已經不足以應付我們的工作生涯——如此漫長而又變化迅速。

| 說明 | 待修譯文跟著原文句構譯成一句沒有逗號分隔的長句，令人難以閱讀。針對這個句子，我們可以把主要子句裡由兩個形容詞構成的補語 so lengthy and so fast-changing 獨立出來，如參考譯文 ① 將此補語以逗號與上下文隔開，變成一分為三的句子；參考譯文 ② 則進一步將此補語一分為二，以 so lengthy 修飾 working lives，譯為「漫長工作生涯」，而 so fast-changing 則轉譯成為動詞「變化迅速」。以上兩種譯法基本上都是照著原文的句構順譯，參考譯文 ③ 則打破原文句構，將 Our working lives（我們的工作生涯）與補語一起移至句尾，並以破折號隔開，雖大幅度改變原文句構，但也可完整傳達原文語意。

2 副詞拆離

原文	The availability of the news on a twenty-four-hour basis through the internet and television irrevocably alters the meaning of the information. (*How Images Think*)
待修譯文	24 小時不斷透過網路和電視放送的新聞無法恢復地改變了資訊的意義。
參考譯文	新聞 24 小時不斷透過網路和電視放送，資訊的意義就此改變，不復以往。

| 說明 | 原文是沒有逗號隔開的一長句，待修譯文跟著原文譯為一句沒有任何逗號的長句，讀來令人喘不過氣。參考譯文則將副詞 irrevocably 獨立出來譯為一短句，置於句尾。如此一來避免了待修譯文令人困惑的語意「無法恢復地改變了資訊的意義」，而把副詞 irrevocably 拆解出來，譯為「不復以往」也讓譯文更容易理解，確實傳達原文意旨。

3 名詞拆離

During my many years as leader of this community I myself pushed through big ideas without allowing naysayers and petty details to stand in my way. (*The Stranger*)

我當社群領導人的這幾年，親自促成了許多大計畫，不允許那些唱反調的人和枝微末節的瑣事來阻撓我。

我當社群領導人的這幾年，親自促成了許多大計畫，即便有人跟我唱反調，還得處理不斷迸出的瑣碎小事，但我從不曾讓這些事成為阻礙。

原文句子很長且沒有斷句，待修譯文跟著原文句構翻譯，適時斷句，使譯文容易理解許多。不過我們也可以進一步將原文句末提到的兩件阻礙單獨提出來講，將名詞 naysayers（唱反調的人）以及名詞片語 petty details（枝微末節的瑣事）獨立出來，分別譯為「即便有人跟我唱反調」與「還得處理不斷迸出的瑣碎小事」，讓讀者更容易理解敘述者在領導過程中所必須面對的問題。

4 片語拆離

A game-style intervention for preschoolers might prevent ADHD from developing, reducing reliance on medications. (*Scientific American*)

對於學齡前的兒童採用遊戲式的介入法可望預防注意力不足 (ADHD) 並降低對於藥物治療的依賴。

採用遊戲式的介入法，可望預防學齡前兒童注意力不足 (ADHD)，並降低對於藥物治療的依賴。

說明　　　待修譯文的長句沒有斷句，導致所有訊息混雜在一起，令人難以理解。參考譯文將原文中的名詞片語 A game-style intervention 獨立出來譯為一句，如此一來，便可以解決待修譯文讀起來令人喘不過氣的問題。此外，將此名詞片語獨立出來置於句首，也有強調的作用，讀者更容易看到句子的重點，一讀便知本句討論的是「遊戲式介入法」的議題。

5 子句拆離

原文　　　Many of African inhabitants live in countries that are not especially well endowed with fertile soils, abundant water or smoothly functioning governments. (*Scientific American*)

待修譯文　　許多非洲人居住在不具備肥沃土壤、充裕水源或政府運作順暢等條件的國家。

參考譯文　　許多非洲人居住的國家，土壤不怎麼肥沃、水源不怎麼充足、政府運作也不怎麼順暢。

說明　　　原文由主要子句 Many of African inhabitants live in countries 以及用來修飾 countries（國家）的形容詞子句構成，待修譯文依照中文「修飾詞＋名詞」的語用習慣，將形容詞子句移至「國家」前方修飾，導致前位修飾（…的）過長，訊息不易消化。建議譯文使用分句法，將形容詞子句獨立出來，再將形容詞子句中的三個訊息分開，變成三個中文短句，讓訊息分散至三個短句，使譯文更易理解。

1 請翻譯以下句子,並依題目指示翻譯畫線處。

1 Los Angeles Lakers great Kobe Bryant, <u>arguably</u> the best player of his generation, announced on Sunday he will retire after the 2015-16 National Basketball Association season. (*Reuters*) 將副詞拆離

_____

2. That night the truck made a tremendous racket, and simultaneously I developed an almost <u>migraine-like</u> headache. (*I Can See in the Dark*) 將形容詞拆離

_____

3. We have some deadlines that are going to be <u>murder</u> to meet. (*Wordow*) 將名詞拆離

_____

4. We'd been seeing Dr. Kinzler once every two weeks <u>for the last four months</u>. (*No Time for Goodbye*) 將副詞片語拆離

_____

5. Calvin was quoted as saying <u>that Einstein was both brilliant and friendly and liked to talk about politics</u>. (*Einstein's Secret*) 將子句拆離

_____

2 請翻譯以下句子，並以分句法翻譯畫線處。

1. <u>Instead</u> I stood paralyzed and gave an occasional smile or nod to the woman until she finally ran out of stream and wrapped it up by saying, "Do you have kids?" (*Still Missing*)

   _____

2. How can you possibly have such <u>contrasting</u> feelings for the same person? (*An Event in Autumn*)

   _____

3. After twenty years of daily give-and-take with a bunch of lawyers, she had honed for her retorts and <u>one-liners</u>. (*Sycamore Row*)

   _____

4. It's well documented <u>that until recently the most effective weapon in the armed forces was hate</u>. (*Lost Girls*)

   _____

5. As the new year dawned Mark Zuckerberg informed the world <u>that his resolution for 2016 was to run 365 miles over the coming year</u>. (*Revenge of the nerds*)

   _____

1

1. 一般公認，洛杉磯湖人隊名將柯比‧布萊恩是同輩中最好的球員，他在週日宣布將於「美國國家籃球協會」(NBA) 2015-16 球季結束後退休。

   說明 將副詞 arguably（無疑地）獨立出來置於句首，譯為「一般公認」。

2. 當晚那輛卡車發出巨大的聲響，我跟著頭痛了起來，幾乎就像偏頭痛一樣。

   說明 將形容詞 migraine-like（如偏頭痛的）獨立出來，與 almost 合譯為「幾乎就像偏頭痛一樣」。

3. 我們都有一些截稿日得衝刺，那些日子真是痛苦得要命。

   說明 將名詞 murder（要命的事）獨立出來，譯為「那些日子真是痛苦得要命」。

4. 過去四個月以來，我們每兩週就去看一次金次勒醫生。

   說明 將副詞片語 for the last four months 獨立出來置於句首，譯為「過去四個月以來」。

5. 卡爾文的說法被引述，他認為愛因斯坦既聰明又友善，也很喜歡談論政治。

   說明 將 that 名詞子句獨立出來，並分拆譯為兩句。

2

1. 但我沒有那樣做，我只是呆站在那裡，偶爾對著這女人微笑，或是點點頭，一直到她再也沒什麼好說，只好問我：「你有孩子嗎？」來結束這個話題。

   說明 將副詞 instead 獨立出來置於句首，譯為「但我沒有那樣做」。

2. 你怎麼可能對同一個人會有這些感覺，而且感覺還截然不同？

   說明 將形容詞 contrasting（完全不同的）獨立出來，譯為「而且感覺還截然不同」。

3. 在和一堆律師天天交手了 20 年之後，她的反駁犀利，變得伶牙俐齒。

   說明 將名詞 one-liners 獨立出來，此字為慣用語，意指「簡短且機警的俏皮話」，此處譯為「變得伶牙俐齒」。

4. 有許多文獻都證明，武裝部隊裡最有利的武器就是仇恨，直到最近都是如此。

   說明 將 that 名詞子句獨立出來，並分拆譯為兩句。

5. 新年到來之際，馬克‧祖克柏告知全世界，在 2016 年，他給自己訂的新年目標，是一年跑完 365 英里。

   說明 將 that 名詞子句獨立出來，並分拆譯為三句。

Sick of Poverty

〈貧窮讓人生病〉

出處與內容概述

　　以下英文段落出自 *Scientific American*，譯文出自《科學人》。文章探討科學家發現社經地位與生理疾病之間其實沒有絕對關係，覺得自己貧窮以及社經地位低下的壓力，才是影響身體健康的原因。本段引文為文章首段，描述科學家進行此研究的背景。作者 Robert M. Sapolsky 是美國洛克菲勒大學 (Rockefeller University) 神經內分泌學博士，研究雌性紅毛猩猩生殖策略的演化已超過十年。譯者潘震澤曾任陽明大學生理學教授，著作與譯作均屬科普領域。

[1]Rudolph Virchow, the 19th-century German neuroscientist, physician and political activist, came of age with two dramatic events—a typhoid outbreak in 1847 and the failed revolutions of 1848. Out of those experiences came two insights for him: first, that the spread of disease has much to do with appalling living conditions, and second, that those in power have enormous means to subjugate the powerless. As Virchow summarized in his famous epigram, "Physicians are the natural attorneys of the poor."

原文出處 https://www.scientificamerican.com/article/sick-of-poverty/

19 世紀的德國神經科學家、醫生兼政治激進分子維丘 (Rudolph Virchow) 在歷經兩次劇變之後，才真正變得成熟；一回是 1847 年爆發的傷寒大流行，另一回則是發生在 1848 年的失敗革命。那兩次經驗分別給維丘帶來啟示：頭一個，是疾病的散播與惡劣的生活環境息息相關；另一個，則是掌權者對無權無勢者的壓制，其大無比。維丘將他的領悟，濃縮成以下這句名言：「醫生天生就是窮人的代言人。」

文章風格與用字特色

全篇是以科學家的角度分析貧窮與疾病之間的關係，因此用字較為艱澀，例如 typhoid、appalling、subjugate 以及 epigram。同時句構偏長，修飾語多。讀者可觀察譯者如何流暢地處理這類科普類文章。

翻譯技巧說明

① Rudolph Virchow, the 19th-century German neuroscientist, physician and political activist, <u>came of age</u> with two dramatic events—<u>a typhoid outbreak in 1847 and the failed revolutions of 1848.</u>

19 世紀的德國神經科學家、醫生兼政治激進分子維丘 (Rudolph Virchow) 在歷經兩次劇變之後，<u>才真正變得成熟</u>；<u>一回是 1847 年爆發的傷寒大流行，另一回則是發生在 1848 年的失敗革命。</u>

說明 將動詞 came of age（長大變成熟）獨立出來，譯為「才真正變得成熟」，同時將介系詞片語 with two dramatic events（在歷經兩次劇變之後）往前移，並將原文破折號之後的並列名詞片語 a typhoid outbreak in 1847 及 the failed revolutions of 1848 拆開，以逗號隔開譯成兩個句子。

以下提供二篇譯作，供讀者自行賞析。請比較原文與譯文，指出特別吸引你的譯文，並找出哪幾處使用了分句法。

Cheating death
〈躲過死神〉

| 出處與內容概述 | 以下英文段落出自 *The Economist*，譯文出自《經濟學人：商論》。文章探討科學界正在研究延緩衰老的方法，將來有可能滿街都是健康的百歲老人，但這可能會對社會帶來負面影響，比方說，長壽會讓社會和經濟問題更加惡化，如何找出配套措施將會是重要的議題。本段引文為全文第一段，作者引領讀者進入一個長壽的想像世界。

Imagine a world in which getting fitted with a new heart, liver or set of kidneys, all grown from your own body cells, was as commonplace as knee and hip replacements are now. Or one in which you celebrated your 94th birthday by running a marathon with your school friends. Imagine, in other words, a world in which ageing had been abolished.

試想有這樣一個世界：在那裡人們能夠換上由自身細胞培育而成的心臟、肝臟或一對腎臟，就像現在的髖關節和膝關節置換手術一樣稀鬆平常。或者再想像一下，你和一班同窗好友跑一場馬拉松來慶祝你的 94 歲生日。換句話說，試想一個衰老已被消除的世界。

原文出處 http://www.economist.com/news/leaders/21704791-science-getting-grips-ways-slow-ageing-rejoice-long-side-effects-can-be

Pregnancy changes brain in ways that may help mothering

〈懷孕會改變女性大腦構造，做好當母親準備〉

│出處與內容概述│ 以下英文段落及譯文出自 *Taipei Times*。文章探討研究人員對生育過的女性進行大腦研究，發現這些母親腦中處理社會認知或心理理論的部分減弱，而用來處理嬰兒需求與社會威脅的能力增強。研究人員也以男性做為實驗的對照組，發現男性成為父親後，大腦的構造並不會有任何改變。本段引文提及研究人員對未生育及已生育女性的大腦進行掃描，發現兩者的大腦結構有所不同。

In the study, researchers scanned the brains of women who had never conceived before, and again after they gave birth for the first time. The results were remarkable: loss of gray matter in several brain areas involved in a process called social cognition or theory of mind, the ability to register and consider how other people perceive things.

在這項研究中，研究人員掃描了從未懷過孕的女性的大腦，然後在她們第一次生育後再次進行掃描。結果很明顯：有一些腦部區域中的灰質減少了，這些區域涉及社會認知或心理理論過程，指的是注意和考慮他人如何感知事物的能力。

▶ 賞析演練翻譯技巧請見「學習手冊」

原文出處 http://www.taipeitimes.com/News/lang/archives/2017/01/16/2003663156

延伸練習 以下句子提供讀者自我挑戰。翻譯時可以多考慮畫線處如何使用本章學到的翻譯技巧。

1. A Spanish firm makes <u>eerily</u> realistic human babies. (*Murcia Today*)

2. Shabba <u>deservedly</u> won best player award. (*Kaizer Chiefs*)

3. Wallander was immediately on the alert. His <u>invisible</u> antennas silently unfolded. (*Sidetracked*)

4. He was small, <u>bowlegged</u> and bald even before he celebrated his twenty-fifth birthday. (*A Treacherous Paradise*)

5. His sixty-year-old two-bedroom Spanish <u>stucco</u> home wasn't anything to brag about. (*Brainrush*)

6. If he was acting, his performance was <u>Oscar</u> worthy. (*No Return*)

7. Which Asian country has roared ahead <u>over the past quarter-century</u> with millions of its people escaping poverty? (*The Economist*)

8. I will not name names <u>at this point in my life</u>. (*Sycamore Row*)

9. It is easy to forget <u>that even the most trivial commercial transactions rely on small acts of trust</u>. (*The Economist*)

10. So they will understand <u>that some people have it harder than they do and that a trip through this world can be wildly different experience</u>, depending on what chemicals are raging through one's mind. (*The Silver Linings Playbook*)

▶ 參考答案請見「學習手冊」

185

Chapter 13 歸化法

　　「歸化法」是指將異國文化詞譯為本國文化詞。文化詞與普世詞相對，後者如「星星」(star)、「月亮」(moon)、「太陽」(sun)，幾乎在各個語言中都可以找到對等詞彙，翻譯時通常不會出現問題。

　　文化詞則是特定文化才有的字詞和慣用法，大約可分為兩種情況，一種是某一文化特有的事物和概念，為另一文化中所無，例如美國傳統的社交聚會 ice cream social（冰淇淋派對）、英國的家常甜點 trifle（三層凍糕），在中文裡就沒有相同的事物和概念；另一種情況是事物和概念為兩種文化所共有，但用以表達的字詞在詞義方面不完全重合，例如中英文化都有「親戚」這樣的說法和概念，但中文用以表示親屬的字詞比英文多了「內外之別」，例如內姪、外甥、堂妹、表哥等，英文則概以 cousin 稱之。因此，在翻譯文化詞時，除非兩種文化之間存在完全共通的表達法，否則照字面直譯常會造成理解困難。請比較下列兩句譯文：

◆ It's like Jay Leno. (*Whiplash*)
　　① 看來像傑雷諾。
　　② 看來像陳為民。

　　此處原文出自電影《進擊的鼓手》(*Whiplash*)，台詞中提到的 Jay Leno 是美國脫口秀主持人，特徵之一是戽斗很明顯，美國口語 Jay Leno chin 就是指人下巴長且凸出。譯文 ① 將 Jay Leno 音譯為「傑雷諾」，不熟悉美國文化的觀眾恐怕一知半解。譯文 ② 則譯為同樣以戽斗著稱的台灣藝人「陳為民」，語意清楚明瞭許多。像這樣用中文的文化詞取代英文的文化詞，就稱為歸化譯法。本章將文化詞分成七類：自然生態、物質文化、社交禮儀、制度習俗、手勢、文字遊戲、慣用語，以下分述這七種類別於翻譯時可以採用歸化法的情況。

歸化法的應用

1 自然生態

原文	*Foreign Policy Magazine* has named President Tsai Ing-wen as one of its 100 leading global thinkers of 2016 "for poking the bear." (*Taiwan News*)
待修譯文	《外交政策雜誌》點名蔡英文總統入選 2016 年全球百大思想家，獲選理由是她敢於「戳熊」。
參考譯文	《外交政策雜誌》點名蔡英文總統入選 2016 年全球百大思想家，獲選理由是她敢於「捋虎鬚」。

說明　　中英兩種語文分別屬於兩個相距遙遠的語族，中文屬漢藏語族，英文屬印歐語族，兩種語言所反映的生態環境互有異同，譬如歐洲多熊而亞洲多虎，這兩種猛獸分別在中英文化中象徵強權。英文動詞片語 poke the bear 字面意思是「戳熊」，引申指「挑戰強權」，待修譯文雖然譯出字面意思，但鑒於熊在中文語境與強權的關聯較弱，建議用「虎」取代「熊」，將 poke the bear 用歸化法譯為「捋虎鬚」，以利讀者迅速理解。

2 物質文化

原文	Oh don't get your La Perla's into a bunch. (*Gossip Girl*)
待修譯文	喔！你這珍珠項鍊也太俗氣了吧！
參考譯文	喔！你別小題大作。

說明　　由於中英語言生成的生態環境有別，衍生出的物質文化自然相異，而語言承載文化，文化的內涵其實決定了語言的樣貌。例如英國作為島國，有著悠久的航海文化，其表達法如 know the ropes（熟知內情）、bail out（紓

困），都與航海有關。中文生於以農立國的大陸，舉凡「揠苗助長」、「不爲五斗米折腰」，皆可看出自然生態影響物質文化，而物質文化影響語言內涵，因此譯者翻譯物質文化詞時要能適時轉換。原文的 get your La Perla's into a bunch 脫胎自英文慣用語 get one's panties in a bunch，字面意思是「把內褲糾結成一團」，實則指人「反應過度」，原文以義大利頂級內衣品牌 La Perla 借代 panties（內褲），雖然 Perla 在拉丁文是「珍珠」的意思，但待修譯文直譯爲「珍珠項鍊」讓人不知所云，建議採用歸化譯法，以中文習語「小題大作」取而代之。

3 社交禮儀

原文	Ted: White trash name. **Guess.**
	John: Mandy.
	Ted: **Nope.**
	John: Marilyn.
	Ted: **Nope.**
	John: Brittany?
	Ted: **Nope.**
	John: Tiffany.
	Ted: **Nope.**
	John: Candace.
	Ted: **Nope.** (*Ted*)
待修譯文	泰德：白色垃圾名。猜一下。
	約翰：曼迪。
	泰德：不。
	約翰：瑪麗蓮。
	泰德：不。
	約翰：布列塔尼？
	泰德：不。
	約翰：蒂芙尼。

泰德：不。

約翰：莎德絲。

泰德：不。

| 參考譯文泰德：很像酒店妹的名字，猜一下。

約翰：小 call。

泰德：不對。

約翰：莎莎。

泰德：不對。

約翰：允兒。

泰德：不對。

約翰：糖糖。

泰德：不對。

約翰：芭比。

泰德：不對。

| 說明 | 　中英文化有別，社交禮儀作爲文化的一部分，兩者之間也有需要費一番唇舌解釋的地方，譬如稱呼，英文稱呼別人 WASP（全名是 White Anglo-Saxon Protestant，白人盎格魯・薩克遜新教徒），意指美國當權菁英，握有龐大政經權力，可引申指自視甚高者；與 WASP 相對的是此例原文中的 white trash，直譯是「白色垃圾」，意指美國鄉間赤貧白人農民或社會底層的窮困白人，帶有歧視意味，因此 white trash name 意指教育程度低落、甚至是特種行業女子愛取的花名，底下列舉的 Mandy、Marilyn、Brittany 都是，待修譯文雖然依音譯法譯成「曼迪」、「瑪麗蓮」、「布列塔尼」，但因爲這些名字在中文語境無法引起階級及社經地位的聯想，因此建議歸化譯爲台灣常見的酒店公關藝名，以利讀者理解這段對話的貶損意味。

4 制度習俗

原文	A father from Ohio gets an A in Creative Parenting 101. (*ABC 13 Eyewitness News*)
待修譯文	來自美國俄亥俄州的一名老爸在「創意育兒 101」課程中得 A。
參考譯文	美國俄亥俄州一位老爸創意十足，育兒之路剛起步就得心應手。

說明　　不同文化會衍生出相異的制度習俗，中英文化也不例外，例如英文的評等方式是 A、B、C、D、E，中文則是優、甲、乙、丙、丁；英文以數字為課程編號，例如 101 表示入門課程，中文則習慣以文字描述稱為「概論」、「導論」。本例原文中的 A 和 101 則是從英文制度中演變出來的口語用法，這位俄亥俄州的老爸並未真的修課，只是對擺平幼兒很有辦法，待修譯文採取直譯，一來可能會導致讀者誤會這位老爸真的修了一門課叫「創意育兒 101」，二來恐怕有中文讀者不明瞭「101」和「A」的意思，因此建議採用歸化譯法，用中文常見說法「育兒之路」、「得心應手」來取代。

5 手勢

原文	I promise. I cross my heart. (*Charlotte's Web*)
待修譯文	我保證。我在胸口畫十字。
參考譯文	我保證。我對天發誓。

說明　　各個文化都有各自的肢體語言，英文中關於手勢、動作的描寫初讀之下像是普世詞，但翻譯時必須思考是否該當作文化詞來處理，例如 cross one's fingers，字面意思是「交叉手指」，但這個手勢的文化意涵是在祈求好運，相當於中文的「閉眼合掌」；又如 roll one's eyes 字面意思是「滾動眼珠」，但這

個動作的文化意涵則指眼神流轉之間透露出懷疑、不耐，相當於中文的「翻白眼」。原文中，cross my heart 的字面意思雖然是待修譯文的「在胸口畫十字」，但這個手勢的文化意涵是表示自己所言屬實，因此建議採用歸化譯法，翻成對應的中文手勢「對天發誓」。

6 文字遊戲

| 原文 | Zero walked around to the back of the boat and pointed to the upside-down letters. "Mm-ar-yuh. Luh-oh-oo."
Stanley smiled. "Mary Lou. It's the name of the boat."
"Mary Lou," Zero repeated studying the letters. "I thought 'y' made the 'yuh' sound."
"It does," said Stanley, "But not when it's at the end of a word. Sometimes 'y' is a vowel and sometimes it's a consonant." (*Holes*) |

| 待修譯文 | 零蛋繞到船身的後面，指著上下顛倒的字體。「馬─鹿─路。」
史丹利忍不住笑了。「瑪麗露。是這艘船的名字。」
「瑪麗露。」零蛋重複了一遍，仔細研究每一個字。 |

| 參考譯文 | 零蛋繞到船身的後面，指著上下顛倒的字體。「ㄇㄚˇ ㄌㄧˋ ㄌㄡˋ。」
史丹利忍不住笑了。「瑪麗露。ㄇㄚˇ ㄌㄧˋ ㄌㄨˋ。是這艘船的名字。」
「ㄇㄚˇ ㄌㄧˋ ㄌㄨˋ。」零蛋重複了一遍，「我以為這個字是要唸ㄌㄡˋ。」
「它是可以唸ㄌㄡˋ。」史丹利答道，「不過比較常用在動詞，像『露出』；這邊的瑪麗露是一個名詞，要唸ㄌㄨˋ。這叫做破音字，像這個字，有的時候唸ㄌㄨˋ，有時候唸ㄌㄡˋ。」 |

說明　　語言是文化的產物，語言系統也是文化的一部分，例如英文屬於拼音文字，中文屬於象形文字，如何將拼音系統內的文字遊戲轉爲象形文字系統內的文字遊戲，對於譯者而言是一大考驗。本例原文是兩個角色在討論英文字母 Y 作爲子音和母音時發音不同，yuh 是作爲子音時的發音，因此 Mm-ar-yuh 是 Mary 的誤讀，待修譯文將 Mm-ar-yuh. Luh-oh-oo 翻成「馬一鹿一路」，Mary Lou 則譯爲「瑪麗露」，看起來是兩個完全不相干的名字，下文關於字母 Y 如何發音的討論也盡數刪去，只以「仔細研究每一個字」一筆帶過。建議本段可採用歸化譯法，用台灣中文的注音符號去對應作爲拼音文字的英文，再用破音字的概念來討論發音的問題。

7 慣用語

原文	We know you got a lot on your plate now, but you're not gonna fuck this up for us. (*The Descendants*)
待修譯文	我們都知道你現在盤子上東西很多，但你不能就這樣整我們吧。
參考譯文	我們都知道你現在忙得焦頭爛額，但你不能就這樣整我們吧。

說明　　慣用語 (idiom) 是語言的精華，承載著豐富的文化涵義，包括俗語、諺語、俚語、成語等，是語言經過長久使用而提煉出的特殊表達法，意象傳神、涵義豐富。慣用語看似由一連串普世詞語組成，但實則隱含言外之意，翻譯時不可不愼。例如本例原文的 get a lot on one's plate 便是英文慣用語，待修譯文依字面直譯爲「盤子上東西很多」，雖然翻譯出了意象，但卻無法傳達「工作繁忙」的意涵，建議可採用歸化譯法，用中文慣用語「焦頭爛額」取而代之。

1 請翻譯以下句子，並以歸化法翻譯畫線處。

1. All the other important speakers are equally reluctant to <u>cast pearls before swine</u>. (*Financial Times*)

_____

2. This <u>finger food</u> is ideal if you have recently been rejected from graduate school or an internship you applied to. (*The Daily Evergreen*)

_____

3. I bought books from <u>Charity Parrot</u>, sometimes. (*Trigger Warning*)

_____

4. One man's <u>Mickey Mouse course</u> is another man's *literae humaniores*. (*BBC*)

_____

5. All right, ladies, it's now or never. <u>Hands in!</u> (*Pitch Perfect*)

_____

6. <u>Revenge. We hear it's best to serve cold.</u> (*Gossip Girl*)

_____

7. Jules: See you in the A.M.?
   Candice: <u>Be there or be square.</u> (*The Intern*)

_____

2 請翻譯以下句子，將畫底線處按照字面直譯一遍，再用歸化法翻譯
一遍，比較看看兩種譯文的差別。

1. You have no strings. Your arms is free. To love me by the <u>Zuider Zee</u>. (*Pinocchio*)

【直譯】＿＿＿＿＿＿＿＿＿＿＿＿＿＿＿＿＿＿＿＿＿＿＿＿＿＿＿

【歸化】＿＿＿＿＿＿＿＿＿＿＿＿＿＿＿＿＿＿＿＿＿＿＿＿＿＿＿

2. Short-sighted people are brainier than those with <u>20/20 vision</u>. (*Mail Online*)

【直譯】＿＿＿＿＿＿＿＿＿＿＿＿＿＿＿＿＿＿＿＿＿＿＿＿＿＿＿

【歸化】＿＿＿＿＿＿＿＿＿＿＿＿＿＿＿＿＿＿＿＿＿＿＿＿＿＿＿

3. Spirits are listed in ascending order of price, so you'll see the most affordable
stuff first. <u>Here's mud in your eye</u>! (*Huffington Post*)

【直譯】＿＿＿＿＿＿＿＿＿＿＿＿＿＿＿＿＿＿＿＿＿＿＿＿＿＿＿

【歸化】＿＿＿＿＿＿＿＿＿＿＿＿＿＿＿＿＿＿＿＿＿＿＿＿＿＿＿

4. <u>A straight-A student</u> collapsed and died after suffering "worst asthma attack
doctor has seen in 20 years" while running for a train. (*The Sun*)

【直譯】＿＿＿＿＿＿＿＿＿＿＿＿＿＿＿＿＿＿＿＿＿＿＿＿＿＿＿

【歸化】＿＿＿＿＿＿＿＿＿＿＿＿＿＿＿＿＿＿＿＿＿＿＿＿＿＿＿

5. Korean start-ups <u>cock a snook</u> at the chaebols. (*The Australian*)

【直譯】＿＿＿＿＿＿＿＿＿＿＿＿＿＿＿＿＿＿＿＿＿＿＿＿＿＿＿

【歸化】＿＿＿＿＿＿＿＿＿＿＿＿＿＿＿＿＿＿＿＿＿＿＿＿＿＿＿

6. Judy: You told that mouse the popsicle sticks were <u>redwood</u>!
   Nick: That's right. Red wood. <u>With a space in the middle</u>. (*Zootopia*)

   【直譯】 _____

   【歸化】 _____

7. Which I believe is what's known as <u>a blessing in disguise</u>. (*One Day*)

   【直譯】 _____

   【歸化】 _____

1 1. 其他重量級講者同樣不願意<u>對牛彈琴</u>。

　說明　原文慣用語 cast pearls before swine 的字面意思是「把珍珠灑在豬的面前」，比喻對不懂道理的人講道理，此處譯為中文的文化對等詞語「對牛彈琴」。

2. 如果你剛被研究所拒絕，或是申請實習沒上，吃這道<u>小點心</u>再適合不過。

　說明　原文的 finger food 顧名思義是指可以用手指取用的小食，分量通常不大，此處譯為中文的文化對等詞語「小點心」。

3. 我偶爾跟<u>郝馨鵡</u>買書。

　說明　人名 Charity Parrot 由 charity（慈善）和 parrot（鸚鵡）兩個字組成，用以表示該人物是個心地善良的大嗓門，此處歸化為中文人名「郝馨鵡」，「郝馨」二字是「好心」的諧音，「鵡」則讓人聯想到「鸚鵡」，傳達該人物的聒噪形象。

4. 同樣的課程，有人認為是<u>涼課</u>，有人認為是<u>重課</u>。

　說明　原文 Mickey Mouse course 顧名思義是簡單到連米老鼠都能上的課，此處譯為中文的文化對等詞語「涼課」。literae humaniores 則是拉丁文，字面意思是人文學科，以希臘和拉丁原文學習古代世界的文學、歷史和思想，此處用以比喻艱深的課程，故以中文的文化對等詞「重課」來翻譯。

5. 好啦！小妞們！機不可失！<u>加油</u>！

　說明　原文 Hands in 的字面意思是要大家伸出手後疊在一起，文化意涵則是要互相打氣，此處譯為中文的文化對等詞「加油」。

6. 聽說<u>君子報仇，十年不晚</u>。

　說明　原文將 revenge（報仇）比喻為一道菜，字面意思是指菜放涼了再吃更夠味，隱含意指報復不用急，必須掌握有利的時機，此處歸化成中文諺語「君子報仇，十年不晚」。

7. 茱兒：明天早上見？

　坎蒂絲：<u>不見不散</u>。

　說明　原文 Be there or be square 的字面意思是「赴約吧，否則就落伍了」，是一句英文慣用語，用來鼓勵人參加活動，此處歸化成中文慣用語「不見不散」。

13

歸化法

2

1. 【直譯】你沒有線繩，你手臂自由。在須得海愛我。
   【歸化】你沒有繩線束縛，你雙臂活動自如，好好愛我，在夢幻湖。
   說明 英文 Zuider Zee 原指荷蘭西北部的海灣，荷蘭文意為「南海」，中文直譯為「須得海」。原文此處使用 Zuider Zee 原因有三，一是協韻，二是營造在海邊戀愛的美感，三是動畫片《小木偶奇遇記》(Pinocchio) 1940 年上映之際，荷蘭填海造地的須得海工程竣工不久，眾人皆知須得海。此處譯文歸化為國人熟悉的「夢幻湖」，以達到原文的目的。

2. 【直譯】近視眼比 20/20 視力的人聰明。
   【歸化】近視眼比視力 1.0 的人聰明。
   說明 英文和中文表達近視度數的方式不同。英文用法 20/20 vision 指視力正常之意，此處歸化為中文的「視力 1.0」。

3. 【直譯】酒單依價錢高低排列，最便宜的排在最前面，眼睛裡有泥巴！
   【歸化】酒單依價錢高低排列，最便宜的排在最前面，乾杯啦！
   說明 英文 Here's mud in your eye 為社交辭令，用於飲酒祝賀，類似表達法包括 cheers、bottoms up，此處歸化為「乾杯」。

4. 【直譯】一位成績都是 A 的學生在趕火車時氣喘發作斃命，醫生表示這是二十年來看過「最嚴重的氣喘病發」。
   【歸化】一位卷哥／姊在趕火車時氣喘發作斃命，醫生表示這是二十年來看過「最嚴重的氣喘病發」。
   說明 英文和中文表達評等優劣的方式不同，英文用 A、B、C、D 制，以 A 為最佳，原文的 straight A 表示各科考試都拿到最佳成績，此處歸化為「卷哥／姊」。

5. 【直譯】韓國新創公司對財閥張開四指、大拇指按鼻端。
   【歸化】韓國新創公司對財閥嗤之以鼻。
   說明 英文的手勢 cock a snook 直譯為張開四指、大拇指按鼻端，用以表示不齒、不屑，此處歸化為「嗤之以鼻」。

6. 【直譯】茱蒂：你對那隻老鼠說那些冰棒條是紅木！
       尼克：沒錯啊！「紅木」，中間有個空格。
   【歸化】茱蒂：你對那隻老鼠說那些冰棒條是紅杉！
       尼克：沒錯啊！「紅杉」，衣衫的衫。
   說明 英文的 redwood 和 red wood 發音相同，前者是昂貴的紅杉，後者是塗成紅色的木頭，原文以此文字遊戲表示說話者尼克耍詐，此處歸化為「紅杉」和「紅衫」，以達到原文的修辭效果。

7. 【直譯】我想這就是人家說的偽裝的祝福。
   【歸化】我想這就是人家說的塞翁失馬焉知非福。
   說明 原文 a blessing in disguise 為英文慣用語，字面意思為「偽裝的祝福」，意指原先以為的壞事，到頭來成就了好事，此處譯為中文的文化對等詞語「塞翁失馬焉知非福」。

The Kitchen God's Wife

《灶君娘娘》

出處與內容概述

　　以下小說段落出自華美文學作家譚恩美 (Amy Tan) 第二部作品《灶君娘娘》，原文書名為 *The Kitchen God's Wife*。所選譯文出自時報文化出版社 1997 年的譯本，譯者是楊德。《灶君娘娘》討論美國華人移民第一代與第二代之間的文化隔閡與教養衝突，本段引文描寫第一代移民 Winnie Louie 開花店，每盆花都附紅色橫幅，橫幅上以中文燙金字體寫上賀詞。

　　All the sayings, written in gold Chinese characters, are of her own inspiration, her thoughts about life and death, luck and hope: "①First-Class Life for Your First Baby," "②Double-Happiness Wedding Triples Family Fortunes," "③Money Smells Good in Your New Restaurant Business," "④Health Returns Fast, Always Hoping."

　　所有的燙金字體如「添丁萬福」、「祝結婚雙喜，三喜臨門」、「餐廳開門，財源滾滾」、「願早日康復」等都出自她自己的靈感，也是她對生死、幸福和希望的想法。

譚恩美擅長將中國傳統文化與美國文化融為一體，作品多以美國華裔家庭為背景，以母女間的親情關係為線索，以清新、細膩的文風描述東西方文化衝突，行文間可見中文成語的英譯，如何將這些英譯翻譯回中文，便是譯者的挑戰之一，讀者閱讀時不妨留心譯者楊德的處理方式。

翻譯技巧說明

① First-Class Life for Your First Baby

添丁萬福

說明　原文字面意思是「賜給你第一個孩子一流的人生」，作為中文賀詞顯得太冗長，譯者採用歸化譯法，將原文翻成中文四字詞「添丁萬福」。

② Double-Happiness Wedding Triples Family Fortunes

祝結婚雙喜，三喜臨門

說明　原文為婚禮賀詞，很有可能是作者從中文翻譯而來，譯者因而採用歸化譯法，翻成常見的結婚賀詞「祝結婚雙喜，三喜臨門」。

③ Money Smells Good in Your New Restaurant Business

餐廳開門，財源滾滾

說明　原文字面意思是「金錢在你新開的餐廳聞起來很香」，應為餐廳開幕賀詞，譯者用中文的賀詞翻成「餐廳開門，財源滾滾」，此句亦可歸化譯為「財源廣進，高朋滿座」、「百味競新，日進斗金」、「知味下馬，近悅遠來」等。

④ Health Returns Fast, Always Hoping

願早日康復

說明　原文字面意思是「總是期盼健康快回來」，應該是探病問候語，譯者採用歸化譯法，翻成中文常見說法「願早日康復」，讓譯文簡潔易懂。

賞析
演練

　　以下提供二篇譯作，供讀者自行賞析。請比較原文與譯文，指出特別吸引你的譯文，並找出哪幾處使用了歸化法。

A Game of Thrones: A Song of Ice and Fire, Book 1
《冰與火之歌第一部：權力遊戲》

│出處與內容概述│ 以下小說段落出自美國作家喬治‧馬汀 (George R. R. Martin) 的奇幻文學《冰與火之歌第一部：權力遊戲》，所選譯文出自高寶出版社 2011 年的譯本。譯者譚光磊曾是奇幻文學譯者，目前經營圖書版權代理，引介國外出版品給國內出版社，同時將華語文學介紹給世界。

　　《權力遊戲》的背景是個虛構的世界，在這世界的最北端有剽悍的異族，先民為防止異族入侵築了長城，並加派守夜人軍團 (Night's Watch) 駐守，本段引文是該軍團的誓詞。

　　Night gathers, and now my watch begins. It shall not end until my death. I shall take no wife, hold no lands, father no children. I shall wear no crowns and win no glory. I shall live and die at my post. I am the sword in the darkness. I am the watcher on the walls. I am the fire that burns against the cold, the light that brings the dawn, the horn that wakes the sleepers, the shield that guards the realms of men. I pledge my life and honor to the Night's Watch, for this night, and all the nights to come.

　　長夜將至，我從今開始守望，至死方休。我將不娶妻，不封地，不生子。我將不戴寶冠，不爭榮寵。我將盡忠職守，生死于斯。我是黑暗中的利劍，我是長城上的守衛。我是抵禦寒冷的烈焰，破曉時分的光線，喚醒眠者的號角，守護王國的堅盾。我將生命與榮耀獻給守夜人，今夜如此，夜夜皆然。

The Bluest Eye
《最藍的眼睛》

│出處與內容概述│ 以下小說段落出自美國諾貝爾文學獎得主童妮·摩里森 (Toni Morrison) 初試啼聲之作《最藍的眼睛》，1970 年出版，所選譯文出自臺灣商務出版社 2007 年發行的譯本。譯者曾珍珍是國立東華大學英美語文學系教授，教學之餘亦抽暇翻譯，譯有《寫給雨季的歌——伊莉莎白·碧許詩選》、希臘悲劇《米蒂亞》等作品。

《最藍的眼睛》描述黑人與白人的種族問題，原文以斜體字呈現黑人母親寶琳的口述回憶，以下引文便是寶琳對南方故鄉的懷想。

When all us left from down home and was waiting down by the depot for the truck, it was nighttime. June bugs was shooting everywhere. They lighted up a tree leaf, and I seen a streak of green every now and again. That was the last time I seen real june bugs. These things up here ain't june bugs. They's something else. Folks here call them fireflies. Down home they was different. But I recollect that streak of green. I recollect it well.

當阮全家攏要離開南方的故鄉在集合的所在等坐卡車，彼時是暗暝夜。六月火金姑四界咻咻飛。牠們照光一片樹葉，我每隔一短陣時間就會看到一束一束的綠光。這是我最後一次看到正港的六月火金姑。這邊的不是六月火金姑。是別種的。在地人叫伊螢火蟲。故鄉那邊的和這不全款。我還記得那一束一束的綠光。我記得非常清楚。

▶賞析演練翻譯技巧請見「學習手冊」

| 延伸練習 | 以下句子提供讀者自我挑戰。翻譯時可以多考慮畫線處如何使用本章學到的翻譯技巧。

1. La petite mort, the French called it. (*Fight Club*)

2. An Australian butcher has egg on his face after posting a sign claiming that eating two strips of bacon "reduces your chance of being a suicide bomber." (*New York Post*)

3. "You're quite a powerful speaker, sir," he added, turning to his nephew. "I wonder you don't go into Parliament." (*A Christmas Carol*)

4. China is raising the stakes in the race for the "tallest" man-made structures: six of the 10 tallest buildings predicted to top out in 2017 are in this booming corner of the world. (*CNN*)

5. The first facepalm moment came in fast and furious with this statement she made: "You do not need much space to have sex." (*The Independent*)

6. The mirror's inscription ("erised stra ehru oyt ube cafru oyt on wohsi") must be read backwards to show its true purpose. (*The Mirror of Erised*)

7. Clearly this is the pot calling the kettle black. (*Los Angeles Times*)

8. Many people would be forgiven for thinking that when traders' screens flash red it has little to do with them. (*The Guardian*)

9. Please, trust me. I most definitely can be cheerful. I can be amiable. Agreeable. Affable. And that's only the As. (*The Book Thief*)

10. Without Napoleon, the famous palindrome "Able was I ere I saw Elba" wouldn't exist, let alone make any sense. (*The New York Times*)

▶ 參考答案請見「學習手冊」

Chapter 14 異化法

　　上一章我們介紹歸化譯法時提到了文化詞的概念，翻譯這些帶特殊文化氛圍的詞語時，如果能保留原文的異國情調，便能帶給讀者迥異於本國文字風格的異域情調，令譯文讀來耳目一新，這就稱作「異化法」。請比較下列兩句譯文的譯法：

◆ You! At your age! No! You mean you're the late Charlemagne; you must be six or seven hundred years old, at the very least. (*The Adventures of Huckleberry Finn*)

　① 你！憑你這一把年紀！算了吧！還不如說，你是已故的唐代宗，那你至少就有六、七百歲了。

　② 你！憑你這一把年紀！算了吧！還不如說，你是已故的查理曼大帝，那你至少就有六、七百歲了。

　　原文出自美國文豪馬克・吐溫 (Mark Twain) 1884 年出版的長篇小說《赫克歷險記》(*The Adventures of Huckleberry Finn*)，主角赫克是一名 14 歲少年，在旅程中遇到一位老頭自稱是已故法國王儲路易十七 (1785-1795)，赫克不信，遂回嘴打趣老頭索性自稱 Charlemagne，這個文化詞意指法蘭克國王查理曼大帝 (742~814)，任內極力提倡文教工作。譯文 ① 採用歸化譯法，以年代相近的唐代宗 (726-779) 取而代之，讀者雖然一讀便知赫克在取笑老頭，但從美國少年口中迸出「唐代宗」三個字，不免有些突兀；譯文 ② 採用異化譯法，先將 Charlemagne 音譯為「查理曼」，再增譯「大帝」兩個字，譯文讀者或許對「查理曼大帝」感到隔閡，但正是這份陌生賦予譯文異域色彩，從而增進讀者對原語文化的理解。

本章從文化的角度出發，指出若以第一章「詞語翻譯法」所提到的音譯、直譯、意譯來翻譯文化詞語，以求譯文保留原文的異國情調，則亦屬於「異化」譯法，具體做法包括零翻譯、音譯、直譯、意譯、註釋，總共五種，以下一一說明。

異化法的應用

1 零翻譯

原文	You and that gorgeous Tiffany rock seem to be the talk of the city. (*Gossip Girl*)
待修譯文	你和那個有名的搖滾歌手蒂凡尼之間的事，似乎成了大家談論的話題。
參考譯文	看來你和你那枚 Tiffany 鑽戒成了全市的話題。

　　說明　　翻譯時如果原封不動移植外國文字，便稱為零翻譯，是一種極端異化的譯法，由於譯文與原文之間的距離是「零」，故稱為「零翻譯」。自從全球化和網路時代到來，西方文化大舉輸入，中文讀者對西方文物制度愈來愈熟悉，於是「零翻譯」大行其道，包括科技詞彙：iPhone、iPad、WiFi；財經用語：CEO、MBA、VIP；流行品牌：Zara、H&M、Forever 21，都已經成為日常用語的一部分。

　　原文 Tiffany 是知名美國珠寶品牌，儘管有官方中文譯名「蒂芙尼」，但中文報章雜誌多以 Tiffany 稱之。待修譯文自行音譯為「蒂凡尼」，並誤將 rock（鑽石）譯為「搖滾歌手」，原文涵義盡失。參考譯文採用零翻譯，展現原文以美國高檔品牌營造出的西方上流氛圍。

2 音譯

| 原文 | I saw that same jacket you're wearing at Bosco's for 29.95. How much was yours? Um, I juh- I was just wondering if Bosco's is a ripoff? (*South Park*) |

| 待修譯文 | 我在全聯看到一件跟你一樣的外套美金 29.95，你買多少錢？哎唷，全聯賣的該不會是山寨版吧？ |

| 參考譯文 | 我在寶事多看到一件跟你一樣的外套美金 29.95，你買多少錢？哎唷，寶事多賣的該不會是山寨版吧？ |

說明 音譯是以中文模擬英文發音的方式來翻譯，常用於文字系統迥異的語言之間，如果目標語文化缺乏與來源語文化相對應的詞彙，採取音譯是最簡便的做法，一來能保留該詞彙的洋氣，二來能豐富目標語的詞彙及文化，例如 Hermes（愛馬仕）、Chanel（香奈兒）、Dior（迪奧）、Estée Lauder（雅詩蘭黛）、Porsche（保時捷）、Audi（奧迪）、Gucci（古馳）、Rolex（勞力士）等歐美品牌皆採音譯，用以暗示其為舶來品，又如 Zeus（宙斯）、Cupid（邱比特）、Muses（繆思）等常見的希臘神話人物通常也使用音譯，而非歸化成「玉皇大帝」、「月下老人」、「文昌帝君」等華文世界相對應的神祇。此外，許多音譯的詞彙已收錄於中文詞典，例如「休克」(shock)、「摩登」(modern)、「雪茄」(cigar)、「凡士林」(vaseline)、「馬賽克」(mosaic)。

再則，英文屬於拼音文字，動詞中不乏擬聲詞，例如 rustle（窸窸窣窣）、sizzle（滋滋作響）、thud（砰地落下）、whiz（咻地經過）等，翻譯時不妨加以音譯。在本例中，待修譯文採歸化譯法，將原文的 Bosco's 以台灣超市「全聯」取而代之，這樣一來與後文的美金價格衝突，二來恐怕有損商家信譽。Bosco's 音近美國零售商 Costco（官方中文音譯為「好市多」），參考譯文採用音譯法譯為「寶事多」，一來易於聯想到美國的「好市多」，二來可以規避汙衊商家販售山寨品之嫌。

3 直譯

| 原文 | Disease had thus become an inhabitant of Lowood, and death its frequent visitor. (*Jane Eyre*) |

| 待修譯文 | 羅沃德校園裡的學生病的病、死的死。 |

| 參考譯文 | 疾病變成了羅沃德校園的居民，死亡成為常來的客人。 |

說明 無論是蘊含異域文化、經驗、觀點的文化詞句，或是介紹科技新知的新鑄詞語，都可以將其字面意思直接譯入中文，也就是所謂的直譯，藉此來豐富本國語彙、開拓國人視野，從而建立宏觀的世界觀，譬如「條條大路通羅馬」(All roads lead to Rome.)、「好奇心害死貓」(Curiosity killed the cat.)、「好的開始是成功的一半」(Well begun is half done.)、「滾石不生苔」(A rolling stone gathers no moss.) 等中文俗諺，以及「人工智慧」(artificial intelligence)、「機器學習」(machine learning)、「區塊鏈」(blockchain)、「蝴蝶效應」(the butterfly effect)、「所見即所得」(What You See Is What You Get，WYSIWYG) 等科技新詞，都是透過直譯讓異國表達法成為中文慣用法，讓中文讀者透過文字感受西方思維。

此外，直譯也有助於保留原文的修辭，例如本句原文將 disease（疾病）和 death（死亡），擬人化為 inhabitant（居民）和 visitor（客人），待修譯文採用意譯和詞類轉換法，譯為「病的病、死的死」，雖然語意正確且表達流暢，但卻犧牲了原作的文采，建議不妨採用直譯來保留原文的擬人化修辭。

4 意譯

| 原文 | Evidently, they were going to sell the notion of safety by not allowing them to move about, without a mahout on their shoulders all the time. (*I, Robot*) |

待修譯文	他們顯然要把機器人很安全當作賣點，故意不讓機器人任意走動，除非有人騎在它們肩上。
參考譯文	看來他們想以安全為賣點，因此故意不讓機器人任意走動，除非有人像騎大象一樣騎在它們肩上。

| 說明 | 英文的文化詞翻譯成中文時，如果現有的中文找不到詞彙或表達法可以描述英文詞彙的文化意涵，這時除了零翻譯、音譯、直譯之外，也可以用敘述的方式將文化詞的內涵表達出來，換句話說就是透過意譯將異國文化介紹給中文讀者。

此處原文出自短篇科幻小說集《我，機器人》(*I, Robot*)，內容描寫美國機器人公司為了營造旗下機器人臣服於人類的形象，機器人（即文中的 them 和 their）除非肩上有機器人駕駛員，否則不得任意活動。原文的 mahout 意指「騎象人」，在此用以代指機器人駕駛員，原文透過 mahout（騎象人）這個隱喻，鮮活呈現機器人之大以及人類之小。待修譯文只譯「有人騎（在它們肩上）」，省略掉「象」的形象，雖然語意清楚，但喪失文化詞本身所傳達的形象，參考譯文則使用意譯法，翻成「有人像騎大象一樣（騎在它們肩上）」，讓譯文保留原語文化詞的意象。

5 註釋

原文	The bag was lighter than I imagined. It was beautiful and simple, with masterful contrast stitching. It was 35 centimetres, and it was a sonnet. (*Primates of Park Avenue: A Memoir*)
待修譯文	包包比我想像的輕盈，美麗又簡潔大方，搭配匠心獨具的互補色縫線，尺寸為三十五公分，是一首十四行詩。
參考譯文	包包比我想像的輕盈、美麗又簡潔大方，搭配匠心獨具的互補色縫線，尺寸為三十五公分，方方正正，儼然是一首十四行詩。

譯者作為溝通文化的橋梁，為了保留原文的洋氣、增進讀者對原語文化的理解，除了採用零翻譯、音譯、直譯、意譯這四種譯法來翻譯英文的文化詞之外，碰到三言兩語交代不清的情況，則需輔以註釋來幫助讀者了解異國文化，除了常見的腳註之外，亦可使用「夾敘夾註」。例如本句原文的 sonnet，音譯為「商籟」，直譯為「短歌」，意譯為「十四行詩」，但無論是哪一種翻譯方法，恐怕都無法傳達作者將 bag（包包）比喻作 sonnet 的意思。待修譯文便是採用意譯，對於不熟悉西方文學的中文讀者而言，「包包…是一首十四行詩」是相當晦澀難解的隱喻，而原文卻很清楚是在說明包包的形狀。十四行詩作為詩體，最顯著的特色就是結構方正，作者以此來比喻包包的形狀，參考譯文以夾敘夾註的方式譯為「方方正正，儼然是一首十四行詩」，一來介紹了十四行詩的特色，二來讓中文讀者更明瞭作者的隱喻意涵。

另一處理方式則是於正文採用意譯法，翻成「尺寸為三十五公分，是一首十四行詩」，後方再加上腳註：「十四行詩體裁方正，此處用以隱喻包包的形狀」。

1 請翻譯以下句子，並依題目指示翻譯畫線處。

1. The newest iPhones probably won't wow you. (*CNN*) 零翻譯

   _____

2. At an age when most pensioners are winding down their lives, Fauja Singh began a new one. (*CNN*) 音譯

   _____

3. It always does feel strange to be knocked out of your comfort zone. (*Me Before You*) 直譯

   _____

4. The American Revolution had tea. (*Gossip Girl*) 意譯

   _____

5. It's time to get ready for Sunday School and tell Avery to get ready. (*Charlotte's Web*) 意譯加註釋

   _____

14

異化法

2 請翻譯以下句子，將畫底線處的文化詞語用歸化法翻譯一遍，再用異化法翻譯一遍，比較看看兩種譯文的差別。

1. Ninety-three percent of Millennials do not schedule preventive physician visits, according to a survey conducted by ZocDoc, a medical scheduling company. (*HIT Consultant*)

   【歸化】 _____

   【異化】 _____

2. Dorota: You have bad dreams, and you're sleeping with your chocolates.
   Blair: Oh, Lady Godiva, my only friend. (*Gossip Girl*)

   【歸化】 _____

   【異化】 _____

3. "We live in capitalism, its power seems inescapable," she says. "but then, so did the divine right of kings." (*The Huffington Post*)

   【歸化】 _____

   【異化】 _____

4. Experts advise that for men to boost their fertility, they should go commando at night. (*Daily Mail*)

   【歸化】 _____

   【異化】 _____

5. On his way home, Herman drives to Enoteca Costantini in Piazza Cavour to pick up a bottle of Frascati Superiore. (*The Imperfectionists*)

   【歸化】 _____

   【異化】 _____

1

1. 最新推出的 iPhone 或許不會讓你驚艷。

2. 銀髮族到了法雅·辛格的年紀都已慢下腳步，她卻開展了新的人生。

3. 脫離舒適圈總是會覺得不自在。

4. 美國革命因傾茶事件爆發。

   說明　原文 had tea 的字面意思是「喝茶」，實則指美國革命濫觴於「波士頓茶會」(Boston Tea Party)，史載波士頓市民為抵制大英帝國對美國殖民地課茶葉稅，因此將英國茶葉傾倒至波士頓灣，此處意譯為「因傾茶事件爆發」。

5. 該上主日學校＊了，叫艾弗里趕快準備好。（＊主日學校是禮拜日對兒童進行宗教教育的學校，大多附設在教堂裡。）

   說明　譯文利用腳註的方式解釋何謂「主日學校」。

2

1. 【歸化】診療預約公司「好大夫」調查顯示，Y 世代中每一百人只有七人會安排預防門診。
   【異化】診療預約公司 ZocDoc 調查顯示，Y 世代中每一百人只有七人會安排預防門診。

2. 【歸化】朵若塔：你做了惡夢，還抱著巧克力睡覺。
   　　　　布萊兒：喔！七七乳加巧克力，我唯一的朋友。
   【異化】朵若塔：你做了惡夢，還抱著巧克力睡覺。
   　　　　布萊兒：喔！歌帝梵巧克力，我唯一的朋友。

3. 【歸化】「我們身處於資本主義時代，似乎無處不受資本主義影響，」她說，「但從前大家不也都相信天子受命於天？」
   【異化】「我們身處於資本主義時代，似乎無處不受資本主義影響，」她說，「但從前的君權神授說不也是這樣？」

4. 【歸化】專家建議男生如果想提高生育力，晚上睡覺最好讓「小弟弟」出來放風。
   【異化】專家建議男生如果想提高生育力，晚上睡覺最好不要穿內褲。

5. 【歸化】回家的路上，賀曼開去凱渥爾廣場的長榮桂冠酒坊買了一瓶五十八度金門高粱酒。
   【異化】回家的路上，賀曼開去凱渥爾廣場的頂級酒窖 Enoteca Costantini 買了一瓶弗拉斯卡蒂優質白酒。

The Thorn Birds

《刺鳥》

出處與內容概述

　　以下小說段落出自文學名著《刺鳥》，1977 年出版，作者為澳洲作家柯林・馬嘉露 (Colleen McCullough)。所選譯文出自木馬文化出版社 2013 年發行的譯本，譯者鍾文音是 1990 年代崛起的優秀小說家，曾獲得十多項台灣重要文學獎，時至今日累積逾二十本作品，《刺鳥》是其難得一見的譯作。

　　全書採用順時敘事，描述女主角與神父相戀生子的愛情故事。本段引文出自全書第一章，前文在描述女主角兒時與父親對話，此處細描父親的口音，從而交代其出身背景。

He still spoke with the soft quick slur of the Galway Irish, [1]pronouncing his final t's as th's, but almost twenty years in the Antipodes had forced a quaint overlay upon it, so that [2]his a's came out as i's and [3]the speed of his speech had run down a little, like an old clock in need of a good winding.

　　他說話仍帶著柔和、流暢又含糊的愛爾蘭腔，習慣把單字最後一個「t」發成「th」，但在紐西蘭生活將近二十年後，這口音又增添了一絲古怪：他的「a」發的像「i」，講話的速度也稍微慢了下來，就好像一具需要好好上一下發條的老爺鐘。

文章風格與用字特色

　　馬嘉露作為神經心理學家，對人物的內心世界觀察獨到且描摹細膩，以精準的筆鋒刻畫這段糾纏一生、難以割捨的禁忌之愛，呈現出道德與人性之間的拉扯。引文細緻刻畫女主角父親的說話方式，包括愛爾蘭腔中子音和母音的發音方法，以及使用明喻來表現其說話速度。鍾文音極力模仿原文的筆法，以工筆刻畫角色心理，並透過異化譯法再現原文的形象和異域色彩。

翻譯技巧說明

① pronouncing his final t's as th's

習慣把單字最後一個「t」發成「th」

說明　採用零翻譯。

② his a's came out as i's

他的「a」發的像「i」

說明　採用零翻譯。

③ the speed of his speech had run down a little, like <u>an old clock in need of a good winding</u>

講話的速度也稍微慢了下來，就好像<u>一具需要好好上一下發條的老爺鐘</u>

說明　採用直譯保留原文的譬喻修辭，將 an old clock in need of a good winding 翻譯成「一具需要好好上一下發條的老爺鐘」。

此句亦可譯為：

1. 說話的速度也慢了一點，好像愈走愈慢的老爺鐘，需要上發條了
2. 話愈說愈慢，彷彿沒上發條的老爺鐘似的
3. 說話像老爺鐘似的愈來愈慢，該上發條了

以下提供二篇譯作，供讀者自行賞析。請比較原文與譯文，指出特別吸引你的譯文，並找出哪幾處使用了異化法。

Alice's Adventures in Wonderland
《阿麗思漫遊奇境》

｜出處與內容概述｜ 以下小說段落出自英國作家卡洛爾 (Lewis Carroll, 1832-1898) 的兒童文學作品《阿麗思漫遊奇境》，所選譯文為商務印書館 1922 年發行的譯本。譯者趙元任為著名語言學家、哲學家、作曲家，中國語言學界尊為「漢語言學之父」，《阿麗思漫遊奇境》為其名譯。引文這段對話出自原作第八章〈皇后的槌球場〉(The Queen's Croquet-Ground)，描寫來無影去無蹤的柴郡貓 (Cheshire Cat) 突然出現在國王面前的場景。

"I don't like the look of it at all," said the King: "however, it may kiss my hand if it likes."

"I'd rather not," the Cat remarked.

"Don't be impertinent," said the King, "and don't look at me like that!" He got behind Alice as he spoke.

"A cat may look at a king," said Alice. "I've read that in some book, but I don't remember where."

那皇帝道，「我一點也不喜歡牠那樣子。不過，要是牠高興，可以准牠在我手背上接吻。」

那貓道，「我情願不要。」

那皇帝道，「別這樣無禮，你別這樣對著我看！」那皇帝說著躲到阿麗思身後頭。

阿麗思道：「貓也能看皇帝，這句話我在書裡唸過的，不記得在哪一本書勒。」

The Great Gatsby
《大亨小傳》

│出處與内容概述│ 以下小說段落出自美國作家法蘭西斯‧史考特‧費茲傑羅 (Francis Scott Fitzgerald) 的成名作《大亨小傳》，1925 年出版，所選譯文出自遠流出版社 2013 年發行的譯本，譯者爲汪芃，曾任 Google 企業譯者。《大亨小傳》講述「美國夢」幻滅的悲劇，本段引文描述敘事者「我」(I) 首次見到鄰居 (my neighbor) 的場景，而這位鄰居正是全書主角蓋茲比 (Gatsby)。

The silhouette of a moving cat wavered across the moonlight, and turning my head to watch it, I saw that I was not alone—fifty feet away a figure had emerged from the shadow of my neighbor's mansion and was standing with his hands in his pockets regarding the silver pepper of the stars.

一隻貓四處遊走，剪影在月光下閃動。我轉過頭去看那隻貓，這才發現自己並非獨自一人──在五十呎外，我芳鄰的豪宅投射出一片陰影，其中出現了一個身影，那個人雙手插在口袋裡，正舉頭凝視銀胡椒粉似的星辰。

▶ 賞析演練翻譯技巧請見「學習手冊」

以下句子提供讀者自我挑戰。翻譯時可以多考慮畫線處如何使用本章學到的翻譯技巧。

1. Shooting a catwalk show in Milan usually means packing in like <u>sardines</u> with a gang of grumpy photographers, and waiting passively to snap the models as they walk towards you. (*AFP*)

2. The dynamic of the millionaire playboy and the model <u>trophy wife</u> is one which has been central to American pop culture for decades. (*Yale Politic*)

3. As a person who must travel 80k miles annually for business, I can think of nothing worse than sitting next to some <u>soccer mom</u> who wants to yap for 4 hours straight until wheels down. (*The Economist*)

4. "When prices on good stocks go down," he said, "I'm like <u>a kid in a candy store</u>." (*The New York Times*)

5. The fast-fashion brand <u>Zara</u> is facing criticism for allegedly copying the designs of <u>Tuesday Bassen</u>, an independent artist based in Los Angeles. (*The Guardian*)

6. This is a "beginner <u>Birkin</u>" according to those who have several, and it is not gold at all but a tawny caramel with white contrast stitching that invokes candy and makes your mouth water. (*Primates of Park Avenue: A Memoir*)

7. "It is my egg sac, my <u>magnum opus</u>."
   "I don't know what a <u>magnum opus</u> is," said Wilbur.
   "That's Latin," explained Charlotte. "It means 'great work.'" (*Charlotte's Web*)

8. Jameesha had a habit of sucking her two middle fingers, with her pinkie and her index finger sticking up on either side like <u>the sign language for "I love you."</u> (*Vinegar Girl*)

▶ 參考答案請見「學習手冊」

重組法

英中翻譯時，碰上英文長句往往最讓人頭痛。句子長，所包含的訊息多，句構也可能更為複雜，翻譯時便更不好處理。此時可以運用「重組法」調整訊息順序，或將英文句構化繁為簡。所謂「重組法」，重點在掌握原文意涵，但不受原文語句結構限制，而以中文慣用的語法習慣來翻譯。重組與否，判斷方式與順譯法、逆譯法類似，需以句中訊息的時序、因果、讓步等關係是否符合中文敘述邏輯而定，不同之處在於重組法不限於調動語序，也可能視情況需要拆解原文訊息加以刪減重新整合，因此須特別注意句中各訊息之間的邏輯關係以及與上下文的關聯。

重組法的應用

1 原文訊息繁雜，先釐清訊息關係再重組

原文　To observe how the brain handles this type of humor, researchers at the University of Windsor in Ontario presented study participants with a word relating to a pun in either the left or right visual field (which corresponds to the right or left brain hemisphere, respectively).

(*Scientific American*)

| 待修譯文 | 爲了觀察大腦如何處理這種類型的幽默，加拿大安大略溫莎大學的研究人員呈現給受試者一個有雙關含意的字，在左視野或右視野（各自對應到右半腦與左半腦）。 |

| 參考譯文 | 爲了觀察大腦如何處理雙關語這種類型的幽默，加拿大溫莎大學的研究人員在受試者的左視野或右視野（分別對應到右或左半腦）呈現帶雙關含意的單字。（譯文出自《科學人雜誌》） |

| 說明 | 原文句構不難，可以看出句中涵蓋四個訊息：

① 爲了了解大腦如何處理此種類型的幽默

② 溫莎大學研究人員讓受試者看了有雙關意味的單字

③ 這個單字呈現於受試者的左視野或右視野

④ 左視野跟右視野分別對應到大腦的右半腦跟左半腦

　　待修譯文雖將原文所有訊息譯出，但句中訊息卻顯得零散沒有關聯。觀察待修譯文，可以發現問題出在待修譯文按照原文結構順譯，卻沒有妥善處理子句中各訊息間的關聯。反觀參考譯文將訊息 ④ 以括號作爲補充訊息，置於訊息 ③ 之後，再將訊息 ③＋④ 插入訊息 ② 中，以符合中文「在⋯做⋯」先表明範圍，再言明行動的語用習慣：

爲了觀察大腦如何處理雙關語這種類型的幽默，

①

加拿大溫莎大學的研究人員在受試者的

②-1

左視野或右視野（分別對應到右或左半腦）

③　　　　　　　　　　④

呈現帶雙關含意的單字。

②-2

　　經過重組後，訊息間的關係更爲清楚，也不會顯得雜亂無章。

2 句型結構繁複，限定、說明弄清楚，再按邏輯重組

原文	The study jibes with previous observations that brain injuries to the right hemisphere can be associated with humor deficits in some people, who understand a joke's meaning but "don't think things are funny anymore," Buchanan says. (*Scientific American*)
待修譯文	此研究結果符合過去的觀察，認為右半腦受損可能與一些人缺乏幽默感有關，這些人雖能了解笑話的字面意義，但「不覺得有趣」，布坎南如此表示。
參考譯文	布坎南認為，此研究結果符合過去的觀察。有些人雖能了解笑話的字面意義，但「不覺得有趣」，這些人缺乏幽默感可能跟右半腦受損有關。（譯文出自《科學人雜誌》）

| 說明 原文為一長句，當中包含兩個子句。翻譯時應先了解子句與所修飾或說明之詞的關係。依照句構，可將原文拆解為如下的四個部分，由 that 引導的名詞子句說明 previous observations，由 who 引導的形容詞子句修飾的則是 some people。

The study jibes with <u>previous observations</u>
　　　　　　　　　　　　　　①

<u>that</u> brain injuries to the right hemisphere can be
associated with humor deficits in <u>some people</u>,
　　　　　　　　　　　　　　②

<u>who</u> understand a joke's meaning but "don't think things are funny anymore,"
　　　　　　　　　　　　　　③

Buchanan says.
　　　④

此四部分分別代表四項訊息：

① 此研究結果符合過去的觀察

② 過去觀察發現：有一些人缺乏幽默感可能跟右半腦受損有關

③ 這些缺乏幽默感的人雖然可以聽懂笑話但不覺得有趣

④ 布坎南說

　　仔細檢視待修譯文，可發現待修譯文完全按照原文訊息順序翻譯，但譯文邏輯有偏誤：

此研究結果符合過去的觀察，

①

認為右半腦受損可能與一些人缺乏幽默感有關，

②

這些人雖能了解笑話的字面意義，但「不覺得有趣」，布坎南如此表示。

③　　　　　　　　　　　　④

　　待修譯文按原文句序順譯，讓譯文打斷了原文句中隱含的「現象」（缺乏幽默感的人雖然可以聽懂笑話但不覺得有趣）與「解釋」（缺乏幽默感可能跟右半腦受損有關）的關係。讓「這些人雖能了解笑話的字面意義，但『不覺得有趣』」一語單獨落在句末，淪為孤立次要訊息。

　　反觀參考譯文，仔細理出各訊息的關係，再重組：

布坎南認為，此研究結果符合過去的觀察。

④　　　　　　　①

有些人雖能了解笑話的字面意義，但「不覺得有趣」，

③

這些人缺乏幽默感可能跟右半腦受損有關。

②

　　按照中文語用習慣，先敘明說話者身分④，接著點出主題①，再描述觀察的狀況③以及推論②。經過適當重組後，訊息變得更清楚易懂。

1 請對照原文，將「參考譯文訊息片段」重新排序，並適時增譯，讓
　語意更完整。

1. Researchers at the University of Minnesota, funded by the Centers for Disease Control and Prevention, studied eight high schools in three states before and after they moved to later start times in recent years. (*The New York Times*)

　[參考譯文訊息片段]

　① 明尼蘇達大學的研究者 ② 美國疾管局資助下 ③ 追蹤了 ④ 八所中學 ⑤ 美國三個
　州 ⑥ 前後 ⑦ 推遲到校時間 ⑧ 近年

_____

_____

_____

2. Human-induced climate change has made it at least 160 times more likely that three consecutive years after 2000 would be record-setting, according to Michael E. Mann, a climate scientist at Pennsylvania State University. (*The New York Times*)

　[參考譯文訊息片段]

　① 人類活動引起的氣候變化 ② 機率至少多了 160 倍 ③ 出現連續三年 ④ 2000 年以
　來 ⑤ 最熱紀錄 ⑥ 麥克・曼恩表示 ⑦ 氣候科學家 ⑧ 賓州大學

_____

_____

_____

15

重組法

2 請用重組法翻譯以下句子，並將譯文中重組部分畫底線。

1. By combining the new blue LEDs with older green and red ones or coating blue LEDs with chemicals that reemit other wavelengths, technology manufacturers could generate full-spectrum white LED light for the first time. (*Scientific American*)

_____

_____

_____

2. Thailand, Laos and Cambodia have recorded temperatures up to 44.6°C (112.4°F), beating all-time national highs, according to data from the Weather Underground, a commercial weather service. (*CNN*)

_____

_____

_____

1

1. 在美國疾管局資助下，明尼蘇達大學的研究者 追蹤了 近年 美國三個州 八所中學實施
   ②   ①   ③   ⑧   ⑤

   推遲到校時間的前後變化。
   ⑦   ⑥

2. 賓州大學 氣候科學家 麥克・曼恩表示，人類活動引起的氣候變化，使 2000 年以來
   ⑧   ⑦   ⑥   ①   ④

   出現連續三年 最熱紀錄的機率多了至少 160 倍。
   ③   ⑤   ②

2

1. 技術製造商透過結合新發現的藍光 LED 與舊式的綠光、紅光 LED，或在藍光 LED 塗
   上化學物質而發出其他波長的光，首度製造出全光譜的白光 LED。

   ▓▓ 說明 ▓▓ 將原文的 technology manufacturers could generate full-spectrum white LED
   light for the first time 拆開後，分別置於譯文開頭及結尾。

2. 根據商業氣象組織「地下氣象員」資料顯示，泰國、寮國、柬埔寨等國氣溫高達攝氏
   44.6°C（華氏 112.4°F），創歷史新高。

   ▓▓ 說明 ▓▓ 將 according to data from the Weather Underground, a commercial weather
   service 提至句首逆譯，點明出處來源後，再接主要子句中觀察到的狀況（攝氏
   44.6°C）與推論（創歷史新高）。另外，data from the Weather Underground, a
   commercial weather service 的部分則先譯 a commercial weather service（商業氣象
   組織），再譯 the Weather Underground（地下氣象員）。

15

重組法

The News
《新聞的騷動：狄波頓的深入報導與慰藉》

出處與內容概述

　　以下文章段落出自《新聞的騷動：狄波頓的深入報導與慰藉》(*The News*)，作者爲艾倫‧狄波頓 (Alain de Botton)，譯者爲陳信宏。艾倫‧狄波頓擅長以哲學角度，審視生活中常見問題。除小說、散文創作外，另創立「人生學校」(The School of Life)，旨在教導大眾重新審視人生。本處引文出自首章〈政治〉，講述爲何嚴肅的政治新聞無法引發讀者的興趣和共鳴，作者以小說《安娜‧卡列尼娜》當中一小段爲例，說明政治新聞的敘事方式爲何不易引起讀者興趣。

"What do you want?"

"I want to see a lawyer on business."

　　Imagine if at this point the story came to a sudden halt, and we were expected to express deep fascination and a desire to know more, even though it wasn't clear when "more" would appear and it might be many weeks before a dozen further lines of this wearisome tale were made available.

　　It would be implausible to suppose that we could nurture a sincere interest in *Anna Karenina* in this way, but [1] the habit of randomly dipping readers into a brief moment in a lengthy narrative, then rapidly pulling them out again, while failing to provide any explanation of the wider context in which events have been unfolding, is precisely what occurs in the telling of many of the most

important stories that run through our societies, whether an election, a budget
negotiation, a foreign policy initiative or a change to the state benefit system.
No wonder we get bored.

「你要幹什麼？」

「我有事要找律師談談。」

想像這則報導就在這裡突然告一段落，而預期我們會深受吸引，強烈想要知道後續的發展，儘管沒人知道究竟會不會有後續的報導，而且這個乏味的故事可能還得等上好幾個星期之後才會再出現幾十行的進展。

在這種情況下，我們實在不可能對《安娜・卡列尼娜》產生真切的興趣；然而，從一則漫長的事件中沒頭沒腦地擷取出一小段發展，又沒有說明這些事情背後的背景情境，卻正是許多最重要的新聞事件所受到的報導方式，不論是選舉、預算協商、外交政策的提議或國家福利制度的變革都是如此。難怪我們會感到無聊乏味。

文章風格與用字特色

作者狄波頓擅長剖析事理，論點縝密。本處引文看似不短，實則僅由兩句對話、兩個長句及一短句構成。長句訊息多，需釐清訊息之間的關係。讀者可觀摩譯者如何兼顧論理鋪陳清晰表述。

翻譯技巧說明

① ... the habit of randomly dipping readers into a brief moment in a lengthy narrative, then rapidly pulling them out again, while failing to provide any explanation of the wider context in which events have been unfolding, is precisely what occurs in the telling of many of the most important stories that run through our societies, whether an election, a budget negotiation, a foreign policy initiative or a change to the state benefit system.

從一則漫長的事件中沒頭沒腦地擷取出一小段發展，又沒有說明這些事情背後的背景情境，卻正是許多最重要的新聞事件所受到的報導方式，不論是選舉、預算協商、外交政策的提議或國家福利制度的變革都是如此。

　　說明　此長句的後半包含以下訊息：

... the habit of randomly dipping readers into a brief moment
　　　①-1　　　　①-2　　　　　　　①-3

in a lengthy narrative,
　　　　①-4

then rapidly pulling them out again,
　　　　　②

while failing to provide any explanation of
　　　　　　③

the wider context in which events have been unfolding,
　　　④-1　　　　　　　　　　④-2

is precisely what occurs
　　　　　⑤

in the telling of many of the most important stories
　　　⑥-1　　　　　　　⑥-2

that run through our societies,
　　　　⑦

whether an election, a budget negotiation, a foreign policy initiative or a change to the state benefit system.
　　　　　　⑧

對照翻譯可見譯者將原文訊息重組為：

從一則漫長的事件中 沒頭沒腦地 擷取出一小段發展，
　　　①-4　　　　　①-2　　　①-3 + ②　　　　　　（①-1 減譯）
又沒有說明 這些事情背後的 背景情境，
　　③　　　　④-2　　　④-1

228

卻正是 許多最重要的新聞事件 所受到的報導方式，

⑤　　　　　　　⑥-2　　　　　　　　⑥-1　　　　　　　　（⑦減譯）

不論是選舉、預算協商、外交政策的提議或國家福利制度的變革

⑧

都是如此。

（增譯）

　　　以下提供二篇譯作，供讀者自行賞析。請比較原文與譯文，指出特別吸引你的譯文，並找出哪幾處使用了重組法。

Sapiens: A Brief History of Humankind
《人類大歷史：從野獸到扮演上帝》

┃出處與內容概述　以下文章段落出自《人類大歷史：從野獸到扮演上帝》，作者為以色列學者哈拉瑞 (Yuval Noah Harari)，譯者為林俊宏。此書中譯本獲得吳大猷科普書籍獎翻譯類金籤獎，譯文值得細究參考。本書由史前時代開始講起，分析人類如何由原始人搖身一變成為掌控全球資源、登上太空、操控生命的「萬物之靈」。本處引文講述人類在 250 萬年前與動物相去不遠，卻因為認知、農業、科學革命成為萬物之靈。

　　Three important revolutions shaped the course of history: the Cognitive Revolution kick-started history about 70,000 years ago. The Agricultural Revolution sped it up about 12,000 years ago. The Scientific Revolution, which got under way only 500 years ago, may well end history and start something completely different. This book tells the story of how these three revolutions have affected humans and their fellow organisms.

　　There were humans long before there was history. Animals much like modern humans first appeared about 2.5 million years ago. But for countless generations they did not stand out from the myriad other organisms with which they shared their habitats.

On a hike in East Africa 2 million years ago, you might well have encountered a familiar cast of human characters: anxious mothers cuddling their babies and clutches of carefree children playing in the mud; temperamental youths chafing against the dictates of society and weary elders who just wanted to be left in peace...

在人類大歷史的路上，有三大重要革命：大約七萬年前，認知革命讓我們所謂的歷史正式啓動。大約一萬兩千年前，農業革命讓歷史加速發展。到了大約不過是五百年前，科學革命可以說是讓過往的歷史告一段落，而另創新局。這本書的內容，就是在描述這三大革命如何改變了人類和周遭的生物。

事實上，人類早在史前就已存在：早在兩百五十萬年前，就已經出現了非常類似現代人類的動物。然而，即使經過世世代代的繁衍，他們與共享棲地的其他生物相比，也沒什麼特別突出之處。

如果到兩百萬年前的東非逛一逛，你很可能會看到一群很像人類的生物：有些媽媽一邊哄著小嬰兒、一邊還得將玩瘋的小孩抓回來，忙得團團轉；有些年輕人對社會上種種規範氣憤不滿，也有些垂垂老矣的老人家只想圖個清靜……

Violinist Benny Tseng's new album sets records
〈小提琴家曾宇謙出新專輯創紀錄〉

│出處與內容概述│ 以下英文段落及譯文出自 *Taipei Times* 雙語新聞。此報導講述台灣新銳小提琴家曾宇謙發行專輯以及專輯製作過程。

Benny Tseng, a 22-year-old Taiwanese violinist, won the silver medal in the prestigious International Tchaikovsky Competition in 2015, the highest prize that year as first prize was not given to anybody. On Friday last week, Tseng released the instrumental album, "Reverie," his first since joining Universal Music Taiwan.

Tseng's album has set a number of records in the world of classical music in Taiwan. He recorded for Deutsche Grammophon (DG), a respected German classical record label, with his CDs being produced in Germany. He recalled the intense recording process in Berlin, saying that studio recording was more challenging than giving live performances.

22 歲的台灣小提琴家曾宇謙，2015 年贏得著名的柴可夫斯基國際小提琴賽銀牌（當年金牌從缺），他於上週五推出加盟環球唱片公司的首張演奏專輯「夢幻樂章」。

曾宇謙的新專輯創下許多台灣古典音樂界的紀錄，不僅掛上古典樂大廠 DG 標籤，唱片也都由德國壓製。他回憶在德國柏林緊鑼密鼓的錄音，認為錄音的挑戰比現場更大。

15

重組法

▶ 賞析演練翻譯技巧請見「學習手冊」

雙語新聞出處 http://www.taipeitimes.com/News/lang/archives/2017/01/20/2003663413

以下句子提供讀者自我挑戰。翻譯時可以多考慮句子如何使用本章學到的翻譯技巧。

1. A more expensive option is a so-called dynamic lighting system, which promises to re-create "the full range of natural daylight in an interior space" for hundreds to thousands of dollars depending on the size of one's home or office. (*Scientific American*)

2. Several studies have shown that wearing orange-tinted plastic goggles, which filter out the blue light emanating from electronic devices, helps to prevent melatonin suppression. (*Scientific American*)

3. Hundreds of thousands of people in the United States and around the world are set to join marches Saturday to raise awareness of women's rights and other civil rights they fear could be under threat under Donald Trump's presidency. (*CNN*)

4. If you were hiring entry-level employees, wouldn't you rather employ the risk-taking 23-year-olds who found their way in the world for a while than the 22-year-olds who have not done much besides going to school? (*The New York Times*)

5. New stats published Wednesday by UK travel analysts OAG reveal that last year 89.87% of the Hawaiian carrier's flights arrived or departed within 15 minutes of their scheduled time. (*CNN*)

▶ 參考答案請見「學習手冊」

1 請依題目指示翻譯以下句子。

1. Whenever a road is built or an older road is widened, more people decide to drive more. (*The New York Times*) 合句法

2. Your body and brain will thank you for drinking this turmeric hot chocolate. (*Yahoo News*) 分句法

3. Researchers quizzed 129 women aged between 20 and 50 about their love lives. (*The Sun*) 分句法

4. Separating garbage from compost is a pain in the neck. (*Forbes*) 歸化法

5. Netizens left positive comments, saying kimchi juice is "addictive," "a flavor you cannot get enough of" and "the nectar of the gods." (*The Korean Times*) 歸化法

6. They say you are what you eat, but did you know that how you eat your food could reflect how you are with your money? (*Daily Mail*) 異化法

7. The main reason for the gender gaps at work—why women are paid less, why they're less likely to reach the top levels of companies, and why they're more likely to stop working after having children—is employers' expectation that

people spend long hours at their desks, research has shown. (*The New York Times*) 重組法

_____

2 Part 3 介紹了合句、分句、歸化、異化、重組等翻譯技巧。請翻譯以下句子，每一句至少運用以上兩種翻譯技巧。

1. Pour hot chocolate into two mugs, and sprinkle ground cinnamon on top. (*Yahoo News*)

_____

2. Abercrombie & Fitch have banned the "A&F" on sweatshirts and hoodies once ubiquitous in schools and on college campuses in the US. (*Independent*)

_____

3. Traditional perfumes and colognes are generally made up of top-, middle- and base-notes and tend to smell the same on everyone. (*Independent*)

_____

4. The average lifespan of a goldfish kept in a tank is 5 to 10 years, with the vet confirming Bob was the oldest one she had ever operated on. (*Independent*)

_____

5. At least 50 people were killed and dozens more hurt in a giant landslide of garbage at Ethiopia's largest rubbish dump on the outskirts of the capital Addis Ababa. (*The Guardian*)

_____

6. The restaurant is one of four named Robin Hood that opened in the last November in Spain to serve those who cannot afford to dine out. (*The New York Times*)

_____

7. Islam is the world's fastest growing religion—and not just in Muslim majority nations: 10% of all Europeans are projected to be members of the Muslim faith by 2050, according to a recent Pew Research Center study. (*CNN*)

_____

3 請運用 Part 3 學過的三種翻譯技巧翻譯以下段落。

A beach that was swept away more than 30 years ago from a remote island off the west coast of Ireland has reappeared after thousands of tons of sand were deposited on top of the rocky coastline. The 300 meter beach near the tiny village of Dooagh on Achill Island vanished in 1984 when storms stripped it of its sand, leaving nothing more than a series of rock pools. But after high spring tides last month, locals found that the Atlantic Ocean had returned the sand. (*Reuters*)

_____

_____

_____

_____

_____

1 1. 開車族隨著修築或拓寬道路而增加。

　　說明　原文由從屬子句和主要子句組成，兩個子句關係緊密，並可見重複的訊息，例如 road（道路）和 more（更多）各出現兩次。譯文刪去重複訊息，並以主要子句作為主要句構「開車族……增加」，將從屬子句併入主要子句中，合譯為一句中文。

2. 喝了這款薑黃熱巧克力飲品，你的身心都會感謝你。

　　說明　原文主要子句為 Your body and brain will thank you（你的身心都會感謝你），接著以介系詞 for（因為）引出原因。此處將表原因的介系詞片語以分句法拆離出來，並使用逆譯法搬至句首，譯文「先說原因（喝了這款薑黃熱巧克力飲品），後講結果」，符合中文的因果律。

3. 研究人員詢問 129 名女性的感情生活，<u>年齡介於 20 歲至 50 歲之間</u>。

　　說明　將簡化自形容詞子句 who are aged between 20 and 50 的片語 aged between 20 and 50 獨立出來，並以逆譯法移至句尾，譯為「年齡介於 20 歲至 50 歲之間」。

4. 把垃圾和廚餘分開真是燙手山芋。

　　說明　原文 a pain in the neck 的字面意思是「脖子痛」，引申指「討厭的人事物」，是英文慣用語，此處歸化成中文成語「燙手山芋」。

5. 網友一片好評，表示泡菜果汁「讓人上癮」、「喝了還想再喝」，還稱之為「瓊漿玉液」。

　　說明　原文 the nectar of the gods 為英文慣用語，字面意思是希臘神話中眾神的飲品，用以形容無比美味的飲料，此處歸化成中文成語「瓊漿玉液」。

6. 俗話說<u>人如其食</u>，但你知道你的飲食觀也反映了你的金錢觀嗎？

　　說明　原文 you are what you eat 是一句諺語，此處採用異化譯法，將其字面意思直譯為「人如其食」，如果採用歸化譯法，則可能會譯為中醫「以形補形」、「以臟補臟」等說法。

7. 研究顯示：舉凡女性薪酬較低、較難爬到公司高層、生產後辭職機率較高，這些職場性別落差的主要原因，都出在雇主期望員工長時間坐辦公室。

　　說明　譯文重組了原文的訊息：

<u>The main reason for the gender gaps at work</u>—<u>why women are paid less,</u>
　　　　　　　① - 1　　　　　　　　　　　　　　　　②

<u>why they're less likely to reach the top levels of companies,</u>
　　　　　　　　　　　　③

<u>and why they're more likely to stop working after having children</u>
　　　　　　　　　　　④

—<u>is employers' expectation that people spend long hours at their desks,</u>
　　　　　　　① - 2

<u>research has shown.</u>
　　⑤

研究顯示：舉凡女性薪酬較低、較難爬到公司高層、生產後辭職機率較高，
　　　　　⑤　　　　　　②　　　　　　　③　　　　　　　　④
這些職場性別落差的主要原因，都出在雇主期望員工長時間坐辦公室。
　　　　①-1　　　　　　　　　　　　　①-2

譯文按照中文語用習慣，先說明消息來源⑤，接著點出整句話要探討的主題——職場
性別落差②&③&④，最後再針對此一現象給出評論①-1&①-2。

2 1. 把熱巧克力倒進兩個馬克杯再撒上肉桂粉。

　　▊說明▊ 譯文使用①合句法與②異化法。

　　① 合句法：原文以對等連接詞 and 連接兩個祈使句，一句是 Pour hot chocolate（倒
　　　熱巧克力），一句是 sprinkle ground cinnamon（撒肉桂粉），連接詞 and 在這裡是
　　　「然後」的意思，用以表示「倒」和「撒」兩個動作的先後順序，由於這兩個動作十
　　　分緊湊，所以此處使用合句法將原文兩個祈使句併成一句。

　　② 異化法：將 chocolate 音譯成「巧克力」，mug 音譯成「馬克杯」，屬於異化譯法。

　2. 休閒服飾品牌 Abercrombie & Fitch 的商標「A&F」，一度在美國校園中隨處可見，但
　　　現在被公司禁止出現在運動衫或連帽衫上。

　　▊說明▊ 譯文使用①異化法與②分句法。

　　① 異化法：Abercrombie & Fitch 和 A&F 採用零翻譯，並加註為「休閒服飾品牌」，屬
　　　於異化譯法。

　　② 分句法：副詞片語 once ubiquitous in schools and on college campuses in the US
　　　使用分句法獨立成句，譯為「一度在美國校園中隨處可見」。

　3. 傳統香水和古龍水通常由前調、中調、後調組成，不管是誰使用，聞起來的氣味都一
　　　模一樣。

　　▊說明▊ 譯文使用①異化法與②分句法。

　　① 異化法：colognes 音譯為「古龍水」，middle-note 直譯為「中調」，屬於異化譯法。

　　② 分句法：副詞片語 on everyone 以分句法獨立成句，並配合增譯法譯成「不管是誰
　　　使用」。

　4. 養在魚缸中的金魚，平均壽命為五到十年。這名獸醫也證實，她動過手術的金魚中，
　　　巴布是年紀最大的一隻。

　　▊說明▊ 譯文使用①分句法與②重組法。

　　① 分句法：將主要子句中的名詞片語 a goldfish kept in a tank 獨立出來，譯為「養在
　　　魚缸中的金魚」。

　　② 重組法：譯文重組了原文的訊息：

The average lifespan of a goldfish kept in a tank is 5 to 10 years,
　　　　　①　　　　　　　　②　　　　　　　　③

with the vet confirming Bob was the oldest one she had ever operated on.
　　　④　　　　　　　⑤　　　　　　　　⑥

養在魚缸中的金魚，平均壽命 為五到十年。這名獸醫也證實，
　　②　　　　　①　　　③　　　④

她動過手術的金魚中，巴布是年紀最大的一隻。
　　⑥　　　　　　　⑤

譯文前二句按照中文語用習慣，先說明話題②，接著點出評論①＆③。譯文後三句先表明消息來源④，接著依範圍律與時序律重新構句，先提範圍大、先發生的事情⑥，再提範圍小、後發生的事情⑤。

5. 衣索比亞最大的垃圾場位於首都阿迪斯阿貝巴郊區，此地發生超大規模的垃圾崩塌，造成至少 50 人喪生，並有數十人受傷。

　　説明 譯文使用① 異化法與② 重組法。

　①異化法：Ethiopia 音譯為「衣索比亞」、Addis Ababa 音譯為「阿迪斯阿貝巴」，屬於異化譯法。

　②重組法：譯文重組了原文的訊息：

At least 50 people were killed and dozens more hurt
　　　　①　　　　　　　　　　　②

in a giant landslide of garbage
　　　　③

at Ethiopia's largest rubbish dump on the outskirts of the capital Addis Ababa.
　　　　　　　　　　④

衣索比亞最大的垃圾場位於首都阿迪斯阿貝巴郊區，此地發生超大規模的垃圾崩塌，
　　　　　④　　　　　　　　　　　　　　③

造成至少 50 人喪生，並有數十人受傷。
　　①　　　　　　　②

譯文先提全句的話題④，接著再按時序律先談肇因③、再講結果①＆②，符合中文的構句規則。

6. 這間餐廳是去年十一月在西班牙開張的四家「廖添丁」餐館之一，專門招待吃不起館子的人。

　　說明　譯文使用 ① 歸化法與 ② 分句法。

① 歸化法：Robin Hood 直譯為「羅賓漢」，是西方文學中行俠仗義的綠林英雄，此處譯為中文民間故事中的義賊「廖添丁」，屬於歸化譯法。

② 分句法：譯文將不定詞片語 to serve those who cannot afford to dine out 拆離出來獨立成句，譯為「專門招待吃不起館子的人」。

7. 「皮優研究中心」最近一份研究顯示，伊斯蘭教是世界上成長最快的宗教，而且不僅是在以穆斯林為主的國家如此──2050 年前，估計所有歐洲人中將有 10% 成為穆斯林信仰的一員。

　　說明　譯文使用 ① 異化法與 ② 重組法。

① 異化法：Islam 音譯為「伊斯蘭教」，Muslim 音譯為「穆斯林」，Pew 音譯為「皮優」，皆為異化譯法。

② 重組法：譯文重組了原文的訊息：

Islam is the world's fastest growing religion—
　　　　　　　　　①

and not just in Muslim majority nations:
　　　　　　　　　②

10% of all Europeans are projected to be members of the Muslim faith
　　　　　　　　　③

by 2050, according to a recent Pew Research Center study.
　①　　　　　　　　　　　　⑤

「皮優研究中心」最近一份研究顯示，伊斯蘭教是世界上成長最快的宗教，
　　　　⑤　　　　　　　　　　　　　　　　　　①

而且不僅是在以穆斯林為主的國家如此──2050 年前，
　　　　②　　　　　　　　　　　④

估計所有歐洲人中將有 10% 成為穆斯林信仰的一員。
　　　　③

譯文依照中文語用習慣，除了先交代消息來源 ⑤，也將時間副詞提前 ④。

3 **參考譯文**

愛爾蘭西岸有一座離島，島上一處海灘三十年前被浪潮沖走，如今數千噸沙子沉積於該島的岩岸上，沙灘在原地重現。這座鄰近阿基爾島多阿福村的海灘長三百公尺，一九八四年消失，沙子全被風浪帶走，徒留一地的岩池。不過，上個月滿潮後，當地人發現大西洋又將沙子送了回來。

　說明　本段至少運用了以下幾種翻譯技巧：

① 異化法：Ireland 音譯為「愛爾蘭」、Dooagh 音譯為「多阿福」、Achill 音譯為「阿基爾」，屬於異化譯法。

② 分句法 & 重組法：原文第一句為沒有逗號的長句，譯文採分句法與重組法，依照原文訊息適時斷句，並調整訊息順序，其原文和譯文的順序比較如下：

A beach　that was swept away more than 30 years ago
　①　　　　　　　　②

from a remote island off the west coast of Ireland　has reappeared
　　　　　　　③　　　　　　　　　　　　　　④

after thousands of tons of sand were deposited on top of the rocky coastline.
　　　　　　　　　　　⑤

愛爾蘭西岸有一座離島，島上一處海灘　三十年前被浪潮沖走，
　　　　③　　　　　　　①　　　　　②

如今數千噸沙子沉積於該島的岩岸上，沙灘在原地重現。
　　　　⑤　　　　　　　　　　④

譯文先按照中文的範圍律，範圍大者在前 ③、範圍小者在後 ①，而訊息 ③ 和 ① 合起來構成全句的話題，後方的 ②＆⑤＆④ 則點出對於這個話題的評論。

國家圖書館出版品預行編目 (CIP) 資料

英譯中基礎練習：18 種翻譯技巧實戰演練 / 李姿儀, 吳碩禹, 張綺容作.
-- 初版 . -- 臺北市：眾文圖書, 2017.09 面；公分 .
ISBN 978-957-532-496-4（平裝）1. 翻譯
811.7   106013849

SE069

英譯中基礎練習：18 種翻譯技巧實戰演練

定價 320 元
2021 年 10 月 初版四刷

作者	李姿儀・吳碩禹・張綺容
審訂者	廖柏森
責任編輯	黃炯睿
總編輯	陳瑠琍
主編	黃炯睿
資深編輯	顏秀竹
編輯	何秉修・黃婉瑩
美術設計	嚴國綸
行銷企劃	李皖萍・王碧貞
發行人	陳淑敏
發行所	眾文圖書股份有限公司
	台北市 10088 羅斯福路三段 100 號
	12 樓之 2
網路書店	www.jwbooks.com.tw
電話	02-2311-8168
傳真	02-2311-9683
郵政劃撥	01048805

ISBN 978-957-532-496-4
Printed in Taiwan

英譯中基礎練習學習手冊

Chapter 1 詞語翻譯法

賞析演練

原文	Doughnut (Donut)				
中譯	麵團糰子	油炸小甜餅	多福餅	幸福餅	環餅
翻譯方法	**直譯** **形譯**	**意譯**	**音譯** **意譯**	**意譯**	**形譯**
中譯	道納司	甜甜圈	圓圓圈	圈圈餅	多拿滋
翻譯方法	**音譯**	**意譯** **形譯**	**意譯** **形譯**	**意譯** **形譯**	**音譯**

延伸練習

1. <u>獅子山共和國</u>、<u>賴比瑞亞</u>、<u>幾內亞</u>是目前<u>伊波拉</u>疫情最嚴重的三個西非國家。
   說明 「獅子山共和國」使用直譯、「賴比瑞亞」、「幾內亞」、「伊波拉」使用音譯。

2. <u>社群媒體</u>已經成為世界各地公民社會不可或缺的工具。
   說明 畫線處使用直譯法。

3. 談到<u>卡路里</u>，所有糖類的熱量都差不多，每一茶匙大約 16 <u>卡</u>。
   說明 畫線處使用音譯法。單單 calorie 一個字通常音譯為「卡路里」，搭配數字則譯為「卡」。

4. 根據最近出爐的<u>全球創業指數</u>，台灣是全亞洲創業首選地，在全世界 130 個國家中排名第八。
   說明 畫線處使用直譯法。

5. 這位金髮女郎穿著寬鬆<u>飛鼠褲</u>和長版休閒西裝外套，跟先生同遊<u>雪梨雙灣</u>。
   說明 「飛鼠褲」使用形譯法，「雪梨雙灣」使用直譯法。

6. <u>滿天星</u>會侵占農牧地，一旦生根便很難斬除。
   說明 畫線處使用形譯法。

7. 如果<u>黑色星期五</u>象徵耶誕購物季正式開跑，<u>網購星期一</u>則是買氣正旺的時候。
   說明 兩個畫線處皆使用直譯法。

8. 所有接受調查的家長幾乎都說，他們曾被孩子糾纏著要買<u>結帳櫃檯</u>上的<u>垃圾食物</u>，而且大多覺得當下很難拒絕。

   說明 「結帳櫃檯」使用意譯法，「垃圾食物」使用直譯法。

9. 從訂婚到結婚平均費時 14 個月，這通常意味著要花 14 個月安排複雜的賓客座位表，苦惱結婚禮物要用杏仁糖粒還是迷你瓶裝酒。

   說明 畫線處使用意譯法。

Chapter 2 正說反譯法

賞析演練

〈匹茲堡行車記〉

文章風格與用字特色

引文所描述的優步自動駕駛汽車的功能為本文記者的親身經歷，讓文章具有說服力。文章中有不少交通相關用語，例如 four-way stop signs、parallel park 及 jaywalking pedestrains，讀者可觀察譯者如何處理這些用語。

翻譯技巧說明

● Sitting in the back seat of the self-driving Uber ... is <u>surreal</u>.

   坐在優步自動駕駛汽車的後座上……感覺<u>很不真實</u>。

   說明 形容詞 surreal 有「超越真實」的涵義，若是按照字面翻譯，語意會顯得不清楚。譯文加入否定字「不」，反譯為「很不真實」，讓語意清楚明確。除此之外，還可譯為「沒有真實感」、「無法讓人有真實的感覺」等。

〈不滿意的客人把訂製蛋糕飛踢過雜貨店〉

文章風格與用字特色

此篇文章為新聞報導，整段以敘事為主，選字簡單風格輕鬆，帶有許多口語用字，如第一句和第二句描述飛踢動作的 drop-kick 和 send ... airborne、第二句描述怒氣沖沖的 storm out of...，以及第四句用來形容該名婦女滿口髒話的 drop the F-bomb。文章的句子都不長，不難閱讀，並引用法官的評論，讓讀者更易理解整起事件的經過。譯文多跟著原文的句構翻譯，也同樣用了許多口語詞彙，如「飛踢」、「不爽」等。

翻譯技巧說明

① <u>Angry</u> at the way her custom-made cake turned out, a Michigan woman drop-kicked the cake across a grocery store.

密西根州一名婦女<u>不滿意</u>她訂製的蛋糕成品，怒將蛋糕飛踢過一家雜貨店。

　　說明　形容詞 angry 是「生氣的」之意，譯文反譯為「不滿意」。請注意此處還使用了詞類轉換法（詳見第六章），將原本的形容詞轉譯成動詞「不滿意」。

② because you were <u>upset</u> and dropping the F-bomb

因為妳很<u>不爽</u>還狂飆髒話

　　說明　形容詞 upset 有「生氣的，失望的，難過的」之意，譯文則反譯為「不爽」，更能表達該名婦女的強烈情緒。此處同樣使用了詞類轉換法，將原本的形容詞轉譯為動詞。

> **延伸練習**

1. 社群媒體巨擘竟然<u>沒有</u>處理非法內容，這是很可恥的。
　　說明　片語 far from 意指「遠離」，此處反譯為「沒有」。

2. 這位企業家的財務狀況如同他的太空火箭一樣，<u>令人驚嘆不已</u>、創新管理，且砸錢不手軟。
　　說明　形容詞 jaw-dropping 指令人非常驚訝，驚訝得下巴都掉下來了。此處反譯為「令人驚嘆不已」。

3. 對於這份熱情，不是我們不知感激，但這住的地方實在<u>讓人不太滿意</u>。
　　說明　慣用語 leave something to be desired 可正譯為「有待改進」，此處反譯為「讓人不太滿意」，也可譯為「令人無法恭維」。

4. 印度經濟前景看淡，印度總理莫迪對於現金的管制可能是<u>徒勞無功</u>。
　　說明　片語 in vain 反譯為「徒勞無功」。

5. 初步的研究指出，媽媽和寶寶的腦波若在學習活動時<u>無法同步</u>，寶寶的學習效果就沒有那麼好。
　　說明　片語 out of sync 字面意思為「在同步之外」，此處反譯為「無法同步」。

6. 導遊會帶你到<u>沒那麼多</u>旅客的景點，也會保護你的安全，並告訴你所有關於夏威夷的事情。
　　說明　副詞 less 可正譯為「較少」，此處反譯為「沒那麼多」。注意此處還使用了詞類轉換法，將原本〈副詞＋形容詞（過去分詞）〉的 less traveled 轉譯為〈形容詞＋名詞〉的「沒那麼多旅客」。

7. 患有嚴重身心疾病的患者通常<u>沒有</u>選舉權。
　　說明　動詞 are denied 為被動語態，可正譯為「被拒絕給」，此處反譯為「沒有」。

8. 許多創業家夢想著把公司賣給大企業，<u>而不是</u>建立自己的王國。
　　說明　片語 rather than 反譯為「而不是」。

9. 我<u>不知道</u>該說些什麼。
　　說明　慣用語 at a loss 意指「茫然，困惑」，此處反譯為「不知道」。

Chapter 3 反說正譯法

〈非牛市，亦非熊市〉

文章風格與用字特色

本文探討中國的經濟發展趨勢，因此有不少商業及經濟用語，例如第二句的 the bear case，以及其他如 the bullish、managerial skill、the global economic powerhouse、bright 及 gloomy 等。這些經常出現於財經類文章的用詞，譯成中文時常有固定譯法，讀者可參考譯者如何處理此類用字。

翻譯技巧說明

- There is the bear case: growth is severely <u>unbalanced</u>, waste <u>unbearably</u> high and collapse nigh.

  有人認為是熊市：增長嚴重<u>不平衡</u>，浪費嚴重得<u>難以忍受</u>，經濟崩潰迫在眉睫。

  說明 副詞 unbearably 帶有否定意味字首 un-，意指「無法忍受地」，此處譯文反說正譯為「難以忍受」。另外，句中形容詞 unbalanced 此處譯為「不平衡」，也可反說正譯為「失衡」。

〈美情境喜劇「無言有愛」抓住我的心〉

文章風格與用字特色

本處引文簡單介紹美劇《無言有愛》劇中角色，此段落的三個句子都帶有形容詞子句，因此句子較長，但正因為形容詞子句是用來修飾並補充描述劇中角色，因此不難理解。用字上有不少口語用法或慣用語，例如 not-always-rational 或 keep ... from sailing off the edge，風格輕鬆易懂。讀者可觀摩譯者如何以中文慣用的詞彙，處理原文中的對應用語。

翻譯技巧說明

- Maya, who like a lot of parents of children with <u>disabilities</u> sometimes turns into a wild-eyed, <u>not-always-rational</u> warrior for her son

  瑪雅，和很多有殘疾子女的父母一樣，為了兒子，有時她會變成怒目而視、<u>不總是很理性</u>的戰士

  說明 名詞 disabilities 帶有否定意味字首 dis-，原意為「無能，沒有能力」，在此依上下文反說正譯為「殘疾」，也可譯為「身障」，同樣是反說正譯。此外，句中形容詞 not-always-rational 此處反說反譯為「不總是很理性的」，也可反說正譯為「常亂發脾氣」或是「情緒常常失去控制」。

1. 根據市場研究機構 Strategy Analytics，Nest 在 2015 年的智能恆溫器銷量只有 130 萬台，過去幾年的總銷量也只有 250 萬台，這<u>絕對</u>讓斥資收購此廠的 Google 大失所望。

   說明　副詞 undoubtedly（毫無疑問地）反說正譯為「絕對」，以加強語氣。

2. 研究顯示，黑人學童若得到最優秀的老師指導，與白人學童的成就差距就<u>會消失</u>。

   說明　動詞 disappear（不見）反說正譯為「消失」。

3. 這個組織表示，按照國際法以及新加坡法律，死刑顯然<u>違法</u>。

   說明　形容詞 unlawful（不合法的）反說正譯為「違法」。

4. 作為日本最大且最受推崇的科學研究所，理研所曾召集一組專家審查兩篇論文中一連串<u>異常</u>之處。

   說明　名詞 irregularity（不尋常）反說正譯為「異常」。

5. 即便川普繼續攻擊許多「<u>說謊的</u>媒體」，他和許多盟友還是不斷地將權力給予這些構建另類現實的媒體。

   說明　形容詞 dishonest（不誠實的）反說正譯為「說謊的」。

6. 但典型不信教的美國人都是那些工作不得志的勞動階層男性。他們不信教往往不是理性的選擇，而是因為他們一般都<u>孤立</u>於社群之外。

   說明　名詞 disconnection（沒有關聯）反說正譯為「孤立」。

7. 即便健康意識提升，台灣的健身房市場仍舊<u>有待發展</u>，只有 2.5% 的普及率，落後於亞洲地區平均的 3.8%。

   說明　形容詞 underdeveloped（沒有充分開發的）以反說正譯來形容市場「有待發展」。

8. 在證實了患有愛滋病的軍校生遭到退學之後，醫生警告，台灣對於愛滋病的歧視會導致此疾病的<u>通報大幅減少</u>。

   說明　名詞 underreporting（通報不足，沒有充分通報）反說正譯為「通報大幅減少」，並轉譯為動詞。

Chapter 4 增譯法

〈怎樣教孩子閱讀？〉

文章風格與用字特色

原文風格用字簡單，意義明確，少用專有名詞。文中以問句 (Remember how hard it

once was?) 帶領讀者回首學習閱讀的經過，彷彿與讀者面對面對話，相當平實易懂。譯文以問句開頭，成功吸引讀者的注意力，用字同樣淺顯，句構比原文稍短，更易於閱讀。

翻譯技巧說明

① Although these skills are related, the ways we acquire them differ profoundly.
雖然這兩個技巧有關連，我們學會的方式卻有很大的差異。

　說明　因前一句提及 learn to read 與 learn to talk 兩個技巧，此處增譯 these 所代表的明確數量：「這兩個」，以表達原文 skills 的複數形，也讓譯文上下文邏輯更清楚。

② Reading this page with the magazine turned upside down should bring back some of the struggles of early childhood, when working through even a simple passage was a slog.
將本刊顛倒過來閱讀這一頁，應該能讓你想起一些小時候學習閱讀受過的罪。當年即使一個簡單的文字段落，你都吃力得很，進度緩慢。

　說明　根據句式補上主詞「你」，並將句子最後的名詞 slog（過程吃力）增譯為「吃力得很，進度緩慢」。

〈分享理念〉

文章風格與用字特色

由於作者本身也是 TED 講者，行文間不時採用第二人稱敘事法，把讀者稱之為「你」，彷彿演講大師在讀者面前諄諄教誨，帶讀者一窺精彩演講的奧祕。譯者除了遵循原文的敘事法，此外還將原文第一句的假設語氣譯為反詰語氣，以增加作者和讀者之間的互動。

翻譯技巧說明

① its missionaries do not disappoint
挑起這項使命的使者總是能完成任務，從未失手

　說明　將否定動詞 do not disappoint（不令人失望）增譯為「總是能完成任務，從未失手」。

② a thousand others, mesmerise their growing audience with powerful content, delivery, and design
成千的其他講者，總能用扎實的內容、流暢的表達與優異的起承轉合，讓台下無數來賓與網路上各地的觀眾聽得如癡如醉，TED 的口碑也愈傳愈遠

　說明　將形容詞 growing（愈來愈多的）增譯為「TED 的口碑也愈傳愈遠」，名詞 audience 增譯為「台下無數來賓與網路上各地的觀眾」。此外，原文中的形容詞

powerful 用以修飾 content, delivery, design，譯文則依後方修飾名詞不同，分別譯為「扎實的」、「流暢的」、「優異的」，大大凸顯原文意涵。

③ In the unlikely event that you have not yet watched one of their videos
雖然你不太可能沒看過 TED 演講影片，<u>還是容我介紹一下</u>

　說明　此句為句式增譯，譯文比原文多了一句「還是容我介紹一下」，以便順利連接下文介紹的 TED 組織。

④ TED is a nonprofit organisation devoted to <u>amplifying</u> <u>electrifying</u> ideas from the domains of technology, entertainment, and design
TED 是一個非營利組織，其成立目的，是要把科技、娛樂與設計等領域中種種<u>令人瞠目結舌、頭皮發麻的</u>新鮮想法<u>傳遞出去，讓愈多人知道愈好，知道得愈清楚愈好</u>

　說明　將動名詞 amplifying（擴大）增譯為「把…傳遞出去，讓愈多人知道愈好，知道得愈清楚愈好」，形容詞 electrifying（激動人心的）則增譯為「令人瞠目結舌、頭皮發麻的」，讓原文的意思更加具體、清楚。

延伸練習

1. 研究顯示，除了可<u>使用藥物</u>治療高血壓，大蒜或許也很有用。
　說明　名詞 medication（藥物）前增譯動詞「使用」。

2. 芮貝卡和凱瑟琳都有全職工作，因此都是擠出夜晚和週末時間來<u>做生意</u>。
　說明　名詞 business（生意）前增譯動詞「做」。

3. <u>我所見到的景象</u>極其恐怖，人們被活活輾過。這不該再發生了。
　說明　主詞 what I saw 指的是 the thing that I saw，因此譯文增譯為「我所見到的景象」。

4. 「SMAP X SMAP」是個適合闔家觀賞的綜藝節目，內容包括為名人嘉賓做菜、玩競賽遊戲、表演喜劇橋段，當然，還有<u>唱歌</u>。
　說明　動詞 sing（唱）後增譯名詞「歌」。

5. 別懷疑！許多管弦樂團如今已成「<u>慈善事業</u>」。
　說明　抽象名詞 charity（慈善）後增譯名詞「事業」。

6. 她的理論集中在她和她先生之間的<u>求愛過程</u>、<u>婚姻之路</u>以及最後的分道揚鑣。
　說明　抽象名詞 courtship（求愛）後增譯名詞「過程」，marriage（婚姻）後增譯名詞「之路」。

7. 你還記得你第一次躺下仰望天上<u>繁星</u>的時候嗎？
　說明　可數名詞 stars（星星）前增譯數量詞，譯為「繁星」。

8. 我們大多以為洗臉再基本也不過，甚至再累或有點睏的時候都能完成。但其實<u>洗臉</u>不只是肥皂和水而已。

說明 動名詞 cleansing（洗）後增譯名詞「臉」。第二句畫底線的代名詞 it 增譯為「洗臉」補足句式。

9. 想像有個世界，人體的細胞能生成一顆心臟、一個肝臟、甚至一對腎臟，就像目前置換人工膝蓋或髖關節一樣普遍。

說明 不定冠詞 a 加入單位詞，增譯為「一顆」心臟以及「一個」肝臟。

10. 在復原計畫啟動前，這八位病患已經癱瘓了三到十三年不等的時間。

說明 在 the rehabilitation program（復原計畫）後增譯動詞「啟動」。

Chapter 5 減譯法

賞析演練

〈美國在台協會新聞稿〉

文章風格與用字特色

本文為新聞稿，文中語體與用字遣詞都較為正式。新聞稿重點在清楚傳遞訊息，因此需以傳達事實為主，用字遣詞應避免凸顯個人色彩。譯文同樣使用正式語體翻譯，可供讀者觀摩。

翻譯技巧說明

① The American Institute in Taiwan (AIT) is delighted to collaborate with the Taiwan Women's Film Association <u>and</u> sponsor an outreach program as part of the 2016 Women Make Waves Film Festival (WMWFF).

美國在台協會 (AIT) 很高興和台灣女性影像學會合作，贊助「2016 台灣國際女性影展」(WMWFF) 的推廣計畫。

說明 減譯連接詞 and。

② A portion of the selected films will be showcased <u>on</u> an island-wide tour following the festival <u>for</u> four months.

影展結束後，部分參展電影將會<u>在</u>全台巡迴映演四個月的時間。

說明 句中介系詞 on 有譯出，但表示時間的介系詞 for 則省略未譯。

〈吃馬祖‧小地方好味道〉

文章風格與用字特色

此文為觀光指南，用字遣詞、語體風格都較為輕鬆。文章目的在於吸引讀者注意，並提供正確觀光資訊，例如原文中 Ding-bian-hu 一字音譯自中文，翻譯時應確認該食物

的正確中文名稱，不可胡亂音譯為中文。翻譯此類旅遊指南時，應注意譯文要兼顧行文流暢、資訊正確兩要求。

翻譯技巧說明

① As soon as <u>you</u> get onto the second floor, <u>you</u> can find the famous "Ding-bian-hu," which the local people call "Ding-bian-wen."

一上二樓就看見遠近馳名的鼎邊糊，當地人稱「鼎邊炊」。

> 說明 減譯代名詞 you。

② The soup is boiled with pig bones <u>and</u> fresh fish...

以大骨、鮮魚作湯底……

> 說明 減譯連接詞 and。

③ <u>It</u> is quite similar to the "Din-bian-tsuo" in Keelung...

跟基隆的鼎邊銼類似，入口後味道完全是兩回事……

> 說明 減譯代名詞 It。

④ <u>It</u> is the regular breakfast for many local people.

是馬祖人常吃的早餐。

> 說明 減譯代名詞 It。

延伸練習

1. 投資人也希望投資能有好報酬。

   > 說明 減譯介系詞 on。

2. 39% 的受訪者認為，比起非基因改造食品，基因改造食品對健康的危害較大。

   > 說明 若將 your health 譯為「自身的健康」也可傳達語意，不過減譯所有格 your 譯為「基因改造食品對健康的危害較大」則使譯文更清楚明確。

3. 在過去幾小時內，大家應該已將防毒系統更新。

   > 說明 減譯所有格 their。

4. 郭台銘過去幾年曾多次談及赴美設廠，但至今尚未有具體成果。

   > 說明 代名詞 it 指的是前面提到的 shifting some manufacturing to the United States（赴美設廠），在此減譯。

5. 舒茲於 1982 年加入星巴克擔任零售部經理，帶領公司登上零售業龍頭寶座，成為美國代表品牌。

   > 說明 減譯代名詞 he 及兩個連接詞 and。

6. 這種動物沒有骨骼，卻強而有力，可以做出各種高難度的動作。

   > 說明 此句有兩個連接詞，but 左右語意變化，不可減譯，and 則可減譯。

7. 夜幕低垂，布達城入睡，佩斯城甦醒。

　　　說明　減譯從屬連接詞 When。

8. 封閉水產養殖技術——也就是在封閉環境養殖魚類的技術——以近畿大學領先群倫。

　　　說明　句中第一個介系詞 in 省略不譯，第二個介系詞 in 譯出。

9. 調查也發現，不論男女相比或貧富相較，皆無明顯差異。

　　　說明　句中 men and women 指的是男女兩個族群，並非個別男男女女，因此無須譯出複數形。另外，句中兩個連接詞 and 也可減譯。

10. 記得小時候，奶奶會用烏骨雞煲「補湯」，說喝了我就會長高。

　　　說明　減譯代名詞 I, it 以及所有格 my。

Chapter 6　詞類轉換法 1

賞析演練

〈物聯網家電關鍵證據？〉

文章風格與用字特色
───────────────────

本段提及一件凶殺案及警方辦案過程，描述方式近似新聞報導，著重交代與事件相關的人、事、時、地、物。為清楚交代這些相關資訊，原文句子多用插入句或同位語補充訊息。讀者可觀察譯者如何處理此類句型。

翻譯技巧說明
───────────────────

① In November 2015 James Bates invited some friends <u>over</u> to watch a Razorbacks football game at his house in Bentonville, Ark.

住在美國阿肯色州本頓維的貝茲，於 2015 年 11 月邀請朋友<u>到</u>他家觀賞美式足球野豬隊的比賽。

　　　說明　將副詞 over 轉譯為動詞「到」。

② The next morning one of them, Victor Collins, was found <u>dead</u> in Bates's hot tub—apparently strangled.

隔天早上，其中一位友人柯林斯陳屍在貝茲家的浴缸，脖子有明顯勒痕。

　　　說明　形容詞 dead 轉譯為動詞「陳屍」。

《老人與海》

文章風格與用字特色

本段為全書首段，前兩句作者刻意以直白簡單字句，輕描淡寫描述老人捕魚毫無所獲，不過分營造悲情刻苦的形象。後兩句再藉由描述小男孩的行為，慢慢帶入描繪感受或狀態的字詞（如 sad, empty, patched, flag of permanent defeat），側寫老人捕魚受挫的樣態。讀者可觀察譯者如何掌握此二種刻畫手法。

翻譯技巧說明

① He was an old man who fished alone in a skiff in the Gulf Stream...

他是一個老頭子，一個人划著一隻小船在墨西哥灣大海流打魚……

> 說明 將介系詞 in 轉譯為動詞「划著」。

② But after forty days without a fish...

但是四十天沒捕到一條魚……

> 說明 將介系詞 without 轉譯為動詞「沒捕到」。

③ It made the boy sad to see the old man come in each day with his skiff empty...

孩子看見那老人每天駕著空船回來，心裏覺得很難過……

> 說明 將形容詞 sad 轉譯為動詞「心裏覺得很難過」，介系詞 with 轉譯為動詞「駕著」。

延伸練習

1. 臉書將採取更多措施，讓用戶回報假新聞，並導引用戶連結到相關機構，以驗證消息來源。

   > 說明 將複合形容詞 fact-checking 中帶動詞意味的動名詞 checking，轉譯為動詞「驗證」。

2. 除了倫敦、柏林、赫爾辛基，就連在華沙、布達佩斯、馬德里，都能看到許多開發商聚在一起，打著賺大錢的算盤。

   > 說明 將形容詞 profitable 轉譯為動詞「賺大錢」。

3. 目前唯一重新計票的，就只有威斯康辛一州。

   > 說明 將名詞 recount 轉譯為動詞「重新計票」。

4. 真正左右汽車設計的，不是車商，而是制定相關規範的首長。

   > 說明 句中有三個〈V + er〉構成的名詞：shaper, carmaker, rulemaker。譯文將 shaper 轉譯為動詞「左右」。carmaker 在中文已有慣用譯名「車商」，便不轉譯為動詞。原文的 carmaker 與 rulemaker 押韻，因此譯文將 rulemakers 譯為「制定相關規範的首長」，以「首長」的「長」與「車商」的「商」協韻。

5. 波士頓市議會決議，將<u>禁止</u>在芬威球場或波士頓其他運動場地內嚼食菸草或其他無煙的菸草製品。

　說明　將名詞 ban 轉譯為動詞「禁止」。

6. 科羅拉多河源自落磯山脈，一路往南 1500 英里，<u>流下</u>峭壁瀑布、<u>穿過</u>沙漠峽谷、<u>轉入</u>墨西哥三角洲，形成了廣大的溼地，最後<u>流入</u>加利福尼亞灣。

　說明　介系詞 over, through, to, into 分別轉譯為動詞「流下」、「穿過」、「轉入」以及「流入」。

7. 想捕捉聖誕老公公送禮物的畫面，不妨在家中安裝 Nest Cam 或是 Blink 這類攝影機。這樣一來，即使<u>出了門 / 不在家</u>也能看到家中寵物或小孩有沒有在聖誕節到來前就偷看禮物。

　說明　將副詞 away 轉譯為動詞「出了門」，亦可運用正說反譯法譯為「不在家」。

8. 美國奧勒岡州法律允許 21 歲以上公民<u>持有</u>、<u>製造</u>、<u>販售</u>大麻。

　說明　名詞 possession, manufacture, sale 分別轉譯為動詞「持有」、「製造」、「販售」。

9. 十七歲時，他初次在百老匯<u>登場演出</u>。

　說明　片語 make one's debut 中，make 並無實質意涵，因此將名詞 debut 轉譯為動詞「登場演出」。

10. 可以<u>不要關燈</u>嗎？

　說明　原文為一書名。使用詞類轉換法與正說反譯法，將帶有「打開」涵義的副詞 on，譯為動詞「不關」。

Chapter 7　詞類轉換法 2

賞析演練

《傲慢與偏見》

文章風格與用字特色

珍‧奧斯汀擅長以古靈精怪、充滿機鋒的人物對話來描寫當時社會百態。本段選文出自全書第一章，以半帶格言意味、半帶幽默譏諷的機智語言 (witty language) 開場，例如 a truth universally acknowledged、the rightful property of some one or other of their daughters 等。讀者可以仔細觀察譯者如何處理作者幽默輕快卻又處處充滿機鋒的行文特色。

翻譯技巧說明

① a single man <u>in possession of</u> a good fortune, must be <u>in want of</u> a wife
凡是<u>有錢的</u>單身漢，總覺得自己<u>缺</u>個太太
　說明　將介系詞片語 in possession of 轉譯為形容詞「有…的」，in want of 轉譯為動詞「缺」。

② <u>the feelings or views</u> of such a man
這單身漢<u>怎麼想</u>
　說明　將名詞片語 the feelings or views 轉譯為動詞「怎麼想」。

③ <u>rightful</u> property of some one or other of their daughters
<u>理直氣壯</u>把對方當成自家女兒的財產
　說明　將形容詞 rightful 轉譯為副詞「理直氣壯」。

〈非吃不可！食物會像毒品一樣讓人上癮嗎？〉

文章風格與用字特色

本文為科普文章，文中雖然援引許多科學研究成果，但全篇用字措辭並不困難，適合一般讀者。此段引文指出成癮對大腦的影響，所用動詞（如 affect, lead to 等）尤為重要，因其表達了成癮與大腦機制二者間的交互作用，讀者可以觀察譯者如何精確譯出各因素間的關係。

翻譯技巧說明

① The involvement of the brain is <u>key</u> to diagnosing addiction.
大腦的運作，是診斷成癮的<u>關鍵</u>。
　說明　將形容詞 key 轉譯為名詞「關鍵」。

② Over time, memory of <u>previous exposures</u> to rewards...
經過一段時間，<u>先前曾獲得</u>酬賞的記憶……
　說明　譯文將 previous exposures 的〈Adj + N〉的搭配同時轉換詞類，形容詞 previous 轉譯為副詞「先前」，名詞 exposures 則轉譯為動詞「獲得」。

延伸練習

1. 說到喬治亞州最具特色的水果，喬治亞蜜桃應是最佳<u>代表</u>。
　說明　將動詞 symbolize 轉譯為名詞「代表」。

2. 他們帶足<u>裝備</u>，包括爐子、滅火器和一氧化碳偵測器。
　說明　將被動語態的分詞 equipped 轉譯為名詞「裝備」。

3. 年輕時，所謂朋友也許就是得<u>形影不離</u>，但成年後，懂得放下才是最重要的。
　說明　將抽象名詞 inseparability 轉譯為形容詞「形影不離」。

4. 休憩營區跟野外營區 24 小時都有管理人員及工作人員待命，以確保遊客旅程<u>舒適安全</u>。

   說明 將名詞 comfort 與 safety 轉譯為形容詞「舒適安全」。

5. 在下屆總統大選前，南韓政府不太可能試圖<u>大刀闊斧地改革經濟</u>。

   說明 將 significant economic reforms 一起轉換詞性，形容詞 significant 轉譯為副詞「大刀闊斧地」，economic reforms 則轉譯為動詞「改革經濟」。

6. 台灣大眾運輸系統讓旅行<u>簡單便利</u>。

   說明 將名詞 breeze 轉譯為形容詞「簡單便利」。

7. <u>意外</u>發現新種角龍。

   說明 將介系詞片語 by accident 轉譯為副詞「意外」。

8. 大面落地窗、挑高天花板為室內主要<u>特色</u>，房間寬敞，有天窗、吧台、家庭戲院、以及玻璃打造的恆溫酒窖。

   說明 將動詞 features 轉譯為名詞「特色」。

9. 我們一起打了這場美好的選戰，我感到非常<u>驕傲</u>，也覺得十分<u>感謝</u>。

   說明 將 pride 與 gratitude 兩個抽象名詞轉譯為形容詞。

10. 突尼西亞飯店恐攻目擊者表示：<u>無比駭人</u>。

    說明 將〈Adj + N〉的 sheer horror，一起轉譯為「副詞 + 動詞」的「無比駭人」。

Chapter 8 語態轉換法

賞析演練

《飄》

文章風格與用字特色

作者密契爾出身記者，行文以活潑明快著稱，建議除了注意譯文何處使用語態轉換技巧，也可觀察譯者如何不受原文長句所囿而保留明快的文風。

翻譯技巧說明

① men seldom realized it <u>when caught</u> by her charm
   那些<u>臣服於其魅力</u>的男人卻鮮少察覺

   說明 此處的分詞構句 when caught by her charm 使用了被動語態，簡化自完整的副詞子句 when men were caught by her charm，訊息焦點落在 men（男人）上，譯文採用被動轉主動技巧，將 were caught by her charm 譯為「臣服於其魅力」。

② In her face <u>were</u> too sharply <u>blended</u> the delicate features of her mother, a Coast aristocrat of French descent, and the heavy ones of her florid Irish father.

思嘉的母親具有法國血統，出身美國太平洋濱的貴族世家，父親是氣色紅潤的愛爾蘭人。母親的細緻五官，父親的粗獷相貌，在她的臉上<u>湊成過於鮮明的對比</u>，顯得不甚協調。

　說明　這句是表「地點、位置」的副詞片語 In her face（在她的臉上）放句首的倒裝句，如果不倒裝，句子應為 The delicate features of her mother, a Coast aristocrat of French descent, and the heavy ones of her florid Irish father were too sharply blended in her face.，主要動詞是 were blended（被混合），這裡之所以採用被動語態，為的是凸顯 features（面貌）為訊息焦點，譯文採用被動轉主動技巧，將 were too sharply blended 譯為「湊成過於鮮明的對比」。

《重臨白莊》

文章風格與用字特色

尤佛林・渥夫堪稱二十世紀最出色的諷刺小說作家，下筆嚴密，用詞優美，文章中常可見長句和插入句，此處選文便是例證。建議除了辨識譯文何處使用語態轉換技巧，也可觀察譯者如何斷句，並配合中文行文邏輯調動語序。

翻譯技巧說明

① Young men <u>were held</u> to be gauche and pimply

年輕人總是笨頭笨腦而且臉上長滿痘痘

　說明　主要動詞 hold 在這裡是「認為」的意思，由於施事者不明，因此採用被動語態。此處譯文採用被動轉主動技巧，將 were held 譯為「總是」。

② it <u>was thought</u> very much more chic

總是比……來得有面子些

　說明　主要動詞 think 在這裡是「認為」的意思，由於施事者不明，因此採用被動語態。此處譯文採被動轉主動技巧，將 was thought 譯為「總是」。

③ <u>to be seen</u> lunching at the Ritz

<u>被人看見</u>在麗池酒店……用膳

　說明　不定詞 to be seen 因為施事者不明，因此採用被動語態。這句寫 1950 年代待字閨中的英倫小姐上麗池酒店約會，倘若給人瞧見自然不是好事，因此譯為帶有負面意味的「被字句」。

④ a thing, in any case, <u>allowed</u> to few girls of that day

在麗池用膳本身就不是很多女孩子<u>可以享有</u>的自由

　說明　過去分詞片語 allowed to few girls of that day 由形容詞子句簡化而來，原句為 which was allowed to few girls of that day，用以修飾先行詞 a thing，在此

代指上麗池酒店用膳一事。此處由於施事者不明，因此形容詞子句主要動詞 was allowed 採用被動語態。此處譯文採被動轉主動技巧，將 was allowed 譯為「可以享有」。

⑤ a thing <u>looked</u> at askance by the elders who kept the score
老先生老太太們也總對她們側目以待，在心中打分數
　說明　過去分詞片語 looked at askance 由形容詞子句簡化而來，原句為 which was looked at askance，用以修飾先行詞 a thing，此處為凸顯 a thing（上麗池酒店用膳）為訊息焦點，因此主要動詞 was looked 採用被動語態，譯文採被動轉主動技巧，將 was looked 譯為「對…側目以待」。

⑥ your mother had <u>been warned</u> of as a girl
你媽媽還在做姑娘的時候就被警告不得接近
　說明　主要動詞 warn 在這裡是「警告」的意思，由於施事者不明，因此採用被動語態。此句為形容詞子句，用以修飾先行詞 old roué（老浪子），當時英倫年輕小姐多半認為與老紳士約會是頗風光的事，給人警告不得這麼做自然算不上好事，因此譯為帶有負面意味的「被字句」。

延伸練習

1. 該市長近來坦承曾<u>被</u>政府<u>施壓</u>，不讓一幅諷刺總統的畫作入選藝術展。
　說明　將被動語態譯為「負面事件的被 / 受 / 遭 / 挨字句」。

2. 她 19 歲時<u>獲提拔</u>為首席舞者。
　說明　將被動語態譯為「正面事件的承 / 蒙 / 獲字句」。

3. 有隻黃蜂在我的車裡，導致我發生事故，而我放在車裡的報稅表也<u>給毀了</u>。
　說明　將被動語態譯為「強調主詞無奈、抱憾的教 / 給 / 讓字句」。

4. 至少她相信這是他<u>畫的</u>。
　說明　原文以介系詞 by 引出施事者 him，屬於施事者已知被動句，因此使用「是…的」句型，將原文的被動語態 was painted by him 譯為「是他畫的」。

5. 惠頓學院的「難民獎學金」將優先提供給急於赴美的學生，只盼川普的禁令很快就<u>會解除</u>。
　說明　將被動語態譯為「無標誌被動句」。

6. 宮本的母親正準備蕎麥麵，這是日本除夕的傳統菜色，但在他們家鄉的吃法則是<u>佐以青蔥與蝦子</u>。
　說明　使用「被動轉主動技巧」。

7. 近幾個月盛傳，中國即將再度出手拯救其疲弱的銀行業。耳語指出，<u>十月舉行的共黨人代大會</u>將做出<u>決定</u>。

8. 通常在強烈的聖嬰現象之後，太平洋會像鐘擺一樣盪向強烈的反聖嬰現象，其<u>特色</u>是海面溫度大大低於平均水溫。

　　說明 被動語態動詞 is characterized 轉譯為名詞「特色」，使用「詞性轉換技巧」。

9. 根據一項報告，每三人中有一人手機<u>成癮</u>，夜晚總會不斷查看。

　　說明 使用「被動轉主動技巧」。

Chapter 9 反面著筆法

賞析演練

《挖開兔子洞：深入解讀愛麗絲漫遊奇境》

文章風格與用字特色

卡洛爾是英國牛津基督教堂學院數學教授，其筆下的《愛麗絲漫遊奇境》看似是小女孩的奇幻冒險，但其實故事中隱藏了豐富的雙關語、遊戲詩、謎語、數學、哲學等，翻譯時倘若只是搬字過紙，勢必難以保留原文的效果。讀者可以觀察譯者如何使用反面著筆法、增譯法和逆譯法，讓譯文讀起來一氣呵成。

翻譯技巧說明

① Here was another <u>puzzling</u> question

又是一個<u>不好回答的</u>問題

　　說明 此處是從相反的視角說出原文的意思。原文是問題「難住」(puzzling) 愛麗絲，譯文則從愛麗絲的角度說這個問題「不好回答」，使用了反面著筆法和正說反譯法。

② Keep your temper

別發脾氣

　　說明 此處譯文先將 Keep your temper（捺住性子）譯為反義詞「發脾氣」，是為反面著筆法，再加上否定字「別」，是為正說反譯法。

《名利場》

文章風格與用字特色

薩克萊觀察細微，筆觸細膩，善於敘事，人物心理刻畫精確，歷史場景歷歷如繪，對話口角恰如其分，此外筆鋒常帶幽默，更難得的是筆調輕快，彷彿寫來毫不費勁，實則經過細心琢磨。楊必譯筆精妙，文字洗鍊，與原文相得益彰，建議閱讀時除了注意

何處使用反面著筆法，也可以留心譯者還使用了哪些本書提到的翻譯技巧。

翻譯技巧說明

① the present century was in its teens

這世紀剛開始了十幾年

> 說明　in its teens 字面意思是「進入到十幾年」，譯文「開始了十幾年」是從相反的視角說出原文的意思。

② at the rate of four miles an hour

速度不過一小時四哩

> 說明　at the rate of 的字面意思是「以…速率」，譯文「速度不過（一小時四哩）」是從相反的視角說出原文的意思。

③ A black servant, who reposed on the box beside the fat coachman

胖子車伕的旁邊坐著一個當差的黑人

> 說明　此處是從相反的視角說出原文的意思。原文是從 a black servant（當差的黑人）書寫其身旁坐著「胖子車伕」(the fat coachman)，譯文則從胖子車伕的視角書寫其「旁邊坐著一個當差的黑人」。

④ at least a score of young heads were seen peering out of the narrow windows

就有二十來個小姑娘從窗口探出頭來

> 說明　此處是從相反的視角說出原文的意思。原文是從旁人的視角書寫二十來個小姑娘 were seen（被看見）探出頭來，譯文則從小姑娘的角度下筆，書寫她們「從窗口探出頭來」。

延伸練習

1. 協商到四月三日截止。

> 說明　open 的字面意思是「開放」，此處譯為反義詞「截止」。

2. 這標價太高，需要減到目前的五分之一。

> 說明　原文 five fold reduction 的字面意思是「五倍減少」，這裡譯為「減到目前的五分之一」，是從相反的視角說出原文的意思。

3. 「天啊，這不是認真的吧。」戴蒙提高嗓門，讓說話聲蓋過音樂。

> 說明　be kidding me 的字面意思是「跟我開玩笑」，這裡譯為反義詞「認真的」。

4. 賈伯斯在史丹佛大學畢業典禮的演說精彩深刻，不僅感人肺腑、發人深省且架構精簡。

> 說明　commencement 的字面意思是「開始」，此處使用反義詞譯為表示大學生涯結束的「畢業典禮」，因美國人將大學畢業視為生涯開端之故。

5. 千萬要注意：不用到二月就可以感覺到中國新年的效應。

　　說明　before 的字面意思是「在…之前」，這裡用相反的視角翻成「不用到」，同時使用反面著筆法和正說反譯法。

6. 我到朋友家去抓蛇，發現我原先把事情想得太難了。

　　說明　a lot easier 意為「簡單得多」，這裡譯為反義詞「太難了」。

7. 站在橋上看，整座島嶼一片漆黑。天空下，屋舍聳然立起，樹影則串成一片闇影。

　　說明　against 意為「以…為背景」，原文以「屋舍」為主體、「天空」為背景，此處譯文則用相反視角譯成「（天空）下」。

8. 承令尊的情，寫給我一封信，請您回去多多致意。

　　說明　I've a very kind letter here from your father 的字面意思是「我有一封來自您父親寄給我的信」，此處用相反視角將 from your father（來自您父親）譯為「寫給我（一封信）」。

9. 至少有一位推特用戶對錄影帶內容表示懷疑，他說影片裡不過就是兩部車開過附近街坊。

　　說明　not ... anything except 的字面意思是「什麼都沒有只有」，此處用相反視角譯為「不過就是」。

10. 希拉蕊‧柯林頓雖然確實有缺點，但男性對她的許多抨擊，「很像我想像中他們對我的攻訐，像是太嚴格啦，男人婆啦，打扮沒有女人味啦，不討人喜歡啦。」

　　說明　此句共四處使用反面著筆法。第一，not without faults 的字面意思是「不是沒有缺點」，此處用相反視角譯為「有缺點」。第二，many of the swipes she hears from men 的字面意思是「她從男性那裡聽到許多抨擊」，此處用相反視角譯為「男性對她的許多抨擊」。第三，the feminine role 的字面意思是「女性化角色」，此處譯為反義詞「男人婆」。第四，like a man 的字面意思是「像男人」，此處譯為反義詞「女人味」，再結合正說反譯法加上「沒有」兩個字。

Chapter 10　順譯法與逆譯法

賞析演練

《未來的犯罪》

文章風格與用字特色

本處引文回述個案經歷，用字平淺。原文中有一些短句，例如 Then, one August day, it was. / We all are. 等，這些短句必須參照上下文，意思才完整。讀者可觀察譯者如何處理這些短句，讓全段文意通順連貫。

① in <u>one</u> tab of his browser were pictures of his new baby girl; in <u>another</u> streamed the tweets from his thousands of Twitter followers

一個標籤頁是他剛出生的小女兒；另一個標籤頁則是他的推特，有幾千個追隨者熱烈參與

　說明　原文此處在列舉訊息，符合中文常用的「一個…，另一個…」說法，因此直接採用順譯法即可。

② Stolen in just minutes <u>by a teenager halfway around the world.</u>

一個來自世界另外一邊的青少年，只消幾分鐘就偷走了他的一切。

　說明　畫線處使用逆譯法。先點出主詞「一個來自世界另外一邊的青少年」，再講主詞的動作「只消幾分鐘就偷走了他的一切」，符合中文句式邏輯。

〈零售新法寶：室內定位科技〉

文章風格與用字特色

本文出自《經濟學人》雜誌，該雜誌以分析趨勢、提供意見見長。此類新聞報導分析為求客觀，減低主觀意見，因此常以事物為主詞。本段原文中有好幾個主詞都頗長，翻譯時較不易處理，讀者可觀察譯者如何處理事物主詞。此外，此篇譯文為編譯稿，讀者若仔細比對，可以發現部分原文被省略沒有譯出。

翻譯技巧說明

① <u>The often-overlooked terms and conditions for Wi-Fi</u> typically allow stores to see a shopper's online search history as well as track their location.

人們時常忽略的 WiFi 使用條款，多半讓商店可以看到顧客的線上搜尋歷史，追蹤他們的位置。

　說明　原文的 The often-overlooked terms and conditions for Wi-Fi（人們時常忽略的 WiFi 使用條款），以及 allow stores to see a shopper's online search history as well as track their location（讓商店可以看到顧客的線上搜尋歷史，追蹤他們的位置），剛好符合中文「先說原因，後講結果」的因果律原則，所以譯文按照原文句式順譯。

② Daring retailers already use it <u>to target extremely personal, location-based advertisements to customers' phones.</u>

大膽的零售商則用來針對顧客的手機，發送極度客製化、特定位置的廣告內容。

　說明　畫線處的 to customers' phones 逆譯，先點出主題「針對顧客的手機」，再表述評論「發送極度客製化、特定位置的廣告內容」。

③ If someone googles a rival while in a suit shop in one of Australia's Westfield
shopping malls, for example, Skyfii, the startup that provides their internet service,
is ready to send a wavering client a discount on the spot.

如果有人在澳洲西田購物中心的西裝店，搜尋競爭對手的品牌，提供網路服務的新
創公司 Sky-fii，就會當場針對猶豫不決的顧客發送折價券。

　說明　原文 If 所引導的子句 If someone googles a rival...（如果有人……搜尋競
爭對手的品牌）是條件，主要子句 Skyfii ... is ready to send a wavering client a
discount on the spot（Sky-fii 就會當場針對猶豫不決的顧客發送折價券）則是結果，
因為符合中文「先說條件，後講結果」的句式邏輯，因此此處使用順譯。

④ But the speed of travel towards a world in which Gap, a retailer, can greet each
customer individually, as in the 2002 film "Minority Report", has been much slower
than expected, says Tim Denison of Ipsos Retail Performance, a British firm.

但英國公司 Ipsos Retail Performance 的丹尼森認為，要像 2002 年的電影《關鍵報
告》裡，讓服飾品牌 Gap 可以針對每一位顧客打招呼，實現的速度卻遠不如預期。

　說明　畫線處逆譯。中文習慣先表明說話者身分，再描述其講話內容，因此譯文先
譯「英國公司 Ipsos Retail Performance 的丹尼森認為」，再描述其所言。

延伸練習

1. 虛擬實境技術日新月異，所以砸大把銀子前，別忘了先看看這些公司的官網或
CNET 等專業評論網，以及其他使用者的經驗分享。

　說明　將原文最後的 before you take the leap（砸大把銀子前）提前逆譯，以符合
中文「在…之前，先…」的語序邏輯。

2. 我們向農夫購買堅果，讓他們獲得收入，無須募集千萬資金，我們就能建立商業模
式。

　說明　按中文「因果律」原則順譯，所以無須譯出 so。

3. 倘若你有更多技能，能解決比以往更難且要花費更多成本才能解決的問題，替你加
薪理所當然。

　說明　按中文「條件句」原則，將 if 子句提前逆譯。

4. 許多英國大出版社的資深編輯告訴《衛報》記者，就算這本書釋出版權，他們也不
太可能花大錢買下。

　說明　按中文「讓步句」習慣逆譯，先譯讓步條件 should it...，後譯結果。

5. 儘管有人預估房價將下跌，雪梨與墨爾本的房價卻分別反漲 15% 與 13%。

　說明　按中文「讓步句」習慣的句式順譯。此外，中文習慣先表示地點，故譯文將
表地點的副詞片語 (in Sydney and Melbourne) 提前，以符合中文語序邏輯。

6. 為了見劇組演員一面，她今天飛來，預計在此待一晚，明天一早再飛回去。

　　說明　in the hope of seeing the cast（為了見劇組演員一面）是 She has flown in for the day（她今天飛來）的原因，故此處按照中文「因果律」原則逆譯。

7. 這支影片上傳到 YouTube 才不過短短兩天，我看到時就已經有五百萬次瀏覽、一萬則評論。

　　說明　此句的三件事 I viewed this clip on YouTube（我在 YouTube 上看到影片）、two days after broadcast（影片上傳兩天後）、it had had 5 million views（有五百萬次瀏覽）的發生順序為「影片上傳」、「看到影片」、「有五百萬次瀏覽」，譯文依此時間順序，將 two days after broadcast 挪至句首逆譯。

8. 2007 年至今共探測到快速電波爆發 18 次。

　　說明　依照中文習慣先表述時間、後說明行動的語序原則，將時間挪至句首逆譯。

9. 不立即採取行動的話，倒閉的圖書館將會比現在多一倍。

　　說明　依照中文「條件句」原則，將 unless 引導的條件子句提前逆譯。

10. 梅根 14 歲時被診斷得了厭食症，此後不斷進出醫院與精神科長達兩年。

　　說明　按照「時序律」原則順譯，先譯「被診斷得了厭食症」，再譯「此後不斷進出醫院」。

Chapter 11　合句法

賞析演練

〈嗞嗞作響的摩洛哥風味明蝦：蓬鬆的庫斯庫斯和彩虹莎莎醬〉

文章風格與用字特色
————————————————

原文為一食譜，以條列式呈現作法。句子多用祈使句，用字簡單，且偏口語用法，彷彿是作者當面教讀者做菜一般。譯文沒有依照原文以條列方式呈現，而以三個段落取代，稍稍失去了做菜按照步驟一步步往下進行的趣味。但整體來說，譯者用字言簡意賅，句構短而有力，讓人讀來心生做菜應該不是件難事的感覺。

翻譯技巧說明
————————————————

①　Use little scissors to cut down the back of each prawn shell and remove the vein.
　　用小剪刀剪開明蝦背面的蝦殼並挑出腸泥。

　　說明　原文為一複合句，以連接詞 and 連接兩個祈使句，翻譯時可將 and 連接的兩件事分開譯為「用小剪刀剪開明蝦背面的蝦殼，然後挑出腸泥」，此處譯文運用合句法將複合句的子句合併成一句。

② Sprinkle with the reserved mint leaves and serve.

撒上保留的薄荷葉就可端上桌。

> **說明** 原文為一複合句，以連接詞 and 連接兩個祈使句，翻譯時可將 and 連接的兩件事分開譯為「撒上保留的薄荷葉之後，接著就可以端上桌」，此處運用合句法將複合句的子句合併成一句。

〈莎士比亞向前走〉

文章風格與用字特色

文章探討英國大文豪莎士比亞是否真有其人，因此提到許多與莎士比亞同時代的名人及作家，如 Francis Bacon, Queen Elizabeth I, Christopher Marlowe, Edward de Vere。本段引文只有三個句子，但每個句子都很長，再加上許多人名及地名，理解上較為費時。翻譯時需要具備一點文學素養或背景知識比較能夠處理這樣的文章。譯文貼著原文走，句構偏長，第一句的「莎士比亞的懷疑者一向質疑這位來自斯特拉福的詩人是否就是那些文學巨著的作者」就有 36 個字，讀來較費力。

翻譯技巧說明

● On April 18, 2009, the *Wall Street Journal* granted their wish with a feature story on how U.S. Supreme Court Justice John Paul Stevens came to believe (and throw his judicial weight behind) the skeptics.

2009 年 4 月 18 日《華爾街日報》的一篇專題報導終於應許了他們的想望：美國最高法院的史蒂文斯大法官以判決表達他相信這些懷疑論者。

> **說明** 句中的名詞子句 how U.S. Supreme Court Justice John Paul Stevens came to believe (and throw his judicial weight behind) the skeptics，以連接詞 and 連接大法官的兩個動作，若是貼著原文語序翻譯，可譯為「最高法院的史蒂文斯大法官『相信』並且『用判決表達支持』這些懷疑論者」，此處譯文省略連接詞，將這兩個動作的次序調動合併，譯為「大法官以判決表達他相信這些懷疑論者」，讓譯文顯得更簡潔。

延伸練習

1. 這裡是二十世紀末的紐約。
   > **說明** 將兩個簡單句合併成一句。

2. 他喝完水後隨手把空瓶子遞給我。
   > **說明** 將以 when 連接的複雜句合併成一句。

3. 與其選擇明智寧可保持無知。
   > **說明** 將以 when 連接的複雜句合併成一句。

4. 你請病假以後很多事都變了。

> 說明 將以 since 連接的複雜句合併成一句。

5. 阿嘉莎很怕他們聽到她肚子餓發出的巨大咕嚕聲。

> 說明 將兩個簡單句合併成一句。

6. 有些人也許貧窮但骨子裡每個人都是貴族。

> 說明 將以 though 連接的複雜句合併成一句。

7. 一進林子我立刻從一節空樹幹中取出弓和箭袋。

> 說明 將以 as soon as 連接的複雜句合併成一句。

8. 我保證你絕對不會白白犧牲的。

> 說明 將兩個簡單句合併成一句。

9. 除了你沒有人會要我了。

> 說明 將以 if 連接的複雜句合併成一句。

Chapter 12 分句法

賞析演練

〈躲過死神〉

文章風格與用字特色

在本段引文中作者要讀者試圖想像三個場景，帶領讀者進入一個未來長壽的社會。雖然有些句子偏長，但用字簡單，風格輕鬆有趣，意義簡單易懂。譯文主要跟著原文句構翻譯，但適時以逗號斷句，且用字淺顯，讀來毫不費力。

翻譯技巧說明

- Or <u>one</u> in which you celebrated your 94th birthday by running a marathon with your school friends.

  或者再想像一下，你和一班同窗好友跑一場馬拉松來慶祝你的 94 歲生日。

  > 說明 譯文將名詞 one 獨立出來，one 在此指的是前一句提到的 world（世界），前一句作者要讀者想像一個世界，這一句作者要讀者想像「另一個世界」，此處搭配增譯法及減譯法，將 one 譯為「再想像一下（另一個世界）」。除了此處譯文的譯法，這個句子還可以利用分句法譯為：
  >
  > 1. 或者再想像一下，和一班同窗好友，跑一場馬拉松來慶祝你的 94 歲生日。
  >   （將介系詞片語 with your school friends 獨立出來置於句中）
  > 2. 或者再想像一下，在你 94 歲的生日，和同窗好友跑一場馬拉松來慶祝。
  >   （將名詞片語 your 94th birthday 獨立出來置於句中）

〈懷孕會改變女性大腦構造，做好當母親準備〉

文章風格與用字特色

本段引文探討生育過的女性大腦結構的變化，因此出現不少專有名詞，例如 social cognition、theory of mind 及 the ability to register 等。本段由兩個長句構成，但結構簡單不難理解，讀者可觀察譯者以分句法處理句子的方式。

翻譯技巧說明

- The results were remarkable: loss of gray matter in several brain areas involved in a process called social cognition or theory of mind, the ability to register and consider how other people perceive things.

  結果很明顯：有一些腦部區域中的灰質減少了，這些區域涉及社會認知或心理理論過程，指的是注意和考慮他人如何感知事物的能力。

  說明 這個句子運用了分句法與增譯法，譯文將 loss of gray matter in several brain areas 獨立出來，譯為「有一些腦部區域中的灰質減少了」一句，其後的 involved in a process called social cognition or theory of mind 則增譯主詞「這些區域」。最後將原文逗號後用來補充說明的部分 the ability to register and consider how other people perceive things 增譯動詞，譯為「指的是注意和考慮他人如何感知事物的能力」。

延伸練習

1. 一家西班牙公司製作逼真的人類寶寶玩偶，但看來非常詭異。

   說明 將副詞 eerily（怪異地）獨立出來，譯為「但看來非常詭異」。

2. 沙巴奪得最佳球員，絕對是實至名歸。

   說明 將副詞 deservedly（應得地）獨立出來，譯為「絕對是實至名歸」。

3. 葦蘭德立刻起了警覺，他的偵測天線悄悄打開，叫人看不見也摸不著。

   說明 將形容詞 invisible（無形的）獨立出來，譯為「叫人看不見也摸不著」。

4. 他個子小，而且早在 25 歲之前就已經禿頭，還有雙 O 型腿。

   說明 將形容詞 bowlegged（O 型腿的）獨立出來，譯為「還有雙 O 型腿」。

5. 他有間西班牙風格的兩房住家，外牆以砂泥作為塗料，屋齡已經 60 年了，這種種讓他沒什麼好說嘴的。

   說明 將名詞 stucco（灰泥）獨立出來，譯為「外牆以砂泥作為塗料」。

6. 如果他是在演戲，那麼他的演出精彩絕倫，足以得到奧斯卡獎。

   說明 將名詞 Oscar（奧斯卡獎）獨立出來，譯為「足以得到奧斯卡獎」。

7. 在過去的 25 年裡，哪個亞洲國家一路高歌挺進，帶領數以百萬計的人民擺脫貧困？

25

> **說明** 將時間副詞片語 over the past quarter century 獨立出來置於句首，譯為「在過去的 25 年裡」。

8. 在人生的此刻，我就不一一點名是哪些人了。

> **說明** 將介系詞片語 at this point in my life 獨立出來置於句首，譯為「在人生的此刻」。

9. 人們很容易就忘記，即使最微不足道的商業往來，也要依賴彼此的小信任。

> **說明** 將 that 名詞子句獨立出來，並分拆譯為兩句。

10. 所以他們才會了解，有些人的人生比自己的更艱苦，每個人的人生旅程都可能是完全不同的經歷，取決於什麼樣的化學作用肆虐橫行於一個人的心靈。

> **說明** 將原文的兩個名詞子句 that some people ... and that a trip ... experience 獨立出來，拆譯為兩句「有些人的人生比自己的更艱苦」以及「每個人的人生旅程都可能是完全不同的經歷」。

Chapter 13 歸化法

賞析演練

《冰與火之歌第一部：權力遊戲》

文章風格與用字特色

馬汀是當代重量級的奇幻小說大師，其筆調瑰麗、感傷而富浪漫色彩，《權力遊戲》架構莊嚴、布局恢宏，馬丁以寬廣的格局，史家般的寫實筆觸顛覆了奇幻小說的傳統。譚光磊譯風嚴謹，譯筆細密，用字精巧多變，既有奇幻的斑斕也有史詩的壯闊。本段是守夜人軍團的誓詞，原著讀來氣勢十足，譯本亦使人感受到守夜人視死如歸的豪情壯志。

翻譯技巧說明

① It shall not end until my death.

至死方休。

> **說明** 原文主詞 It 代指前一句的名詞 watch（守望），全句意為「直到我死，我的守望才會結束」，此處歸化為中文四字詞「至死方休」，同時運用了減譯法和反說正譯法。

② I shall live and die at my post.

我將盡忠職守，生死于斯。

> **說明** 原文意為「我將生和死都在崗位上」，此處歸化為中文四字詞，增譯了「盡忠」兩個字，並且運用了分句法。

《最藍的眼睛》

文章風格與用字特色

摩里森透過獨特的敘述手法和形式，銘刻與再現美國社會裡的種族、階級與性別政治，全書文字優美而且意象突出，除了以斜體字呈現黑人角色的内心獨白和意識流敘述，亦加入黑人英文的特徵，例如文中以 all us 取代標準英文的複數主詞 all of us，但後方卻使用單數動詞 was waiting。曾珍珍以台語翻譯原著的斜體字段落，以中文官話和方言的差異來表現黑人英文和標準英文的區別，是為歸化譯法。

翻譯技巧說明

① June bugs was shooting everywhere.

六月火金姑四界咻咻飛。

說明 原文的 June bug 在此是 firefly（螢火蟲）的別名，是美國南方特有的說法，此處歸化譯為閩南人特有的說法「火金姑」。

② Down home they was different.

故鄉那邊的和這不全款。

說明 原文用主動詞不一致的 they was 呈現美國南方黑人英文的特色，鑒於中文並無主動詞一致的文法問題，因此譯者將 different 歸化譯為閩南語「不全款」，以方言和官話用詞的差異來反映原文黑人英文和正統英文的區別。

延伸練習

1. 法國人說這叫銷魂蝕骨。

   說明 原文的 La petite mort 借用法文俚語，字面意思是「小死」，實為「性高潮」的委婉說法，此處歸化為中文四字詞「銷魂蝕骨」。

2. 一位澳洲肉販丟人現眼，他貼出公告，上面寫著：來兩片培根，「減低你成為自殺炸彈客的機會」。

   說明 原文 has egg on his face 是英文慣用語，意指「出糗」，此處歸化為中文四字詞「丟人現眼」。

3. 「你倒是會說話。」他又說了一句，轉頭看向外甥：「怎麼不去選立委？」

   說明 原文 Parliament 意指「國會」，其功能相當於台灣的「立法院」，因此 go into Parliament（進入國會）可歸化為「選立委」。

4. 中國再加碼，角逐全球最高建築！預計 2017 年剪綵的十棟最高建築中，有六棟位在欣欣向榮的中國。

   說明 原文 top out 是英文慣用語，意指「（建築物）落成啟用」，此處歸化成中文的對等文化詞「剪綵」。

5. 最先讓人看不下去的瞬間是她猛然蹦出一句：「炒飯用不了多少空間吧。」

說明　原文 facepalm 這個手勢顧名思義是「用手掌遮住臉」，用以表示不以為然，此處歸化為「看不下去」。

6. 這鏡子上有刻字：「念之爾現唯，面之汝見吾」，你必須倒過來唸才知道這些字真正的用意。

　　說明　原文 erised stra ehru oyt ube cafru oyt on wohsi 使用了回文修辭，正著唸看似是古英文，倒過來唸則是：I show not your face but your heart's desire，意指「我反映的不是你的面容，而是你内心的渴望」，此處歸化為文言文回文遊戲。

7. 這顯然是五十步笑百步。

　　說明　原文 the pot calling the kettle black 是英文慣用語，字面意思是「鍋子說茶壺黑」，意指指責別人卻忽略自己也有相同的缺點，此處歸化為中文諺語「五十步笑百步」。

8. 如果很多人覺得證交所一片慘綠干自己什麼事，這是可以諒解的。

　　說明　國外一般以綠色標示股價上漲、以紅色標示股價下跌，國内股市的標示方式則反過來，故此處將原文表示股價下跌的 red，歸化譯為「慘綠」。

9. 拜託，相信我，我當然也有開朗的一面，保證和藹、包準和氣、必定和善，這還只是「ㄅ」開頭的部分。

　　說明　原文一連用了三個 A 開頭表示和善的近義字：amiable、agreeable、affable，此處將英文字母 A 歸化為注音符號ㄅ，並兼用增譯法增譯三個輔音是ㄅ的詞：「保證」、「包準」、「必定」，以達和原文同樣的閱讀效果。

10. 要不是拿破崙，根本不會有這句著名的回文「落敗孤島孤敗落」，更別提讀得懂箇中滋味。

　　說明　原文 Able was I ere I saw Elba 運用了回文修辭，正著唸和倒著唸意思都一樣，據說是拿破崙被流放至厄爾巴島 (Elba) 前所寫的，ere 是古英文，意思是「在…之前」，全句意為「我本叱吒風雲，現卻落敗厄爾巴島」，此處歸化為中文的回文「落敗孤島孤敗落」。

Chapter 14　異化法

賞析演練

《阿麗思漫遊奇境》

文章風格與用字特色

《阿麗思漫遊奇境》情節荒謬怪誕，語言似是而非，字裡行間蘊藏邏輯、推理、哲學、諷刺、雙關，趙元任都譯得維妙維肖，其譯本不僅是原作首部中文翻譯，更是中

國翻譯史上的名譯，語言靈活、翻譯手法多變，讀者不妨觀察譯者何時使用歸化、何時使用異化，並思考譯者為什麼如此處理。

翻譯技巧說明

● A cat may look at a king
貓也能看皇帝

　說明　原文是一句英國諺語，意指出身卑微的人在權貴面前也有若干權力，此外則暗指柴郡貓亦可觀見國王，趙譯貼字直譯，以達到原文一語雙關的閱讀效果。此句若採用歸化譯法，則可能會翻成：「國王面前，人人平等」、「人皆可為堯舜帝王」，雖然易懂，卻犧牲了原文的雙關修辭。

《大亨小傳》

文章風格與用字特色

費茲傑羅獲譽為「爵士時代的桂冠詩人」，其小說作品往往帶有詩人的感性筆觸與濃郁情感，擅長將象徵手法與寫實細節融於一爐，將所有的情景極其細緻鮮活地描寫出來，此處以silver pepper（銀胡椒粉）象徵stars（星星）即為一例。汪芃亦步亦趨跟隨原文精雕細琢的寫作風格，並透過異化譯法保留作家獨創的意象及象徵手法。

翻譯技巧說明

● the silver pepper of the stars
銀胡椒粉似的星辰

　說明　此處採用直譯，保留原文「銀胡椒粉」(silver pepper) 和「星辰」(the stars) 的新奇搭配，倘若採用歸化譯法，則可能會翻成「滿天銀色的簸斗」、「密布的銀色星斗」，但如此無法呈現出作者獨特的文風。

延伸練習

1. 拍攝米蘭秀場通常得跟一群暴躁的攝影師擠沙丁魚，乖乖地等到模特兒走過來時好按下快門。
　說明　此處「沙丁魚」直譯自原文 sardines。

2. 多金玩咖配模範獎盃妻，數十年來都是美國流行文化的主要推手。
　說明　此處「獎盃妻」直譯自原文 trophy wife，若用歸化法則可譯為「花瓶嫩妻」。

3. 我每年要出差飛八萬哩，要是旁邊坐個生活圍著小孩轉的媽媽，一上飛機就碎唸四個鐘頭唸到飛機降落，那我可受不了。
　說明　原文 soccer mom 字面意思是「足球媽媽」，專指北美中產階級家庭的賢妻良母，花大量時間接送小孩去參加足球等課外活動，此處意譯為「生活圍著小孩轉的媽媽」。

4.「如果好的股票價格下跌，」他說：「我就樂得像孩子進了糖果店。」

  說明 英文慣用語 a kid in a candy store 用以形容人非常開心，此處直譯為「樂得像孩子進了糖果店」。

5. 快時尚品牌 Zara 據說抄襲洛杉磯獨立設計師 Tuesday Bassen 的設計，目前飽受批評。

  說明 此處 Zara 和 Tuesday Bassen 採用零翻譯。

6. 擁有數款柏金包的人士表示，這款是「入門款柏金包」，一點也不金，而是太妃焦糖色，以白色縫線反襯，看起來像糖果，令人垂涎三尺。

  說明 此處將 Birkin 音譯為「柏金」，並增譯「包」。

7.「那是我的卵囊，我的『馬格娜姆歐帕思』。」

「我不懂什麼叫『馬格娜姆歐帕思』？」韋伯說。

「『馬格娜姆歐帕思』是拉丁文，」夏綠蒂解釋道：「意思是『曠世鉅作』。」

  說明 原文此處韋伯聽不懂拉丁文 magnum opus 的意思，因此中文音譯為「馬格娜姆歐帕思」，讓譯文讀者閱讀時也有陌生感，後文以「曠世鉅作」解釋。

8. 嘉蜜夏習慣一次吮兩根中指，吮的時候小拇指和食指豎得高高的，好像在打「我愛你」的手語 *。

  * 英文手語的「我」(I) 是小拇指，「愛」(love) 是豎起大拇指和食指比出「L」，「你」(you) 的比法是豎起大拇指和小拇指形成「Y」，若同時豎起大拇指、食指、小拇指，就是「我愛你」(I Love You) 的意思。

  說明 此處先將 the sign language for "I love you" 譯為「打『我愛你』的手語」，再加腳註說明英文手語的規則。

Chapter 15 重組法

賞析演練

《人類大歷史：從野獸到扮演上帝》

文章風格與用字特色

作者希望能以「清晰可讀的散文，不填塞一堆令人暈頭轉向的年分、人名、地名、稱號」就能讓讀者領略人類歷史。此處引文即呈現作者寫作風格：多採日常語彙，同時少用長句，多以精簡短句表達。譯文也符合此風格，偏向口語，詞句簡潔有力。

翻譯技巧說明

① The Scientific Revolution, which got under way only 500 years ago,
　　　　　　①　　　　　　　　　　　　　②

may well end history and start something completely different.
    ③   ④

到了大約不過是五百年前，科學革命 可以說是讓過往的歷史告一段落，
    ②   ①   ③

而另創新局。
 ④

 說明 先譯時間「大約⋯五百年前」，才提主題「科學革命」與評論，由①②③
④的順序譯為②①③④。

② But for countless generations they did not stand out from
    ①   ②-1   ②-2

the myriad other organisms with which they shared their habitats.
   ③   ④

即使經過世世代代的繁衍，他們 與共享棲地的 其他生物相比，
   ①   ②-1   ④   ③

也沒什麼特別突出之處。
  ②-2

 說明 由①②③④的順序譯為①②-1④③②-2。

〈小提琴家曾宇謙出新專輯創紀錄〉

文章風格與用字特色

此篇新聞報導屬於軟性新聞 (soft news)。原文側重細節描寫，清楚傳達人、事、時、地、物等訊息，但又不淪為只是羅列資訊，否則不易吸引報章讀者興趣。讀者可以觀察譯者如何處理原文資訊，清楚傳達訊息，但又不顯生硬。

翻譯技巧說明

- Benny Tseng, a 22-year-old Taiwanese violinist, won the silver medal
  ①   ②   ③-1 ③-2

in the prestigious International Tchaikovsky Competition in 2015,
      ④-1   ④-1

the highest prize that year as first prize was not given to anybody.
        ⑤

22 歲的台灣小提琴家 曾宇謙，2015 年 贏得 著名的柴可夫斯基國際小提琴賽
   ②   ① ④-2 ③-1   ④-1

銀牌 （當年金牌從缺）。
③-2   ⑤

 說明 由①②③④⑤的順序譯為②①④-2③-1④-1③-2⑤。

1. 另有一種系統，稱為動態照明系統，據說能夠「在室內營造如自然光一般的全光譜照明」。但價格較為昂貴，隨居家或辦公室面積而定，少需數百美元，多則要價數千美元。

　　說明 將 expensive 往後挪，另成一句「但價格較為昂貴」。此外，按照「條件—結果」語序將 depending on the size of one's home or office（隨居家或辦公室面積而定）提至 for hundreds to thousands of dollars（少需數百美元，多則要價數千美元）之前。

2. 幾項研究指出，橘色鏡片護目鏡可阻絕電子裝置發出的藍光，配戴此種護目鏡可防止褪黑激素分泌受到抑制。

　　說明 先譯 Several studies have shown 後，將關係子句 which filter out the blue light emanating from electronic devices 提前，並將關係代名詞 which 指涉的 orange-tinted plastic goggles（橘色鏡片護目鏡）譯出，最後再將 wearing orange-tinted plastic goggles 與 helps to prevent melatonin suppression 合併譯為「配戴此種護目鏡可防止褪黑激素分泌受到抑制」。

3. 美國以及世界各地有成千上萬的民眾擔心川普上任後，打壓女權與人權，因此串連將於週六上街遊行發聲。

　　說明 跟著原文先譯主詞「美國以及世界各地有成千上萬的民眾」，接著譯出原文句末的導因 they fear could be under threat under Donald Trump's presidency，最後才譯行動 are set to join marches Saturday to raise awareness of...。

4. 如果要招聘基層員工，一個23歲、勇於冒險、已經確立方向的人，跟一個22歲、除了唸書沒有其他經驗的人，你選擇的難道不會是前者嗎？

　　說明 主要子句中，先譯 the risk-taking 23-year-olds who found their way in the world for a while than the 22-year-olds who have not done much besides going to school，再譯 wouldn't you rather employ。

5. 週三由英國航空數據監測機構 OAG 所公布的新數據顯示，去年於夏威夷起降的航班中，89.87% 起降架次與表訂時間誤差在 15 分鐘之內。

　　說明 that 子句中，先將 the Hawaiian carrier's flights arrived or departed 譯為「於夏威夷起降的航班中」，再接著譯 89.87% 與 arrived or departed within 15 minutes of their scheduled time，以符合「主題—評論」句式結構：「去年於夏威夷起降的航班中」為主題，「89.87% 起降架次與表訂時間誤差在 15 分鐘之內」則為評論。